Kristen Proby

Darf's ein bisschen Glück sein?

Roman

Aus dem Amerikanischen von
Gabriele Ramm

MIRA® TASCHENBUCH
Band 26092

1. Auflage: Dezember 2017
Copyright © 2017 by MIRA Taschenbuch
in der HarperCollins Germany GmbH
Deutsche Erstveröffentlichung

Titel der amerikanischen Originalausgabe:
Blush For Me
Copyright © 2017 by Kristen Proby
erschienen bei: William Morrow, New York

Published by arrangement with
William Morrow, an imprint of HarperCollins *Publishers*, L.L.C., New York

Umschlaggestaltung: büropecher, Köln
Umschlagabbildung: Illustration von büropecher
Autorenfoto: Copyright © holly pierce
Redaktion: Sonja Fiedler-Tresp
Satz: GGP Media GmbH, Pößneck
Printed in Germany
Dieses Buch wurde auf FSC®-zertifiziertem Papier gedruckt.
ISBN 978-3-95649-766-7

www.mira-taschenbuch.de

Werden Sie Fan von MIRA Taschenbuch auf Facebook!

*Dieser Roman ist für Lori.
Es gibt keine, mit der ich lieber
jeden Tag reden würde.*

1. Kapitel

Kat

„Es war nur ein einfacher Kuss", sagt meine beste Freundin Riley, die neben mir am Steuer sitzt. „Und der war nicht mal besonders gut."

„Dann schick ihn in die Wüste, und zwar am besten sofort." Ich atme tief durch und ringe die Hände in meinem Schoß. „Wenn er ein schlechter Küsser ist, kann es eigentlich nur noch bergab gehen. Glaub mir."

„Aber wir haben uns so gut unterhalten …"
Du meine Güte.

„Ernsthaft. Wenn es nicht knistert, vergiss es. Irgendwo da draußen gibt es jemanden, bei dem es funkt."

„Du hast ja recht." Seufzend nimmt sie die Ausfahrt in Richtung Flughafen. „Und du? Wie geht es dir?" Sie blickt kurz zu mir rüber und runzelt die Stirn. „Du schwitzt."

„Tue ich nicht", wehre ich mich. Was glatt gelogen ist. Ich schwitze ganz entsetzlich.

„Wann bist du das letzte Mal geflogen?", will Riley wissen.

„Ich bin noch nie geflogen", antworte ich und rutsche unruhig auf meinem Platz hin und her. Warum ist es zu diesem verdammten Flughafen nicht weiter?

„Im Ernst?" Sie wechselt die Spur, und da ist er. Der Flughafen. Direkt vor uns. „Ich wusste ja, dass du es hasst, aber nicht, dass du wirklich noch nie geflogen bist."

Mein Gott.

„Das hab ich dir doch gesagt."

„Der Flug dauert höchstens zwei Stunden, wenn überhaupt."

„Zwei Stunden zu viel", murmele ich und atme noch einmal tief durch. Scheiße, ich falle gleich in Ohnmacht. Ich kann nichts mehr sehen. Ich kann nichts mehr hören.

„Mach die Augen auf." Riley lacht. „So habe ich dich ja noch nie erlebt."

„Alles wird gut." Das sage ich mir heute Morgen bestimmt schon zum hunderttausendsten Mal. „Eigentlich muss ich auch gar nicht unbedingt zu dieser Konferenz, oder? Es werden jede Menge Bekannte von mir dort sein, die könnten mir hinterher alles darüber erzählen."

„Du musst da hin, Kat", widerspricht Riley. „Du wirst viel lernen, neue Leute kennenlernen, Touren durch die Weinberge machen und köstliche Weine trinken."

„Das könnte ich auch in Washington, und da kann ich mit dem Auto hinfahren."

„Du bist doch kein Feigling." Riley hält vor dem Abflugterminal. „Du schaffst das. Und du hast noch reichlich Zeit, dir an einer Bar Mut anzutrinken, sobald du durch die Sicherheitskontrollen bist."

„Kommst du etwa nicht mit?" Ich starre Riley geschockt an.

„Du weißt, dass ich nicht mit ins Napa Valley fliege."

„Nein, ich meine bis zum Gate."

Riley lacht, und am liebsten würde ich ihr meine Handtasche an den Kopf schleudern.

„Nein, Kat. Das dürfen wir seit 9/11 nicht mehr."

„Siehst du? Noch ein Grund mehr, nicht zu fliegen."

„Raus mit dir." Riley steigt aus, um meinen Koffer auszuladen.

„Ich wusste gar nicht, dass du so gemein bist."

„Du wirst viel Spaß haben." Sie umarmt mich. „Da drinnen ist alles gut beschildert, und es gibt massenhaft Leute, die dir gerne behilflich sind, falls du dich verläufst. Aber es ist kein großer Flughafen, also wirst du schon zurechtkommen. Ruf mich an, wenn du angekommen bist."

„*Falls* ich ankomme." Ich stoße einen tiefen Seufzer aus. „Wieso habe ich das Gefühl, als würde ich dich niemals wiedersehen?"

„Weil du gerade einen auf theatralisch machst", antwortet sie. „Viel Spaß!"

Mit diesen Worten winkt sie mir noch einmal zu und fährt davon, überlässt mich meinem Schicksal, hier an dieser Hölle, die sich Flughafen nennt.

Aber Riley hat recht. Das Einchecken und die Gepäckaufgabe sind einfach. Und auch zur Sicherheitskontrolle finde ich selbstständig.

Von dem Typen an der Kontrolle durchsucht zu werden würde sicherlich mehr Spaß machen, wenn er aussähe wie Charlie Hunnam, aber natürlich würde mit Charlie alles mehr Spaß machen.

Ich folge der Ausschilderung bis zu meinem Gate und entdecke zu meiner Freude direkt gegenüber eine Bar.

Es gibt doch einen Gott.

Aber ich bin viel zu nervös, um etwas zu trinken.

Das ist noch nie vorgekommen.

Wer zum Teufel ist zu nervös zum Trinken? Meine Wenigkeit, so wie es scheint.

Also pilgere ich zurück zum Gate und tigere auf und ab,

wobei ich meinen Handgepäckskoffer mit den aufgedruckten roten Kirschen hinter mir herziehe. Leute starren mich an, aber das ignoriere ich. Daran bin ich gewohnt. Man kann sich nicht anziehen wie ich, die Arme vollständig tätowiert, und dann erwarten, dass keiner guckt.

Schließlich wird mein Flug aufgerufen, und das Boarding beginnt. Ehe ich mich's versehe, sitze ich im Flugzeug, in der dritten Reihe von vorn – wenn ich sterben muss, dann wenigstens erster Klasse – auf dem Gangplatz.

„Hallo", sagt der Mann neben mir. Ich schaue ihn an, registriere sein hellbraunes Haar und die grünen Augen, und wenn wir nicht ausgerechnet im Flugzeug sitzen würden, hätte ich definitiv nichts dagegen, mit ihm zu flirten.

Aber wir sitzen nun mal in einem gottverdammten Flugzeug.

„Hallo", erwidere ich und muss schlucken. Die Stewardess fragt, ob wir vor dem Start noch etwas trinken möchten, aber ich schüttele den Kopf und starre zum Piloten vorn im Cockpit. „Wird die Tür da nicht zugemacht?"

„Kurz bevor wir starten", antwortet mein Sitznachbar. Es überrascht mich, dass ich die Frage laut gestellt habe. „Hey, alles okay bei Ihnen?"

„Alles bestens."

Er schweigt einen Moment, und ich starre weiterhin zum Piloten. Am liebsten würde ich zu ihm marschieren und ihm sagen, er möge gefälligst dafür sorgen, dass wir in einem Stück ankommen. Was hat er überhaupt für Referenzen? Ich will seine Lizenz sehen, und ein paar Empfehlungsschreiben würden auch nicht schaden.

„Ich bin Mac." Ich blicke zur Seite und nicke, ehe ich hastig wieder nach vorn schaue.

„Kat."

„Sind Sie schon mal geflogen, Kat?"

„Nein." Ich schlucke erneut und balle meine Hände zu Fäusten.

„Okay, holen Sie tief Luft", weist er mich an. Er berührt mich nicht, was gut ist, denn sonst müsste ich ihm die Nase brechen, und ich habe sowieso schon genug Stress. Aber seine Stimme ist beruhigend. „Gut. Jetzt noch mal. Entschuldigung, Miss, können wir eine Flasche Wasser bekommen?"

Ich atme einfach weiter. Die Stewardess bringt eine kleine Flasche Wasser, die Mac öffnet und mir reicht.

„Trinken Sie. Aber nur einen kleinen Schluck." Ich gehorche und spüre, dass das kalte Wasser sich gut in meiner Kehle anfühlt. Ich komme mir so albern vor. Dieses Flugzeug ist voller Leute, die keine Panikattacken haben.

„Es tut mir leid", flüstere ich. „Ich habe schreckliche Angst vor dem Fliegen."

„Das sehe ich", meint er sanft, und ich hebe den Blick, um ihn anzusehen. Er ist ein gut aussehender Typ, mit schicker Kurzhaarfrisur, ausgeprägtem Kinn und offenem Blick. Er ist groß, hat lange Beine und wirkt ziemlich schlank. „Wie geht es Ihnen jetzt?"

„Besser." Ich stelle überrascht fest, dass es sogar stimmt. „Das Wasser hat geholfen. Danke."

„Kein Problem. Wollen Sie im Napa Valley Urlaub machen?"

„Nein." Ich schüttele den Kopf. „Ich nehme an einer Konferenz teil."

„Dann sind Sie vermutlich in der Weinbranche?"

„Das kann man so sagen", antworte ich lächelnd. „Mir gehört eine Weinbar in Portland."

Er kneift kurz die Augen zusammen. „Tatsächlich? Welche?"

„Die Bar im Seduction."

„Über den Laden habe ich schon die tollsten Sachen gehört."

Ich strahle, stolz auf das Restaurant, das ich mit meinen vier Freundinnen aufgebaut habe. Seduction ist unser Baby, unser ganzer Stolz.

„Freut mich", antworte ich. „Aber Sie sind noch nie da gewesen?"

„Nein, noch nicht, aber wenn ich wieder in der Gegend bin, werde ich auf jeden Fall mal vorbeikommen."

Also wohnt er nicht in Portland.

Mist. Ich hätte nichts dagegen, Mac mal wieder zu treffen.

Aber ehe ich weiter darüber nachdenken kann, wird die Flugzeugtür geschlossen, die Flugzeit verkündet, und man zeigt mir, wie ich den Gurt anlegen muss – also echt, ist es so schlimm, wenn man nicht weiß, wie das geht? –, und schließlich, wie man die Sauerstoffmaske aufsetzt, falls wir sie brauchen sollten.

Bitte, lieber Gott, lass sie mich nicht benötigen.

Die Tür zwischen mir und dem Piloten wird ebenfalls geschlossen, und das Flugzeug rollt langsam vom Gate.

Ich glaube, mir wird schlecht.

„Falls Ihnen übel werden sollte", sagt Mac, der anscheinend meine Gedanken lesen kann, „gibt es hier eine Spucktüte."

„Mir wird nicht schlecht."

Hoffe ich.

„Mir gefallen übrigens Ihre Tattoos", sagt er.

„Danke."

Das Flugzeug scheint ewig zu fahren und rollt an anderen Flugzeugen und Gates vorbei.

„Fahren wir etwa die ganze Zeit? Wenn ich gewusst hätte, dass es ein Roadtrip wird, hätte ich Chips mitgebracht." Ich seufze und reibe mir über die Stirn, die leider eklig schweißnass ist.

„Wir sind auf dem Weg zur Startbahn", erklärt Mac. „Wenn Sie meine Hand halten möchten, nur zu."

„Wollen Sie mich etwa anbaggern?", frage ich und drehe mich zu ihm herum. Er grinst mich an, und in seinen grünen Augen blitzt Humor auf.

„Nein, ich biete Ihnen nur meine Hand, falls Sie Angst haben."

„Sie baggern mich nicht an?"

Schade eigentlich.

„Nur wenn Sie es wünschen." Seine Mundwinkel zucken, während er den Blick zu meinen Lippen senkt. Ich wünschte, wir wären in meiner Bar und nicht in diesem blöden Flugzeug. Dann könnte ich mit ihm flirten und die Zeit mit ihm genießen.

„Ich will nicht sterben", flüstere ich und fahre mir mit der Zunge über die trockenen Lippen.

„Sie werden nicht sterben, Kat." Jetzt sieht er mich ernst an. Er blinzelt einmal und nimmt meine Hand. „Sie werden nicht sterben."

„Okay."

Ich nicke und lehne mich zurück, als das Flugzeug plötzlich um die Kurve fährt und beschleunigt. In einem Affentempo jagt es die Startbahn entlang.

Oh mein Gott!

Es hebt ab, und wir sausen durch die Luft. Ich glaube, jetzt werde ich wirklich ohnmächtig.

„Tief durchatmen." Macs Stimme erklingt direkt neben

meinem Ohr. Ich gehorche, atme tief ein und aus. Dann noch einmal. „Werden Sie mir jetzt nicht ohnmächtig."

„Können Sie Gedanken lesen?", frage ich atemlos.

„Nein, aber Sie laufen schon blau an." Ich höre das Lächeln in seiner Stimme, bin aber ich nicht mutig genug, die Augen zu öffnen und ihn anzusehen. „Allerdings wäre ich Ihnen dankbar, wenn Sie den Griff um meine Hand ein wenig lockern könnten."

Sofort lasse ich seine Hand los und mache die Augen auf. Er schüttelt seine Hand, als hätte ich sie ihm fast abgerissen, und ich senke verlegen den Kopf. „Es tut mir leid, mir war gar nicht bewusst, dass ich sie so fest umklammert habe."

„Nächste Woche wird das Blut in meinen Fingern schon wieder zirkulieren", antwortet er. Er bemerkt meinen Blick aus dem Fenster und zieht sofort die Blende zu, damit ich nicht mitbekomme, wie sich die Erde immer weiter entfernt. „Wenn Sie nicht rausschauen, fühlt es sich an, als würden wir im Zug sitzen."

„Nein, so fühlt es sich nicht an."

„Erzählen Sie mir was über Ihre Tattoos."

„Warum?"

„Weil ich versuche, Sie von Ihrer Angst abzulenken." Er dreht sich zu mir herum. Ein leises Pling lässt mich aufhorchen. „So hält bloß der Pilot Kontakt mit den Stewardessen."

„Ist das eine Art Morsecode?"

„So was in der Art", erwidert er. „Also, erzählen Sie mir von ihren Tattoos."

„Nein" Ich schüttele den Kopf und presse die Hände zusammen.

„Warum nicht?"

„Tattoos sind etwas sehr Persönliches, und ich kenne Sie nicht."

„Sie haben meine Hand gehalten", sagt er und lacht, als ich ihn böse anschaue. „Okay, also nichts Persönliches. Worüber wollen wir dann reden?"

„Ich glaube, wir sollten gar nicht reden."

„Süße, wenn wir nicht reden, machen Sie sich verrückt, weil Sie sämtliche Episoden von *Lost* durchgehen, die Sie je gesehen haben."

„Daran habe ich bis eben nicht mal gedacht."

„Wo sind Sie zur Highschool gegangen?"

„Nirgends. Ich wurde zu Hause unterrichtet", antworte ich. „Mit sechzehn habe ich meinen Abschluss gemacht und bin dann aufs College gegangen. Jetzt betreibe ich eine Bar. Das war's."

„Ich vermute, dass es da noch mehr zu erzählen gäbe, aber okay."

„Wieso läuft die Stewardess hier so rum? Müsste die nicht auch angeschnallt sein?"

„Sie bringt uns etwas zu trinken. Sie ist das gewohnt. Glauben Sie mir."

Ich weiß nicht, wieso, aber ich vertraue ihm. Er ist nett. Und ich weiß immer noch nicht, warum ich in diesem verdammten Flugzeug sitze. Das war eine ganz schlechte Idee.

„Wieso habe ich mich bloß mit Aussicht auf Sex zu diesem Trip hinreißen lassen!"

„Wie bitte?" Mac grinst, aber ich schüttele nur den Kopf.

„Ach, nichts."

„Was möchten Sie trinken?" Die Stewardess legt eine Serviette auf die Armstütze zwischen Mac und mir.

„Noch einmal Wasser, bitte", sage ich, stolz darauf, dass ich in der Lage bin, eine vernünftige Antwort zu geben. Sie reicht mir die Flasche und einen Snack, und ich lehne mich zurück. Erleichtert stelle ich fest, dass Mac recht hatte: Es fühlt sich tatsächlich ein bisschen an wie eine laute Zugfahrt.

„Sie machen das großartig", lobt er mich einige Minuten später, während er sich seine Chips schmecken lässt. „Wie fühlen Sie sich?"

„Besser. Nicht, dass ich es genieße, aber ich werde es wohl überleben."

„Gut."

Gerade als ich denke, dass ich langsam ein richtiger Flugprofi werde, beginnt das Flugzeug zu schaukeln und abzusacken. Der Pilot macht eine Durchsage, dass wir uns anschnallen sollen, und bittet auch die Flugbegleiter, ihre Sitzplätze einzunehmen.

Voller Panik blicke ich zu Mac.

„Ist nur schlechtes Wetter", sagt er sanft.

„Ernsthaft? Wir müssen ausgerechnet bei meinem ersten Flug durch schlechtes Wetter fliegen?"

„Ich bin felsenfest davon überzeugt, dass es sich um eine Verschwörung handelt." Mac guckt ganz ernst. „Wir sollten unseren Kongressabgeordneten informieren."

„Seien Sie still", fahre ich ihn an und zucke zusammen, als das Flugzeug erneut in Turbulenzen gerät. Die Flugbegleiter beeilen sich, ihre Wagen zu verstauen und ihre Plätze einzunehmen, und während der verbleibenden Stunde bis Kalifornien müssen wir alle sitzen bleiben. Es ist der reinste Höllenflug.

„Ich schwitze schon wieder." Ich wische mir mit dem Handrücken die Stirn ab.

„Hier." Mac reicht mir die Serviette, die unter seinem Getränkebecher lag. „Die ist kühl."

„Danke." Sie fühlt sich gut an meinem Kopf an. Als ich mir überlege, wie mein Make-up wohl aussieht, schaudert es mich, aber andererseits ist es mir auch scheißegal. Wenn wir in dieser Blechbüchse draufgehen, ist mein Make-up völlig unerheblich.

„Wir sterben nicht", sagt Mac.

„Hören Sie auf, meine Gedanken zu lesen."

„Sie haben es laut gesagt." Er lacht. „Tut mir leid, dass das so ein turbulenter Flug ist. Normalerweise ist es nicht so."

„Ich brauche Boden unter den Füßen." Ich umklammere seine Hand. „Ich halte das nicht mehr aus. Ich will zurück auf die Erde."

„Okay, Kleines, holen Sie noch einmal tief Luft."

Während ich das versuche, wende ich mich ab, doch er zieht mich zurück, damit ich ihm in die Augen sehen kann. „Nein, nein, Sie bleiben schön bei mir. Tief Luft holen. Hören Sie auf meine Stimme."

„Sie haben eine schöne Stimme."

„Danke."

„Sind Sie Arzt?"

„Nein." Er grinst und streicht mir mit den Fingerknöcheln über die Wange. Wenn ich nicht solche Angst hätte, würde ich auf seinen Schoß klettern.

„Was machen Sie dann?"

„Ich habe eine Firma", erklärt er. „Hat Ihnen schon mal jemand gesagt, dass Sie wunderschöne Augen haben?"

„Weiß nicht." Weiß ich wirklich nicht. Ich kann mich im Moment kaum an meinen eigenen Namen erinnern. Ich bin völlig fertig, zum einen vor Angst, zum anderen, weil neben mir der aufregendste Mann sitzt, den ich je getroffen habe.

„Ist auf jeden Fall so."

„Danke."

„Meine Damen und Herren, wir befinden uns im Anflug auf Santa Rosa. In ungefähr fünfzehn Minuten werden wir landen, aber es wird eine holprige Angelegenheit werden. Vom Meer her scheint es ziemlich zu stürmen. Halten Sie sich fest, in wenigen Minuten haben wir Sie an Ihr Ziel gebracht."

„Oh Gott."

„Sie machen das großartig", sagt Mac, und ich kann gar nicht anders, ich muss lachen. „Wirklich. Wir haben es fast geschafft."

Ich nicke und umklammere weiter seine Hand, während wir immer tiefer gehen. Das Gefühl, wie sich mir der Magen umdreht, ist grauenvoll. Karussellfahrten und lange Autotrips mochte ich noch nie.

Klassischer Fall von Reisekrankheit.

Endlich – *endlich* – sind wir unten. Noch nie war ich so glücklich.

„Sie haben es geschafft. Sie haben Ihren ersten Flug überlebt." Mac lächelt stolz, und ich erwidere sein Lächeln.

„Ich hab's geschafft."

Mir ist so was von schlecht.

Kaum sind wir am Gate angekommen und die Türen geöffnet, springe ich auf, schnappe mir meinen kleinen Koffer und rase davon. Ich brauche eine Toilette.

Jetzt sofort.

Ich schwitze wie verrückt. Mein Herz rast. Typisch, ich kriege eine Panikattacke, wenn alles vorbei ist.

Glücklicherweise ist das Klo nicht weit. Ich rase hinein, finde eine leere Kabine und übergebe mich, bis mir alles wehtut und ich noch schweißgebadeter bin als vorher.

Du lieber Himmel. Ich muss schnellstmöglich ins Hotel.

Aber ich habe überlebt, das ist das Wichtigste.

Es ist schon erstaunlich, was eine heiße Dusche, ein halbstündiges Nickerchen und der Zimmerservice bewirken können.

Zwei Stunden später geht es mir viel besser. Was auch gut ist, denn ich muss runter zum Begrüßungsempfang und mich unter die Leute mischen.

Im Laufe der Zeit habe ich ziemlich viele freundschaftliche Kontakte im Weingeschäft geknüpft, allerdings vor allem online oder per Telefon. Jetzt freue ich mich darauf, die Leute persönlich kennenzulernen und zu erfahren, welche Gesichter zu den Stimmen gehören.

Ich beuge mich vor, um Lippenstift aufzutragen, und grinse mein Spiegelbild an.

„Na, den Flug hab ich ja ordentlich gerockt." Ich schnaube. „Immerhin hab ich's überlebt, und das ist doch fast dasselbe." Ich zucke mit den Schultern und mustere mich. Eine deutliche Verbesserung, wenn man bedenkt, wie ich aussah, als ich vorhin angekommen bin. Ich mag mir gar nicht ausmalen, was der arme Mac von mir gedacht haben muss, als ich, ohne mich auch nur zu bedanken, an ihm vorbeigerauscht bin. Aber ich hatte solche Angst, mich quer über ihn zu übergeben, wenn ich den Mund aufmache. Das wäre wirklich schrecklich gewesen.

Aber jetzt sitzt meine Frisur wieder, und die Locken werden mir von zwei niedlichen pinkfarbenen Spangen aus dem Gesicht gehalten. Ich trage ein schwarzes Kleid im Uniform-Stil, pinke Plateau Heels und dazu passend meine schicke Wildledertasche, natürlich auch in Pink.

Ich bin bereit, mich unters Volk zu mischen, Wein zu trinken und neue Leute kennenzulernen.

Der Saal ist bereits voller Menschen. Diese einwöchige Konferenz hat ein umfangreiches Programm und entsprechend viele Teilnehmer. Wir machen Touren durch Weingüter, und außerdem gibt es Workshops und abends gemeinsames Essen.

Am meisten freue ich mich auf die Weingüter. Solche Touren finde ich großartig.

Ich schlendere zur Bar, bestelle ein Glas hiesigen Pinot, den ich noch nicht kenne, und drehe mich herum, um mich umzuschauen.

„Sind Sie Kat Myers?"

Ich nicke und lächele. „Höchstpersönlich."

„Sally Franks", sagt die hübsche Rothaarige und streckt mir ihre Hand entgegen. „Wir haben schon ein paarmal telefoniert."

„Ja! Hallo, Sally." Ich schüttele ihr die Hand. „Wie läuft's in Denver?"

„Großartig", erwidert sie. „Aber es ist auch schön, mal rauszukommen. Wie war der Flug?"

„Holprig." Ich lächele gezwungen und will das Thema möglichst schnell wieder wechseln. Ich habe wirklich absolut keine Lust, diesen Horrortrip noch einmal durchzuhecheln. Jemand tritt hinter mich, und Sally reißt die Augen auf.

„Sieht so aus, als würde es Ihnen besser gehen."

Mac. Das ist Macs Stimme an meinem Ohr. Ein wohliger Schauer durchrieselt mich, als ich herumwirbele und hochschaue – ziemlich weit hochschaue – direkt in seine grünen Augen.

„Ja, danke", entgegne ich und nippe an meinem Wein. Hat er im Flugzeug auch schon so gut ausgesehen? „Ich wusste gar nicht, dass Sie auch an der Konferenz teilnehmen."

„Sie hatten vorhin ja auch andere Dinge im Kopf." Er winkt den Barkeeper heran. „Ich nehme das Gleiche wie die Lady, und bitte gleich noch ein zweites Glas für sie."

„Was, wenn Sie gar keinen Pinot mögen?" Ich neige den Kopf etwas zur Seite.

„Ich mag alles", sagt er zwinkernd.

Oh, oh.

„Kennen Sie viele Leute hier?", fragt er und nickt Sally zu, die sich einer anderen Gruppe von Leuten zugewandt hat.

„Ein paar. Die meisten allerdings nicht persönlich, es sei denn, sie waren schon mal in Washington oder Oregon. Und Sie?"

„Bei mir ist es genauso", antwortet er. „Dies ist meine erste Konferenz im Napa Valley. Und die hat ja gleich großartig begonnen."

„Stimmt." Ich schüttele lachend den Kopf. „Sich im Flugzeug um eine verrückte Frau zu kümmern ist absolut die beste Art, eine Reise zu beginnen."

„Allerdings." Er sieht mir in die Augen. „Sie war übrigens gar nicht verrückt. Nur panisch. Das ist ein gewaltiger Unterschied."

„Jetzt geht es ihr wieder gut."

„Das freut mich." Seine Lippen kräuseln sich zu einem Lächeln, und mein Magen gerät schon wieder in Aufruhr. Diesmal aber, weil ich ein Grübchen in Macs linker Wange entdecke.

Am liebsten würde ich darüberlecken.

Ich trinke noch einen Schluck Wein und lache in mich hinein. Ist Mac am Ende genau der Richtige für meinen Sexurlaub?

„Was ist Ihnen gerade durch Ihren hübschen Kopf geschossen?"

„Ich bin noch nicht betrunken genug, um das zu erzählen", erwidere ich ehrlich. Macs Augen weiten sich kurz, ehe er mich einfach nur wieder anlächelt.

„Hier gibt es jede Menge Wein."

„Gott sei Dank."

Einige Stunden später, nachdem ich mit einer ganzen Reihe von Leuten geplaudert habe, die ich schon kannte oder neu kennengelernt habe – unter anderem Mac –, bringt er mich hinauf zu meinem Zimmer.

Sexurlaub.

An meiner Zimmertür beugt er sich vor und küsst mich. Aber nur auf die Wange! Ich sehe missbilligend zu ihm auf.

„Das sollte Sexurlaub werden, kein blödes Dating-Spielchen", grummele ich vor mich hin, als ich geschockt merke, dass die Worte tatsächlich über meine Lippen gekommen sind, statt in meinem Kopf zu bleiben, wo sie hingehören.

„Bitte was?", hakt Mac nach.

„Nichts." Ich schüttele den Kopf und ziehe meine Schlüsselkarte aus der Handtasche. „Gute Nacht."

„Kat?"

„Ja." Ich sehe wieder zu ihm auf und seufze, als ich das kleine Grübchen in seiner Wange entdecke. Sein Hemd spannt sich über den Schultern, als er sich gegen den Türrahmen lehnt.

„Wir sehen uns morgen früh."

„Es ist schon morgen", erinnere ich ihn.

„Dann dauert es ja nicht mehr lange." Er küsst mich noch einmal auf die Wange und schlendert davon, während ich mein Zimmer aufschließe, meine Handtasche abstelle und mich aufs Bett fallen lasse.

„Läuft ja nicht gerade wie geplant mit dem verdammten Sexurlaub", denke ich schmollend, aber ehe ich mich's versehe, schlummere ich ein und träume von einem sexy Mann mit grünen Augen und Grübchen in der Wange.

2. Kapitel

Mac

Ich habe die ganze Nacht nicht geschlafen. Eine Ewigkeit lang habe ich mich hin und her gewälzt, bis ich schließlich gedacht habe, scheiß drauf. Also bin ich aufgestanden und eine Weile im Hotelzimmer auf und ab getigert. Sie ging mir einfach nicht aus dem Kopf. Ihr süßes Lächeln, ihr unglaubliches rotes Haar, ihr echt abgedrehter Modegeschmack.

Wie vollkommen idiotisch von mir, sie vor ihrer Hotelzimmertür stehen zu lassen. Sie hätte mich definitiv gern mit reingenommen.

Vielleicht hab ich's einfach nicht mehr drauf.

Und da steht sie, am anderen Ende des Raumes, auf der ersten Weingut-Tour des Tages. Sie schnuppert an einem kleinen Glas Wein und lächelt der Frau zu, die neben ihr steht. Ihr leuchtend rotes Haar hat sie im Stil der Fünfzigerjahre frisiert. Dazu trägt sie Make-up, das alles andere als dezent ist, und hat sich die Lippen knallrot angemalt. Erstaunlicherweise wirkt es bei ihr völlig natürlich.

Sie trägt ein eng anliegendes schwarzes Kleid, vorn durchgeknöpft, mit weißen Totenköpfen und dazu umwerfende rote High Heels, die ihre langen Beine besonders gut zur Geltung bringen. Beine, die ich nur zu gern und so schnell wie möglich um meine Hüften geschlungen spüren würde.

Niemand außer Kat kann so ein Outfit tragen und dabei

noch gut aussehen. Es ist höllisch sexy.

Sie hebt den Blick und sieht mich. Ein verführerisches Lächeln erscheint auf diesen sexy roten Lippen. Ihre braunen Augen blitzen vergnügt auf, als sie einen Schluck Rotwein trinkt, das Glas schwenkt und ihre Aufmerksamkeit dann wieder auf den Sommelier richtet, der den Wein ausschenkt.

Den Sommelier, der seinen Blick nicht von Kats Titten lösen kann.

Ich kneife die Augen zusammen, gehe zu Kat und stelle mich neben sie, ehe ich – ich blicke auf das Namensschild – Kyle anlächele. „Den würde ich gern probieren."

„Natürlich." Ebenfalls lächelnd schenkt er den Rotwein ein. „Das ist ein zwei Jahre alter Cabernet. Ich denke, der wird Ihnen zusagen."

„Was hältst du davon?", frage ich Kat.

„Anfangs ist er ein wenig bitter, aber je mehr er sich öffnet, desto vollmundiger wird er. Er ist gut."

Ich rieche, halte das Glas gegen das Licht, damit ich hindurchsehen kann, und nippe dann. Sie hat recht, er schmeckt bitter.

Also schwenke ich mein Glas und dränge mich zwischen sie und Kyle.

„Wie hast du geschlafen?", frage ich.

„Wie eine Tote." Sie lächelt und haut mich damit sofort wieder um. Das Knistern zwischen uns sprengt wirklich alle Dimensionen.

„Freut mich zu hören."

„Und du?"

„Beschissen." Ich nehme einen Schluck Wein. „Irgendwie konnte ich nicht aufhören, an eine gewisse Frau mit Flugangst zu denken."

„Ja, dass sie dir fast die Hand zerquetscht hat, war sicher supersexy."

„Alles an ihr ist sexy", stelle ich fest, während ich Kat in die Augen schaue und dann mein Glas austrinke und es wegstelle. „Spuckst du?", frage ich und muss lachen, als sie die Augen aufreißt.

„Das hättest du gestern nach dem Flug herausfinden können", erwidert sie, ohne im Geringsten verlegen zu sein. Mein Respekt für sie steigt auf der Skala in Richtung tausend Punkte.

„Ich habe vom Wein gesprochen", sage ich. Viele Leute spucken die Weinproben wieder aus, um nicht betrunken zu werden.

„Manchmal", sagt sie schulterzuckend und schlendert langsam hinaus auf die Veranda. Wir lehnen uns beide gegen das Geländer und verschränken die Arme. „Aber meistens gibt es auf diesen Touren ja etwas zu knabbern, und solange ich was im Magen habe, ist es okay. Außerdem müssen wir hier ja nicht Auto fahren." Sie stupst mich mit der Schulter an. „Wir können uns also schamlos betrinken."

„Gutes Argument", antworte ich und muss mich beherrschen, ihr nicht den Arm um die Schultern zu legen und sie an mich zu ziehen.

Was zum Teufel ist nur mit mir los? Ich habe mich schon zu vielen Frauen hingezogen gefühlt und jede Menge Spaß mit ihnen gehabt, aber diesen unwiderstehlichen Drang, eine Frau einfach nur zu berühren, habe ich bisher noch nie verspürt. Ich bin nicht so der gefühlsduselige Typ.

Ehe ich dem Drang nachgebe, nimmt Kat meine Hand und küsst sie. Fuck, allein diese winzige Berührung lässt mich hart werden.

„Wofür war das?"

„Ich bin gestern fast ausgerastet", antwortet sie und verschränkt ihre Finger mit meinen. „Danke, dass du mir geholfen hast, den Flug zu überstehen. Ich bin ja weggerannt, kaum dass die Türen auf waren, und hatte ein schlechtes Gewissen, weil ich mich nicht bei dir bedankt habe."

„Ich vermute mal, dass dir schlecht war."

Sie errötet und senkt den Blick. „Gut geraten."

„Ich habe dir gern beigestanden", sage ich und küsse ihre Hand, bevor ich sie loslasse. Die Gefahr, eine Dummheit zu begehen, wie zum Beispiel sie hier über das Geländer zu beugen, ist einfach zu groß. Dabei würde ich nichts lieber tun.

„Sieht aus, als gehe es zum nächsten Weingut", meint Kat, als die anderen aus unserer Gruppe nach draußen kommen und zum Bus schlendern. Wir folgen ihnen und setzen uns nebeneinander. Es fühlt sich so normal, so angenehm an, mit Kat zusammen zu sein, und zu meiner Freude endet es damit, dass wir den gesamten Tag gemeinsam verbringen, Wein probieren und durch die Weinberge wandern.

Und am Ende ein bisschen betrunken sind.

„So einen großen Jonny habe ich noch nie gesehen!", ruft Kat und zeigt mir ihr Weinglas.

„Das haben mir schon viele gesagt", witzele ich. Sie schnaubt nur und nippt an dem Wein.

„Der ist gut."

„Sie sind alle gut."

„Nein. Der eine auf dem letzten Weingut definitiv nicht."

Sie zieht die Nase kraus, und ich beuge mich vor, um sie zu küssen.

„Du hast meine Nase geküsst."

„Ja."

„Wenn du viel Glück hast", sie legt mir eine Hand auf den

Oberkörper, „dann darfst du mich später auch noch an anderen Stellen küssen."

„Die Nase reicht mir völlig."

„Lügner."

Ich grinse. „Ertappt."

Sie kichert, während wir der Gruppe ins Freie folgen, um durch die langen Reihen mit Weinstöcken zu spazieren. Es ist ein wunderschöner Tag, nicht zu heiß, obwohl wir alle durch den Alkohol in unseren Adern ziemlich erhitzt sind. Kat läuft vorweg und berührt vorsichtig Blätter und Trauben. Sie bewegt sich wunderbar anmutig. Ob sie beim Sex wohl auch so anmutig ist?

Sie dreht sich zu mir herum. „Kommst du?"

„Nein", antworte ich und schließe zu ihr auf. „Ich atme nur schwer."

Sie runzelt kurz die Stirn und lässt die Worte sacken, ehe sie grinst. „Der war gut."

„Fand ich auch."

„Mir gefällt dein Humor. Nicht bissig, sondern einfach nur lustig."

„Gut. Bissig ist ja schnell respektlos. Ich will einfach nur Spaß haben."

„Das hab ich schon häufiger gehört", erwidert sie und lacht über ihren eigenen schlechten Witz. „Es ist schön hier."

„Ja." Ich starre Kat an.

„Soll das ein Versuch sein, mir ans Höschen zu gehen?"

„Ich glaube, du trägst gar kein Höschen."

„Clever. Und sehr aufmerksam, das gefällt mir." Sie führt mich in eine Scheune, die der Besitzer in einen Lagerraum für Weinfässer umfunktioniert hat. „Oh, es geht doch nichts über den Geruch von Eichenholz in einem Weinkeller."

„Stimmt." Der Mann, der unsere Tour leitet, beschreibt gerade, wie die Trauben zerstampft und dann in Fässer gefüllt werden und wie lange der Wein abschließend reifen muss. Der Kerl tut mir fast ein bisschen leid, dass er unsere Gruppe erst so spät am Tag herumführt, denn wir sind alle schon ein wenig angetrunken.

Schließlich entlässt er uns, damit wir uns noch auf dem Gelände umsehen können. Außerdem sind wir ins Haupthaus eingeladen, wo wir weitere Weine probieren und dazu Käse, Brot und Obst essen können, was, wie ich finde, eine gute Idee ist.

„Ist das hier das letzte Weingut für heute?", will Kat von mir wissen.

„Ja. Danach geht es zurück ins Hotel."

„Und zum Zimmerservice", meint sie mit einem verträumten Blick auf ihrem bezaubernden Gesicht. „Ich bin hungrig. Du auch."

„Ja."

„Was wirst du dir bestellen?"

„Diese Art von Hunger meinte ich nicht", entgegne ich und spüre, wie mein Schwanz zuckt, als sie die Augenbraue hebt und mir verführerisch zuzwinkert.

Muss wohl am Wein und an zu viel Sonne liegen, dass ich so offen bin und so hemmungslos mit Kat flirte.

Und natürlich – nicht zu vergessen – an dem Gefühl purer Lust, das ich empfinde.

Im Haupthaus ermutige ich Kat, etwas zu essen, und tue es ebenfalls.

„Ist dir schon mal aufgefallen, dass es anders ist, sich mit Wein zu betrinken als mit anderem Zeug?", fragt Kat, während sie an einer Erdbeere knabbert.

„Inwiefern anders?"

„Wenn ich harte Sachen trinke, dann bin ich ganz schnell sturzbetrunken. Mein Gesicht kribbelt, und ich habe das Gefühl, keine Kontrolle mehr zu haben." Sie schluckt und trinkt einen Schluck aus der Wasserflasche, die ich ihr gegeben habe. „Bier hat wahrscheinlich die geringste Wirkung auf mich. Vielleicht trinke ich auch einfach zu wenig davon. Ich mag es einfach nicht."

„Und wie fühlst du dich, wenn du Wein getrunken hast?"

Sie kneift ihre hübschen braunen Augen zusammen. „Das ist so ein langsames Brennen", beginnt sie. „Mir wird warm. Die Wangen fühlen sich ein bisschen taub an." Sie beugt sich vor und lockt mich mit dem Zeigefinger näher, damit sie mir ins Ohr flüstern kann. „Sogar meine Klit fängt an zu kribbeln."

Ich muss schlucken und streife mit den Lippen über ihre Schläfe. „Wenn du gerade versuchst, mich zu verführen, kann ich nur sagen, es funktioniert."

„Ob ich es versuche? Nein. Ich wollte nur ehrlich sein." Sie tätschelt meine Wange. „Aber es ist gut zu wissen, dass es funktioniert."

Mit diesen Worten schlendert sie davon. Ihre Absätze klackern auf dem Steinboden, und ihre Hüften schwingen in diesem engen Kleid hin und her. Wow, ich bin nicht sicher, ob ich die Fahrt zurück zum Hotel überleben werde.

Kat blickt über die Schulter, als sie mich den Flur entlang zu ihrem Hotelzimmer führt. „Gibt es eine Wiederholung von gestern Abend?"

„Du meinst, ob ich wieder deine Wange küsse und verschwinde?"

„Genau."

„Das will ich nicht hoffen." Ich seufze theatralisch. „Es hat mich fast umgebracht."

„Warum bist du dann gegangen?"

„Weil ich ein Idiot bin." Ich fahre mir durch die Haare. Sie schließt die Tür auf und geht vor mir hinein. „Bist du dir wirklich sicher?"

„Pass auf, ich erklär dir was." Sie wirft ihre Tasche auf einen Tisch und dreht sich, die Hände in die Hüften gestemmt, zu mir herum. „Dies hier ist mein Sexurlaub."

„Wie bitte?"

„Sexurlaub", wiederholt sie und beginnt, ihr Kleid aufzuknöpfen, was mir einen trockenen Mund beschert. „Meine Freundinnen und ich haben uns das überlegt. Ich bin weit weg von zu Hause, also wird der Typ, mit dem ich Sex habe, nicht ständig bei mir aufkreuzen. Ich kann beidseitig zufriedenstellenden Sex mit jemandem haben, der mir gefällt. Und das war's dann."

„Das klingt ja fast zu schön, um wahr zu sein", meine ich. „Du hast also nichts dagegen, mit mir während dieser Woche ins Bett zu gehen? Erwartest nicht, dass mehr daraus wird, und findest es auch nicht schlimm, wenn du mich anschließend nie wieder zu Gesicht bekommst?"

„Ganz genau." Sie nickt.

„Unter einer Bedingung", sage ich und kann es kaum erwarten, endlich meine Hände auf ihren Körper zu legen.

„Sag schnell, ich hab das Kleid fast ausgezogen, und ich trage keinen Slip."

„Oh Gott." Ich muss noch einmal schlucken und wische mir mit den Fingern über den Mund. „Ich bin der Einzige, mit dem du es auf dieser Reise treibst."

„Ich bin doch keine serienmäßige Sexurlauberin", erklärt sie ernst. „Das war's?"

„Das Ganze führt nicht in eine feste Beziehung, das ist nämlich nichts für mich", verdeutliche ich noch einmal, damit das unmissverständlich klar ist. „Ich mag dich, aber ich werde dir nach dieser Konferenz nicht hinterherlaufen."

„Hast du die Bedeutung des Sexurlaubs nicht verstanden?"

„Doch, habe ich; ich wollte nur sicherstellen, dass du mich auch verstehst. Ich finde dich anziehend, ich werde die Zeit mit dir genießen, und ich werde dich die ganze Woche lang bis zum Umfallen vögeln, aber das war's dann auch."

„Fantastisch." Sie lässt das Kleid fallen, sodass es sich zu ihren Füßen bauscht, und steht jetzt lediglich mit einem schwarzen Push-up-BH vor mir. Mir fallen fast die Augen aus dem Kopf.

„Zieh den BH aus."

Sie beißt sich auf die Unterlippe und gehorcht. Der BH fällt zur Seite, und ich muss einmal tief durchatmen. Ihre Haut ist perfekt. Hell und seidig weich. Ihre Nippel sind tiefrosa und bereits hart. Ihr Körper ist an all den richtigen Stellen gerundet, und sie ist selbstbewusst und stolz genug, um gar nicht erst zu versuchen, sich zu bedecken.

„Verdammt, du bist schön!"

„Und du hast eindeutig zu viel an."

Sie kommt zu mir und nimmt die Sache selbst in die Hand. Sie zieht mir das Hemd über den Kopf und leckt sich ihren Weg über meinen Oberkörper, während sie die Jeans über meine Hüften streift.

„Und ganz offensichtlich trägst du auch nicht gern Unterwäsche", meint sie lächelnd, als mein Schwanz aus der Jeans schnellt und ihr fast ins Gesicht peitscht. Sie umschließt ihn mit der Hand und lässt ihre Zunge mit einer einzigen geschmeidigen Bewegung von meinen Eiern bis zur Spitze gleiten. Wow, mir stockt fast der Atem.

„Dem Himmel sei Dank für die nicht vorhandene Unterwäsche", murmele ich und vergrabe meine Finger in ihrem Haar. „Dabei habe ich dich noch nicht einmal geküsst."

„Dazu bekommst du schon noch Gelegenheit", erwidert sie, ehe sie richtig zur Sache geht. Sie saugt und holt mir einen runter, dass ich mich, wäre ich zehn Jahre jünger, jetzt vermutlich richtig blamieren würde. Stattdessen packe ich sie an den Schultern und ziehe sie hoch, bis sie die Beine um meine Taille schlingen und ich sie zum Bett tragen kann. Endlich kann ich sie auch wie wild küssen.

„Du küsst gut", flüstert sie an meinen Lippen.

„Du auch." Ich lege sie aufs Bett und küsse sie weiter, knabbere an ihren Lippen, an ihrem Mundwinkel und presse zarte Küsse auf ihren Hals und das Schlüsselbein. „Oh Gott, du schmeckst köstlich."

„Du auch, besser sogar als Wein." Sie schnappt nach Luft, weil ich einen ihrer Nippel in den Mund gesogen habe und gleich darauf mit einem lauten Plopp wieder loslasse. „Himmel, das ist gut."

„Nicht zu hart?"

„Es kann gar nicht zu hart sein, Mac", meint sie, vergräbt die Finger in meinen Haaren und zieht einmal fest daran. Ich grinse und beiße in ihren Nippel, bevor ich feuchte Küsse auf ihrem Bauch, ihren Rippen und ihrem Nabel verteile.

„Der steht ja vor."

„Bei dir auch", meint sie lachend.

„Das ist nicht mein Nabel, Schätzchen." Dafür beiße ich sie in den Bauch, was sie stöhnen und sich winden lässt. Verdammt, sie reagiert so was von herrlich sinnlich. „Vielleicht sollte ich dich dafür bestrafen."

„Oh ja, bitte", meint sie und nickt heftig. „Ich bin ein ganz unartiges Mädchen."

„Du bist ein beschwipstes Mädchen", erinnere ich sie und knabbere mich an ihrem Oberschenkel entlang. „Du duftest ganz köstlich."

„Ich bin gar nicht mehr so betrunken" Sie stellt einen Fuß auf meine Schulter und hebt die Hüften, um mir ihren Schoß darzubieten. Natürlich enttäusche ich sie nicht. Mit beiden Händen packe ich ihren Hintern und lecke über ihren glatten Schamhügel. Kat keucht auf und zieht noch heftiger an meinen Haaren. „Gott, bist du gut darin."

Ich lächele, das Gesicht noch immer in ihrem Schoß vergraben, ehe ich mit dem Mund über ihre Schamlippen gleite und meine Zunge in ihr versenke. Im nächsten Moment nehme ich ihre Klit in den Mund und sauge hart. Als ich mit zwei Fingern in sie eindringe, kommt Kat unter mir. Sie schreit auf und wirft den Kopf hin und her.

Wie ein verdammter Schraubstock umschließt sie meine Finger. Ich will endlich in ihr sein. Kann es kaum noch erwarten.

Aber ich will auch nicht, dass das hier zu schnell vorbei ist.

Gemächlich küsse ich mich wieder an ihrem Körper hinauf. „Na sieh mal einer an, wie hübsch du für mich errötest, Kat."

„Ich kriege die Augen nicht mehr auf", keucht sie. „Ich bin nicht einmal davon überzeugt, dass ich noch am Leben bin."

Ich kneife sie in einen Nippel, sodass sie aufschreit. „Tot bist du jedenfalls nicht."

„Gott sei Dank." Sie fährt mir mit den Händen über Schultern und Arme. „Verhütung?"

„Das ist das Aufregendste, was je ein Mensch zu mir gesagt hat."

Sie verzieht das Gesicht und kreist mit den Hüften, sodass ich mich kaum noch beherrschen kann.

„Ich nehme zwar die Pille, aber dies hier ist ein Sexurlaub, und ich habe nicht die Absicht, irgendein Risiko einzugehen. In meinem Koffer sind Kondome."

„Wie mir scheint, bist du gut vorbereitet aufgebrochen." Ich ziehe mit meiner Zunge eine Spur über ihren Arm und knabbere an der Innenseite ihres Ellenbogens. „Eine Frau, die vorausschauend denkt. Gefällt mir."

„Ich bin eine Planerin", stimmt sie zu. „Und wenn du nicht in Windeseile ein Kondom auf dieses Monster von Schwanz ziehst und mich fickst, bis ich nicht mehr geradeaus gucken kann, haben wir ein Problem."

Ich grinse sie an, streiche ihr die wilden Locken aus dem Gesicht und küsse sie ausgiebig und nicht gerade zärtlich. Erst als wir beide nach Luft ringen, lasse ich von ihr ab.

„Ich werde nicht sonderlich zart mit dir umgehen."

„Hoffentlich sind das nicht nur leere Versprechen."

3. Kapitel

Kat

Ich weiß nicht, womit ich mir Mac als Sexurlaubs-Partner verdient habe, aber was immer es ist: Ich würde es mit Begeisterung wieder und wieder tun, wenn das dabei herauskäme. Der Mann ist der personifizierte Sex. Der Körper, der sich unter seiner lässigen Kleidung versteckt, ist der Hammer. Ich könnte ihn den ganzen Tag lang einfach nur berühren.

Okay, das stimmt nicht ganz. Es würde nämlich innerhalb von Sekunden zu Sex führen, aber verdammt, auch darüber würde ich mich nicht beschweren.

Er klettert von mir runter und geht hinüber zu meinem Koffer. „Hier drin?"

„Ja, irgendwo weiter unten." Ich schlüpfe unter die Bettdecke, was mir einen bösen Blick von Mac einbringt, als er sich mit der Packung Kondome in seiner magischen Hand zu mir umdreht.

„Noch eine Bedingung."

„Du bist ja streng", sage ich, während er die Packung aufreißt und wieder zu mir kommt. Ein kleines Lächeln umspielt seine Lippen.

„Du ahnst gar nicht, wie streng", meint er. „Ich will nicht, dass du dich jemals bedeckst. Du bist schön."

„Und kalt", entgegne ich. „Ich bin weiß Gott nicht verklemmt, Mac, mir war einfach nur kalt."

„Dem kann ich abhelfen", sagt er, zieht die Decke weg und ersetzt sie durch seinen langen, geschmeidigen und muskulösen Körper. Er schiebt sich zwischen meine Beine und vergräbt sein Gesicht an meiner Halsbeuge, küsst und leckt mich, dass mein Körper von oben bis unten zu kribbeln beginnt – vor allem an den wichtigen Stellen. „Du riechst köstlich."

„Und du fühlst dich noch besser an", flüstere ich und packe seinen Hintern. „Ich will dich endlich in mir spüren, Mac."

Er rutscht ein Stückchen hoch, nimmt einen meiner Nippel zwischen die Lippen und saugt daran, ehe er langsam in mich eindringt. Auf halbem Weg hält er inne und starrt keuchend auf mich hinab. „Okay?"

„Viel mehr als nur okay." Ich schlinge meine Beine um seine Hüften und ziehe ihn zu mir. „Komm, mehr."

„Ich will dir nicht wehtun."

„Dafür bin ich viel zu feucht."

Er gleitet tief in mich hinein, stützt sich über mir ab und schaut mich mit diesen unglaublich grünen Augen an.

„Deine Tattoos leuchten auf den weißen Laken geradezu, Kat. Du bist so voller Farbe, dass ich gar nicht weiß, wo ich zuerst hinschauen soll."

„Hör auf, den Romantiker zu spielen." Ich stöhne auf. „Du sollst mich nur bis zur Besinnungslosigkeit ficken."

Er hebt eine Braue. „Was? Kein Liebesgeflüster?"

Ich schüttele langsam den Kopf und lasse meine Hüften kreisen, woraufhin Mac den Kiefer anspannt. Äußerst zufrieden küsse ich seinen Arm und beiße in seinen Muskel, als ich plötzlich auf den Bauch gedreht werde. Mac versetzt mir einen Schlag auf den Hintern.

Einen harten Schlag.

Ich liege lang ausgestreckt auf dem Bett, während Mac sich rittlings auf meine Beine gesetzt hat und mich hart und schnell fickt. Mir bleibt nichts, als das Kissen zu umklammern und lustvoll zu stöhnen, während er genau die richtige Stelle trifft, wieder und wieder. In dieser Position fühlt er sich noch größer an; er füllt mich ganz aus und bringt mich fast um den Verstand.

Mac leckt über meine Schulterblätter und beißt mich in den Hals. „Besser?"

Ich kann nur noch nicken. Mein Körper steht in Flammen, und ich empfinde mehr, als ich je für möglich gehalten hätte.

Mac packt meine Haare im Nacken. Er zieht nicht daran, hält sie aber fest und erinnert mich auf diese Weise daran, wer in diesem Moment das Sagen hat.

Es ist so unglaublich erotisch.

„Du bist so fucking sexy", keucht er, ohne aus dem Rhythmus zu kommen. „Seit ich dich das erste Mal gesehen habe, wollte ich in dir sein. Ich werde dich jeden einzelnen Tag, den wir hier sind, vögeln."

„Ja." Oh mein Gott, seine Stimme, voller Sex und Versprechen, lässt mich kommen. „Fuck."

„Genau." Er verändert seine Position, indem er seine Knie zwischen meine schiebt, damit er meine Hüften vom Bett anheben kann. Diesmal bekomme ich einen harten Klaps auf die andere Pobacke, bevor er erneut unglaublich tief in mich eindringt und wieder und wieder zustößt, bis ein gigantischer Orgasmus durch mich hindurchströmt.

Keuchend und schweißgebadet liegen wir eine Weile regungslos da, ehe Mac sich von mir löst und neben mich fallen lässt. Keiner von uns beiden bringt ein Wort heraus. Gut so, ich wüsste ohnehin nicht, was ich sagen sollte.

Was sagt man, wenn man den besten Sex seines Lebens gehabt hat? „Vielen Dank" scheint mir irgendwie nicht so ganz passend.

„Was denkst du?", will Mac wissen.

„Dass ich hungrig bin", lüge ich und drehe mich zu ihm herum. „Und dass du uns etwas beim Zimmerservice bestellen solltest."

Er grinst. „Was hättest du denn gern?"

„Von allem etwas."

Die Zeit vergeht wie im Flug, wenn man Spaß hat. Ein uralter Spruch, aber bisher war mir nicht bewusst, wie viel Wahrheit darin steckt. Die Woche ist im Nu verflogen. Tagsüber haben wir Weingüter und Seminare besucht, und die Nächte habe ich mit Mac verbracht.

Jede einzelne Nacht.

Der Mann ist so was von gut im Bett, unglaublich.

Aber heute ist unser letzter gemeinsamer Tag. Ich bin nicht so dumm zu glauben, dass wir uns in dieser Woche ineinander verliebt haben. Und ich werde mich auch nicht wie ein liebeskranker Teenager nach ihm sehnen, wenn wir von hier wegfahren.

Aber niemals werde ich ihn und die wunderbare Woche vergessen, die wir zusammen hier im Weingebiet verbracht haben. Irgendwie ziemlich romantisch, obwohl so ein Sexurlaub ja absolut nichts mit Romantik zu tun haben sollte.

„Wir sind da", flüstert Mac mir ins Ohr, als der Bus auf dem letzten Weingut der Woche hält.

„Sehr schön."

„Wo warst du gerade eben?", fragt er und lässt seine Hand auf meinem Schenkel auf und ab gleiten. Am liebsten würde ich schnurren. Die Dinge, die dieser Mann mit seinen Händen anrichten kann, sollte man mit einem Warnhinweis versehen.

„Ich bin hier bei dir", erwidere ich.

„Nein, du warst ganz weit weg", murmelt er.

„Ach, ich habe nur daran gedacht, was ich zu Hause alles zu tun habe", lüge ich lächelnd, während wir alle aus dem Bus steigen.

Heute will ich nicht viel trinken. Die ganze Woche lang war ich reichlich beschwipst, wenn wir ins Hotel zurückgekehrt sind, und auch wenn das lustig war, merke ich doch langsam die Auswirkungen.

Von verrücktem Sex mit Mac habe ich noch nicht genug, aber vom Wein schon, und das ist etwas, was ich nie für möglich gehalten hätte.

„Du bist schon wieder ganz woanders", stellt Mac fest und hält mir ein Weinglas entgegen.

„Entschuldige." Ich zucke mit den Schultern. „Das war eine ziemlich ereignisreiche Woche."

In seinen grünen Augen lodert Lust auf. „Das kannst du laut sagen."

Lachend schüttele ich den Kopf, weil er mir das Weinglas noch immer entgegenhält. „Ich glaube, ich verzichte heute mal."

Er reißt erstaunt die Augen auf. „Geht es dir gut?"

„Wunderbar, ich hatte nur ein bisschen viel Alkohol die letzten Tage. Heute lasse ich es mal ruhiger angehen."

„Gute Idee." Er nickt und wendet sich an den Sommelier. „Wir werden heute nicht probieren, aber es wäre trotzdem nett, wenn Sie uns jeden Wein beschreiben und uns ein Glas einschenken. So können wir an ihm riechen und ihn anschauen."

„Natürlich, gern", sagt der junge Mann mit professionellem Lächeln und beginnt seine Präsentation. Der Wein duftet hervorragend, und ich mache mir eine Notiz, dass ich ein paar Kisten für die Bar bestelle. Dann gehen Mac und ich nach draußen, um an den Weinhängen entlangzuspazieren.

„Das finde ich am schönsten", sage ich, als wir langsam an den großen grünen Reben vorbeischlendern, die in endlosen schnurgeraden Reihen gepflanzt sind.

„Die Weintrauben?", fragt er.

„Ja." Ich bleibe stehen und nehme eine Handvoll roter Trauben in die Hände. Sie sind noch nicht ganz reif, aber es wird nur noch wenige Tage dauern, bis sie geerntet werden. „Sie sind fantastisch."

„Es riecht herrlich hier draußen." Mac atmet tief ein. „Wir hatten Glück mit dem Wetter."

„Ich würde sagen, wir hatten mit allem Glück." Ich lächele und wandere weiter durch die Weinstöcke. Irgendwie bin ich heute in einer merkwürdigen Stimmung. Nicht so glücklich wie sonst, aber auch nicht richtig traurig.

Vielleicht liegt es daran, dass ich heute den letzten Tag und die letzte Nacht mit Mac verbringe. Kein Wunder, dass mich das melancholisch stimmt. Man sagt nicht jeden Tag Auf Wiedersehen zum besten Sex seines Lebens.

„Gehst du heute Abend mit mir zum Abschlussdinner?", fragt Mac hinter mir. Ich blicke über die Schulter und spüre eine Art Befriedigung in mir aufwallen.

„Ich denke, dazu könnte ich mich überreden lassen."

Seine Mundwinkel zucken. Ich würde ihn am liebsten anknabbern.

„Da bin ich aber erleichtert."

Bevor ich zum Bus gehen kann, schnappt sich Mac meine

Hände und zieht mich an sich, während er meine Hände auf meinem Rücken festhält. Sein Brustkorb fühlt sich hart an, und seine Lippen sind nur wenige Zentimeter von meinen entfernt.

„Du bist so sexy, Kat."

„Du bist auch nicht zu verachten."

„Bin ich der Einzige, der sich morgen nicht für immer verabschieden will?"

Ich seufze und schließe einen kurzem Moment lang die Augen, bevor ich ihn direkt anschaue. „Das hier ist nicht der Beginn einer Beziehung."

„Das haben wir beide von Anfang an klargemacht." Er nickt. „Aber ich hätte nichts dagegen, mit dir in Kontakt zu bleiben, wenn wir wieder im Alltag angekommen sind."

Langsam schüttele ich den Kopf. „Ich denke, das sollten wir sein lassen. Wir hatten eine tolle Zeit. Wir *haben* eine tolle Zeit."

„Was im Napa Valley passiert ist, bleibt im Napa Valley?"

„Ja." Ich lache leise und trete einen Schritt zurück, als er meine Hände loslässt. „Tanzt du heute Abend mit mir?"

„Natürlich." Sanft legt er mir eine Hand aufs Kreuz und führt mich in Richtung Bus. „Warte nur ab, was ich mit diesen Füßen alles kann."

„Trampelst du mir auf den Zehen rum? Sollte ich Schuhe mit Stahlkappen anziehen?"

„Du hast kein Vertrauen in mich", schmollt er. Sogar sein Schmollen ist sexy. Wie kann das angehen?

„Ich habe nur Angst um meine Füße." Ich lache. „Die brauche ich dringend bei der Arbeit."

„Nicht nur deine Füße werden den Abend wunderbar überstehen; du wirst auch von meinem Rhythmusgefühl begeistert sein."

„Das sind ja ziemlich große Versprechungen, mal sehen, ob du sie erfüllen kannst."

„Die Herausforderung nehme ich an." Er zwinkert mir zu und bedeutet mir, vor ihm in den Bus zu steigen.

Okay, er hat nicht gelogen. Der Mann *kann* tanzen. Und damit meine ich nicht nur, dass er im Takt ist und dabei nicht aussieht wie ein Trottel. Ganz offensichtlich hat er es richtig gelernt, denn er wirbelt mich den ganzen Abend lang wie ein Profi über die Tanzfläche.

Meine Füße tun weh, aber nicht, weil er mir draufgetreten wäre – wenn überhaupt, dann war ich diejenige, die ihm das eine oder andere Mal wehgetan hat.

„Ernsthaft, wo hast du das gelernt", frage ich, als wir uns nach Atem ringend an unseren Tisch setzen und ich einen Schluck Wasser trinke.

„Meine Mutter hat mich mehr oder weniger dazu gezwungen, Tanzstunden zu nehmen, als ich jung war", erklärt er und zuckt mit den Schultern. „Ist ganz praktisch für Hochzeiten und Bar-Mitzwas."

„Und Weinkongresse."

„Scheint so."

„Du bist ein Mann mit vielen Talenten." Unverhohlen lasse ich meinen Blick über seinen Körper gleiten und vernasche ihn mit den Augen. Ich habe heute keinen Alkohol getrunken, und trotzdem bin ich genauso scharf auf Mac wie zuvor.

Ein gutes Zeichen.

„Wenn du mich weiter so ansiehst", sagt er, bevor er auch einen Schluck Wasser trinkt, „dann ficke ich dich da drüben an der Wand vor allen Leuten."

Ich grinse. „Schön wär's."

Er kneift die Augen zusammen und steht auf. Dann schnappt er sich meine Hand und führt mich aus dem Ballsaal, den Gang entlang zu einem dunklen, leeren Konferenzzimmer. Hastig huschen wir hinein. Mac schaltet das Licht nicht an.

„Das ist jetzt aber nicht vor allen Leuten."

„Nein, aber wenn du nicht leise bist, könnte jemand reinkommen, und das ist auch ziemlich aufregend, oder findest du nicht?"

Er hat mich ins Zimmer gedrängt, die Hände auf meinen Schultern, und ist mir so nahe, dass ich seine Hitze spüren kann.

„Hast du überhaupt eine Ahnung, wie verdammt sexy du in diesem Kleid bist?"

„Das Kleid ist ganz nett", meine ich und schnappe im nächsten Moment nach Luft, als Mac mich auf den Tisch hebt. Einer meiner Schuhe fällt polternd zu Boden.

„Du hast einen Körper, der geradezu für die Sünde geschaffen ist", sagt Mac und beißt mich spielerisch in die nackte Schulter. „Diese rote Seide umschmeichelt jede einzelne deiner Kurven."

„Ich habe viele Kurven", stelle ich mit heiserer Stimme fest.

„Ich liebe jede einzelne." Er knabbert an meinem Schlüsselbein. „So, und jetzt sei still, damit wir niemanden auf uns aufmerksam machen."

„Küss mich einfach, während du mich vögelst, dann kann ich nicht schreien."

Seine Lippen zucken amüsiert.

„Meine Lippen werden zu sehr mit anderen Dingen beschäftigt sein." Er nimmt mein Kleid und drängt mich, die Hüften zu heben, damit er es mir bis zur Taille hochziehen kann. Eine Sekunde später kniet er vor mir. „Ich liebe es, dass du keinen Slip trägst."

„Vereinfacht die Dinge", murmele ich.

„Machst du das extra für mich?"

„Vielleicht." Ich fahre ihm mit beiden Händen durch die Haare und wünschte, ich könnte sein Gesicht besser sehen, aber es ist zu dunkel. Dabei liebe ich es, wie seine grünen Augen strahlen, wenn er erregt ist. „Aber du kommst nachher trotzdem noch zu mir aufs Zimmer, oder?"

„Kat?"

„Ja?"

„Hör auf, so viel nachzudenken." Er presst seine Lippen auf meine Schenkel. „Leg dich hin."

Ich gehorche, und er legt meine Füße auf seine Schultern, öffnet mich ganz weit, und ehe ich mich's versehe, presst er seinen Mund auf mich, küsst meinen Venushügel, meine Klit, meine Schamlippen.

Ich will nicht, dass er zärtlich ist, ich will, dass er saugt und beißt. Aber etwas habe ich inzwischen über Mac gelernt: Alles, was er tut, tut er in seinem eigenen Tempo.

Wenn ich anfange, ihn zu drängen, macht er nur noch langsamer.

Sturer Bock.

Endlich verstärkt er seinen Druck und saugt härter, und ich kann nichts weiter tun, als die Tischkante zu umklammern und mir auf die Lippen zu beißen, obwohl ich am liebsten aufschreien würde. Ich wimmere, und er zieht sich zurück.

„Ich habe gesagt, du sollst still sein."

„Aber du saugst an meiner Klit."

„Und das werde ich auch weiter tun, aber du musst still sein."

Ich nicke, aber er kann mich nicht sehen.

„Verstanden?"

„Ja", keuche ich. Er schiebt zwei Finger in mich hinein, und sofort hebe ich die Hüften vom Tisch, während er die Finger leicht beugt und genau den richtigen Punkt trifft. Himmel, er bringt mich noch um.

Wieder presst er seine Lippen auf meine Klit und beginnt zu saugen, und dann ist es um mich geschehen. Ich komme mit aller Macht, werfe den Kopf hin und her, bleibe aber ganz still. Schließlich lässt Mac von mir ab, steht auf und hilft mir, mich aufzurichten.

„Komm, wir gehen in mein Zimmer."

„Oh nein, Schätzchen. Der Abend ist noch nicht vorbei. Wir müssen noch ein paar Runden tanzen."

„Aber ich bin feucht und tierisch angetörnt."

Er lacht leise und küsst mich erst auf die Stirn, dann auf den Mund. Ich schmecke mich selbst und will nichts lieber, als ihn in mein Zimmer zerren und ihn vögeln, bis keiner von uns beiden mehr laufen kann.

„Ich will, dass du den ganzen Abend lang schön feucht und angetörnt bist, bis ich dich ins Bett kriege, damit ich mich mit dir vergnügen kann."

„Du bist ziemlich herrisch heute Abend."

Aber nicht nur heute Abend. Was den Sex angeht, ist er eigentlich immer ziemlich herrisch. Das ist eine der Eigenschaften, die mir mit am besten an ihm gefallen. In meinem Alltag muss ich jeden Tag ständig auf alles eine Antwort parat haben. Da mag ich es, wenn ein Mann im Schlafzimmer einfach mal das Kommando übernimmt.

Allerdings schockiert es mich, dass ich ihm genügend vertraue, um ihm dieses Kommando auch zu überlassen.

Aber so ist es, und es ist eine der wunderbarsten Erfahrungen meines Lebens.

4. Kapitel

Mac

Kat ist erschöpft. Sie lächelt zwar und plaudert mit ihren Bekannten, umarmt sie und verabschiedet sich von ihnen, aber ihre Augen wirken müde, und ihre Schultern sind zusammengesackt. Ich möchte sie in ihr Zimmer bringen und sie einfach nur im Arm halten.

Sie würde sagen, das stehe nicht auf der Sexurlaub-Agenda, aber das ist mir egal.

„Bist du so weit?", fragt sie, als alle anderen weg sind.

„Wenn du so weit bist."

Sie nickt und blickt sich noch einmal um. „Ich glaube, ich habe mit allen gesprochen. Meine Füße bringen mich langsam um."

„Du hast ja auch absurd hohe Schuhe an." Ich streiche ihr eine Strähne des unglaublich roten Haares hinters Ohr.

Sie kneift die Augen zusammen. „An Louboutins ist absolut nichts absurd."

„Wenn sie so hoch sind, schon."

„Diese Schuhe sind fantastisch", sagt sie schnippisch und hebt das Kinn, wie um die Schuhe bis zum Tod zu verteidigen.

Kat ist fantastisch.

„Das bestreite ich ja gar nicht. Komm, lass uns raufgehen, damit du sie ausziehen kannst."

„Du könntest mich wahrscheinlich auch überreden, mehr

als nur meine Schuhe auszuziehen." Sie gähnt. „Die Nacht ist noch jung."

„Die Nacht ist ein alter Mann." Ich ziehe sie lachend an mich, als sich die Fahrstuhltüren schließen. An die Spiegelwand gelehnt genieße ich es, wie perfekt Kat sich in meinen Armen anfühlt.

„Ich bin gar nicht müde", behauptet sie und gähnt noch einmal.

„Wie alt bist du? Vier?"

„Viereinhalb."

„Hm." Ich presse mein Gesicht in ihr Haar und atme tief ein. Sie duftet würzig, scharf, und das entspricht genau ihrer Persönlichkeit.

Als wir auf unserer Etage ankommen, gehen wir zusammen zu ihrem Zimmer. Ich warte, bis Kat aufgeschlossen hat, und folge ihr hinein.

Sofort wirbelt sie herum, packt mich und zieht mir mein Jackett über die Arme. Schnell halte ich sie auf, bevor ich sie noch im Nullkommanichts nackt ausziehe und gegen die Tür gedrängt ficke.

„Nicht so hastig, Rotschopf."

„Warum nicht?"

„Weil ich es sage." Ich werfe ihr einen strengen Blick zu und registriere zufrieden, dass sich ihre braunen Augen vor Lust weiten. Ich liebe es, wie sie auf meine Kommandos im Schlafzimmer reagiert.

Sie ist echt erfrischend anders.

„Zieh dir lieber etwas Bequemes an, und lass uns eine Kleinigkeit beim Zimmerservice bestellen."

Sie sackt ein wenig zusammen, fast so, als wäre sie erleichtert.

Ich weiß, was du brauchst.
„Eis?"
„Wenn du willst."
„Und wie!" Sie schält sich aus ihrem Kleid und dem BH, bevor sie in ihrem Koffer wühlt. Ich muss mich umdrehen, um den Zimmerservice anzurufen, denn eine nackte Kat stellt eine zu große Verlockung dar.

Während ich bestelle, bedeute ich Kat, sich in einen der Sessel vor dem Fenster zu setzen. Ich schiebe den zweiten Sessel dazu, setze mich ihr gegenüber und ziehe einen ihrer Füße auf meinen Schoß. Sie hat noch immer ihre Schuhe an.

Es sind schwarze Schuhe mit mörderischen Absätzen, Riemen um den Knöchel und roter Sohle.

„Ich liebe diese Schuhe", murmelt sie, während ich das Riemchen öffne, ihr den Schuh ausziehe und vorsichtig auf den Boden stelle. „Selbst wenn sie mir die Füße kaputt machen, sind sie es wert."

„Ich habe noch nie verstanden, warum Frauen solche Dinger anziehen."

„Das müssen Männer auch nicht", antwortet sie mit einem Lächeln auf ihren roten Lippen. Ich bohre meinen Daumen in ihre Fußsohle und ernte dafür ein regelrechtes Schnurren. „Gütiger Gott, das hattest du die ganze Zeit schon drauf?"

„Ich war zu sehr damit beschäftigt, dich auf andere Art und Weise zum Stöhnen zu bringen", erinnere ich sie und muss grinsen, als sie sich auf die Lippen beißt. Kat ist eine unglaubliche Frau. Ich habe sie inzwischen ungeschminkt gesehen, aber auch voll herausgeputzt, und egal wie, sie sieht immer fantastisch aus. Es überrascht mich, wie sehr mir ihr Stil gefällt. Normalerweise bin ich eher der konservative Typ, aber Kats spielerischer Rockabilly-Look passt perfekt zu ihr. Ihre Tattoos sind knallig und bunt, und ihre Kleidung ist geschmackvoll, aber gleichzeitig immer ein wenig provokant.

„Was denkst du?", fragt sie. Ich schaue ihr in die Augen. Sie sind schwer, und Kat mustert mich träge.

„Dass mir dein Stil gefällt."

Sie grinst. „Entweder man liebt mich, oder man hasst mich."

„Dem würde ich widersprechen." Ich nehme ihren anderen Fuß auf meinen Schoß, ziehe ihr den teuren Schuh aus und mache mich wieder an die Arbeit. „Du willst damit nicht provozieren, es ist einfach deine Art, Kat. So, wie einige Frauen lieber Jeans und T-Shirts anziehen oder irgendeine andere Art von Stil mögen. Du bist keine Rebellin."

„Für so einen Scheiß bin ich zu alt."

„Genau. Das gefällt mir."

„Danke", erwidert sie mit einem Lächeln, gerade als es an der Tür klopft. Der Zimmerservice. „Glaub ja nicht, dass du schon von der Fußmassage befreit bist."

„Davor würde ich mich doch nie drücken." Ich gehe die Tür öffnen. Als ich mit unserem Mitternachtssnack zurückkomme, schreibt Kat gerade eine Nachricht auf ihrem Handy.

„Mia spinnt." Sie verzieht das Gesicht. Als ich den Eisbecher neben sie stelle, strahlt sie. „Oh Gott, es gibt auch Schokolade."

„Außerdem habe ich Käsekuchen und Kekse bestellt, nur für den Fall."

„Du bist richtig gut. In Sachen Zimmerservice, meine ich."

„Ich bin gut in vielen Dingen." Ich halte ihr einen Löffel voller Eis vor den Mund.

„Das ist köstlich."

Sie konzentriert sich auf ihr Handy und lächelt über die Antwort, die sie von ihrer Freundin bekommt, während sie

Eis in ihren perfekten Mund schaufelt. Ihr beim Essen zuzuschauen erregt mich ungemein.

Im Grunde erregt mich alles, was sie tut.

Noch immer grinsend meint sie: „Meine Freundin Mia schreibt mir. Sie ist echt witzig."

„Mia?", hake ich nach, genieße den Zucker, die Massage und Kats Reaktion auf die Nachrichten ihrer Freundin.

„Sie ist eine meiner Geschäftspartnerinnen. Die Küchenchefin. Und Chefin heißt in diesem Fall, dass sie die reinste Diktatorin in der Küche ist."

„Sie ist bestimmt gut in ihrem Job, oder?"

„Ja, das stimmt", erwidert sie stolz. „Sie arbeitet noch härter als wir anderen, und glaub mir, wir arbeiten alle viel. Aber Mia kommt kaum raus aus dem Restaurant. Soweit ich weiß, schläft sie so gut wie nie."

„Dann kriegt sie bald einen Burn-out."

„Das sagen wir ihr auch schon die ganze Zeit, aber sie ist so verdammt stur. Ist wahrscheinlich der Grund, warum wir so gut miteinander auskommen."

„Es ist schon spät."

„Sie ist vermutlich gerade auf dem Weg nach Hause." Kat verzieht noch einmal grinsend das Gesicht. „Sie erkundigt sich nach meinem Sexurlaub."

„Wer hat sich das Wort überhaupt ausgedacht?", will ich wissen, während ich mit der Hand über ihre Wade gleite.

„Weiß ich gar nicht mehr." Sie runzelt die Stirn. „Es kam auf, als Addie, noch eine meiner Partnerinnen, Probleme mit ihrem Liebesleben hatte. Also bevor sie ihren Mann getroffen hat und wir sie ermuntert haben, mal ein bisschen Spaß zu haben."

„Und hat sie den Rat befolgt?"

Sie zuckt mit den Achseln. „Sie hat Jake getroffen, und sie haben angefangen, umeinander herumzueiern."

„Herumzueiern?" Ich schüttele lachend den Kopf. „Klingt lustig."

„Tja, so war es aber. Und jetzt sind sie verheiratet und bekommen bald ein Baby. Ich kann es kaum erwarten."

„Magst du Babys?"

„Normalerweise nicht." Sie neigt den Kopf zur Seite, und zwischen ihren Brauen bildet sich eine kleine Falte. „Eigentlich treiben Kinder mich in den Wahnsinn. Cami liebt Babys. Aber das hier ist was anderes. Es ist Addies Baby."

Sie sagt das ganz selbstverständlich. Es ist das Kind ihrer Freundin, also wird sie es natürlich lieben.

„Okay, jetzt musst du mich aber mal komplett aufklären", beginne ich, verändere kurz meine Sitzposition und nehme mir noch einmal den anderen Fuß vor. „Wer ist wer, und wie viele Geschäftspartnerinnen hast du?"

Sie legt das Handy zur Seite und schnappt sich ihren Eisbecher, ehe sie mir ihre ganze Aufmerksamkeit schenkt.

Genau so habe ich es gern.

„Wir sind fünf", erzählt sie. „Mia, wie gesagt, unsere Küchenchefin. Addie kümmert sich um den Restaurantbetrieb. Cami ist unsere Buchhalterin. Riley ist für Marketing und Public Relations zuständig. Und ich."

„Du betreibst die Bar."

„Genau." Sie nickt.

„Wie habt ihr euch denn kennengelernt?"

„Na ja, Mia, Addie und Cami kennen sich, seit sie klein waren. Sie sind zusammen aufgewachsen. Riley und ich sind auf dem College dazugestoßen. Ich war Mias Zimmergenossin, und Riley war Camis."

„Und ihr habt euch sofort angefreundet?"

„Ich war die kleine Nervensäge, so eine Art kleine Schwester."

„Was meinst du damit?"

„Ich bin ein paar Jahre jünger als die anderen." Sie zuckt mit den Schultern. „Ich bin schon mit sechzehn aufs College gegangen."

„Tatsächlich."

„Ja, keine große Sache."

„Was hast du studiert?"

„Ich habe einen Doktor in Psychologie."

Ich blinzele und merke, dass ich die Augenbrauen hochziehe. „Und du arbeitest als Barkeeperin?"

„Ich bin Geschäftsinhaberin", erwidert sie scharf, und ich hebe ergeben die Hände.

„Entschuldige, das sollte keine Beleidigung sein. Ich bin nur überrascht."

„Meine Eltern dachten, ich würde, wie sie, Wissenschaftlerin werden."

„Was machen die denn?"

„Sie sind Raketenforscher. Zwei der herausragenden Köpfe des Landes, und ihre Tochter ist Barkeeperin."

„Geschäftsfrau", erinnere ich sie zwinkernd. Du meine Güte, ich hatte ja keine Ahnung. Mir war schon bewusst, dass sie clever ist, aber damit hätte ich nicht gerechnet.

„So hatten sie sich das eben nicht vorgestellt."

„Sind sie wütend darüber? Nerven sie dich deswegen?"

„Oh nein." Sie schüttelt den Kopf und stellt die leere Schüssel zur Seite. „Meine Eltern sind großartig. Sie freuen sich, wenn ich glücklich bin, aber sie hätten es lieber, ich würde eine Praxis mit meinem Namen samt Doktortitel an der Tür führen und zweihundert Dollar die Stunde verdienen."

„Und warum tust du es nicht?"

Sie kaut einen Moment lang auf ihrer Unterlippe herum, bevor sie sich zurücklehnt und die Hände auf ihrem Bauch verschränkt. Immer mehr Haarsträhnen lösen sich aus ihrer Frisur. Zu gern würde ich meine Hände darin vergraben.

„In gewisser Weise tue ich genau das. Ich meine, es gibt doch dieses Klischee über die Leute, die in eine Bar gehen, um sich beim Barkeeper ihre Sorgen von der Seele zu reden, oder nicht?" Sie grinst. „Ich habe bei mir in der Bar Geschichten gehört, da würden dir die Haare zu Berge stehen. Ich gebe Ratschläge. Und ich kann auf diese Weise mit Wein arbeiten, etwas, was ich liebe. Ich betreibe ein erfolgreiches Restaurant zusammen mit meinen besten Freundinnen. Ich würde sagen, ich habe mir von allem das Beste rausgepickt."

„Scheint mir auch so", erwidere ich und muss lachen, als sie schon wieder gähnt. „Du bist erschöpft, Rotschopf."

„Ja." Sie seufzt. „Es war eine tolle Woche, Mac."

„Da gebe ich dir recht."

„Wann fliegst du nach Hause?"

„Morgen."

„Ich auch." Sie hat Mühe, die Augen offen zu halten, und sinkt noch tiefer in den Sessel. „Mein Flug geht früh um neun Uhr."

„Meiner auch."

„Nach Portland?"

Ich nicke.

„Sitzen wir etwa wieder im selben Flieger? Wär ja lustig." Sie verzieht das Gesicht. „Ich will nicht fliegen. Vielleicht sollte ich mir einfach einen Wagen mieten und zurückfahren."

„Du bist eine starke Frau, Kat. Du schaffst das."

„Ich bin ein taffes Mädchen." Ihre Stimme wirkt sanft, und

in ihrer kurzen schwarzen Yogahose und dem ausgeblichenen Pokémon-T-Shirt sieht sie plötzlich gar nicht wie ein taffes Mädchen aus.

Aber das ist sie.

„Genau."

„Du machst mich ganz schläfrig mit deiner Fußmassage."

„Du würdest sowieso gleich einschlafen."

„Was ist mit dem versprochenen Sex?"

„Das wird wohl bis morgen früh warten müssen." Ich stehe auf und ziehe sie aus dem Sessel, bevor ich sie zum Bett bringe und zudecke.

„Geh nicht."

Sie hält meine Hand fest. Keine zehn Pferde könnten mich heute Nacht von ihr wegbringen.

„Ich gehe nirgendwohin, Kleines. Ich will mich nur ausziehen."

Ihre Lippen zucken, und sie schließt die Augen. „Guter Plan."

Ich ziehe mich bis auf die Unterhose aus, schalte das Licht aus und klettere zu Kat ins Bett. Sie schnarcht schon leise, und ich muss lächeln. Im Dunkeln beobachte ich sie. Der Mond scheint ihr auf Gesicht und Arme und taucht sie in helles, bläuliches Licht. Sie dreht sich, bettet den Kopf auf meine Brust und hält mich ganz fest.

So hatte ich mir das Ende unseres Sexurlaubs nicht vorgestellt, aber es macht mir nichts aus.

„Ich fasse es nicht. Du durftest echt den Platz tauschen?", fragt Kat mit zittriger Stimme, während sie sich anschnallt und nervös in der Kabine des Flugzeugs umsieht.

„Das machen Leute ständig", versichere ich ihr.

„Kann ich Ihnen noch etwas bringen, ehe wir starten?", fragt die Flugbegleiterin.

„Ja, Wasser bitte. Und wenn es geht, in Flaschen."

Sie nickt und bahnt sich ihren Weg durch die Menschen, die auf dem Weg zu ihren Sitzplätzen sind.

„Ich will nicht im Flugzeug sterben."

Kat ringt die Hände. Ich hasse es, sie in diesem Zustand zu sehen. Meine starke, taffe Kat: ein zitterndes, nervöses Wrack.

„Du hast es schon einmal überstanden, und das ist der gleiche Flug, nur in die umgekehrte Richtung."

Sie nickt, aber es ist offensichtlich, dass ihr das nicht weiterhilft.

„Du darfst auch wieder meine Hand halten."

„Okay. Wenigstens ist das diesmal nicht so merkwürdig."

Ich grinse. „Überhaupt nicht." Sie beißt sich auf die Lippen. „Wie kommt es, dass dein Lippenstift nie abgeht?"

„Das ist Permanent-Lippenstift", antwortet sie und bedankt sich lächelnd bei der Stewardess, die uns das Wasser bringt. Kat versucht, die Flasche zu öffnen, doch ihre Hände zittern zu stark. „Ich schaffe es nicht."

„Ich helfe dir." Ich mache die Flasche auf und reiche sie ihr.

„Ich komme mir vor wie ein Idiot."

„Ach was." Ich reibe fest über ihren Oberschenkel. „Du hast eine Phobie, Kat. Die Tatsache, dass du dich ihr stellst, ist verdammt bewundernswert."

„Wenigstens ist Landon nicht hier."

Ich erstarre und wundere mich gleichzeitig über mich selbst, wie sehr mich in diesem Moment die Eifersucht packt. Kat gehört mir nicht. Ich habe kein Recht, eifersüchtig zu sein. Trotzdem stört es mich schon, dass sie einen anderen Mann nur erwähnt.

„Landon?"

„Mias Bruder. Er ist mit Cami verheiratet."

Ich entspanne mich wieder, versuche aber gar nicht erst, meine Reaktion näher zu analysieren. Es ist egal, wer er ist. Sobald wir gelandet sind, ist sie weg, werden wir uns nie wiedersehen.

Na ja. Jedenfalls, wenn es nach ihr geht.

Aber es geht nicht nach ihr. Das weiß sie nur noch nicht.

„Er ist Pilot", fährt sie fort. „Und macht sich natürlich immer über meine Flugangst lustig. Auf eine nervige, brüderliche Weise."

„Ich nicht."

„Gut, sonst müsste ich dich nämlich schlagen, und mir gefällt deine Nase, so wie sie ist." Sie holt tief Luft und reibt sich mit den Händen übers Gesicht, als wir die Startbahn entlangfahren.

„Ich mag meine Nase auch so."

Das Flugzeug beschleunigt und hebt ab, und Kat hört einfach auf zu atmen.

„Luft holen."

Sie schüttelt den Kopf und schnappt erschrocken nach Luft, als wir in ein Luftloch geraten und das Flugzeug leicht absackt.

„War nur ein Luftloch", beruhige ich sie.

Sie atmet aber immer noch nicht richtig.

„Kat, ich darf meinen Sicherheitsgurt noch mindestens zehn Minuten lang nicht öffnen, um dich wiederzubeleben. Also hol Luft, Kleines."

Sie atmet tief ein und aus, schafft es aber nicht, über meinen kläglichen Versuch, sie aufzuheitern, zu lachen.

Die Stimme des Piloten ertönt über die Lautsprecher.

„Guten Morgen, meine Damen und Herren, vielen Dank, dass Sie heute mit uns fliegen. Unsere Flugzeit wird etwas unter drei Stunden betragen. Wir werden versuchen, Sie ein wenig schneller ans Ziel zu bringen, aber der Wetterbericht sagt ein Tiefdruckgebiet voraus, sodass wir Sie bitten möchten, angeschnallt zu bleiben. Die Flugbegleiter werden Ihnen einen kleinen Snack servieren, sobald es sicher genug ist. Wir werden uns bemühen, eine etwas ruhigere Flughöhe für Sie zu finden, aber bitte bleiben Sie angeschnallt. Das Wetter in Portland ist bewölkt bei siebzehn Grad."

„Oh Gott, schon wieder schlechtes Wetter", flüstert Kat. „Warum erwische ausgerechnet ich immer Turbulenzen? Alle sagen, Fliegen sei wie Auto fahren, aber das stimmt gar nicht. Es ist eher wie Achterbahn fahren im Himmel. Und ich hasse Achterbahnen."

Ich nehme ihre Hand. „Schau mich an, Kat."

„Ich kann nicht."

„Ich sagte, schau mich an." Ruckartig dreht sie den Kopf zu mir herum. „Alles wird gut. Ich verspreche dir, dir wird heute nichts Schlimmes passieren."

„Ich will nicht."

Sie ist kurz davor, in Tränen auszubrechen, und das bringt mich wiederum fast um. Als ein leises *Pling* ertönt, das anzeigt, dass wir uns oberhalb von dreitausend Metern befinden, stehen die Stewardessen auf. Ich winke eine zu uns heran.

„Ja, Sir?"

„Ich wollte Ihnen nur sagen, dass ich gleich den Gurt dieser jungen Dame öffnen werde, damit ich sie auf den Schoß nehmen kann. Sie ist in Panik."

Die Stewardess runzelt die Stirn. „Sir, das geht nicht, sie muss angeschnallt ..."

„Das war keine Frage", erwidere ich ruhig. „Und ich will auch nicht unhöflich sein, aber sehen Sie sie sich doch an. Sie kriegt keine Luft. Sie ist in Panik. Ich will sie nur beruhigen."

Kat hört uns gar nicht zu. Sie hat die Ellenbogen auf die Knie gestützt und schaukelt leicht hin und her, das Gesicht in den Händen vergraben.

Die Flugbegleiterin nickt. „Also gut. Aber wenn wir in heftige Turbulenzen geraten, muss sie sich wieder anschnallen."

„In Ordnung."

Ich warte nicht länger, sondern öffne Kats Gurt und hebe sie mühelos auf meinen Schoß.

„Was machst du?"

„Dich festhalten", antworte ich, und sogleich lässt sie den Kopf gegen meine Brust fallen. Ich stöpsele meine Kopfhörer in mein Handy, stecke einen in mein, den anderen in Kats Ohr und suche meine Yoga-Playlist heraus. Kat seufzt.

„Einfach tief durchatmen." Ich küsse ihren Kopf.

So sitzen wir eine ganze Weile und hören der Entspannungsmusik zu, während Kat sich darauf konzentriert zu atmen. Als wie wieder einmal in ein Luftloch geraten, krallt sie die Finger in mein Hemd, aber ich nehme ihre Hand und küsse sie, bevor ich unsere Finger miteinander verschränke. „Alles wird gut."

„So kann man es fast aushalten", gibt sie zu. „Sie sollten dich auf jedem Flug anbieten."

Ich grinse. „Ich bin zu teuer."

Für meinen Geschmack sind wir viel zu schnell gelandet. Ich hätte nichts dagegen gehabt, den ganzen Tag lang mit Kat auf dem Schoß weiterzufliegen.

„Wir haben es geschafft." Sie seufzt erleichtert auf.

„In einem Stück."

Sie lächelt erleichtert, während wir in Richtung Gate rollen. „Vielen Dank. Falls ich jemals wieder so lebensmüde sein sollte und irgendwo hinfliegen will, rufe ich dich an."

Du hast noch gar nicht nach meiner Nummer gefragt, Kleines. Genauso wenig, wie sie gefragt hat, wo ich arbeite, wo ich wohne oder wie ich mit Nachnamen heiße. Sie hat wirklich darauf geachtet, diese einwöchige Beziehung sehr oberflächlich zu halten.

„Ich denke, das schaffst du auch ohne mich. Du bist doch jetzt Profi."

Sie schüttelt den Kopf. „Nie und nimmer."

Als wir das Flugzeug verlassen haben und vor dem Gate angekommen sind, dreht Kat sich zu mir herum. „Ich hatte eine tolle Woche."

„Ich auch."

Sie stellt sich auf die Zehenspitzen und küsst mich zärtlich, aber ausgiebig, während die Leute an uns vorbeieilen.

Schließlich löst sie sich von mir und legt mir kurz die Hand auf die Wange. „Auf Wiedersehen, Mac."

„Auf Wiedersehen, Kat."

Mit klackernden Absätzen geht sie davon und zieht den Koffer mit den Kirschen hinter sich her. Dabei wackelt sie verführerisch mit den Hüften.

Als sie von der Menge verschluckt wird, stelle ich mein Handy wieder an und suche eine Nummer heraus.

„Hallo, hier ist Mac. Wir müssen ein paar Änderungen vornehmen."

5. Kapitel

Kat

„Und seitdem hast du nichts mehr von ihm gehört?", fragt Owen, einer meiner Lieblingsgäste, zwei Wochen später. Er lehnt an der Theke und nippt an seinem üblichen Drink, Jack und Cola.

„Nee", antworte ich kopfschüttelnd.

„Hm." Er trinkt noch einen Schluck. „Manche Männer sind einfach Idioten."

„Oh, glaub mir, das weiß ich." Lachend wische ich zum vierten Mal den Tresen ab. Er ist nicht schmutzig. Owen ist zurzeit der einzige Gast in der Bar. Ich warte auf eine Gruppe von Leuten, die in ungefähr einer halben Stunde zu einer Weinverkostung kommt. „Darf ich dich was fragen?"

„Nur zu."

„Wenn eine Frau mit einem Mann schläft, löst das automatisch den Reflex in seinem Gehirn aus, dass er mit ihr fertig ist? Also, wenn die beiden keine feste Beziehung haben?"

„Du bist doch der Seelenklempner", meint er achselzuckend.

„Ich bin aber kein Mann", erinnere ich ihn.

„Stimmt." Er reibt sich über sein glatt rasiertes Kinn und kneift seine hübschen blauen Augen zusammen. „Als ich anfing, mit Jen auszugehen, habe ich mich wie ein Arsch verhalten. Ich wollte einfach nur flachgelegt werden."

„Du warst noch jung."

„Ich war ein junges Arschloch." Er hebt noch einmal die Schultern. „Und deswegen hat sie mich auch zur Rede gestellt. Vielleicht ist es das, was du tun solltest. Ihn zur Rede stellen."

Owen ist ein kluges Köpfchen. Er kam zum ersten Mal in meine Bar, als er mit seiner Frau Probleme hatte und nach der Arbeit nicht nach Hause gehen wollte. Inzwischen sind die beiden wieder glücklich, aber er kommt immer noch mehrmals die Woche vorbei, um etwas zu trinken. Ich mag ihn.

„Wen willst du zur Rede stellen?", fragt Riley beim Hereinkommen.

„Niemanden", erwidere ich sofort und werfe Owen einen warnenden Blick zu, den Mund zu halten, doch er bemerkt ihn nicht.

„Den Typen, mit dem sie sich in Kalifornien eingelassen hat. Er hat nicht angerufen."

„Kat." Riley stemmt die Hände in die Hüften und starrt mich an, als wäre ich völlig verblödet. Was ich wohl auch bin.

„Was?"

„Du hast ihm gesagt, dass du einfach nur einen Sexurlaub willst."

„Na und?"

Sie verdreht die Augen und schüttelt den Kopf.

„Sexurlaub?", fragt Owen.

Ich beiße mir auf die Unterlippe.

„Du hast ihm deine Nummer gar nicht gegeben", vermutet Owen ganz richtig.

„Er weiß, wo ich arbeite", widerspreche ich. „Wenn er interessiert wäre, könnte er mich finden."

„Nur leider hast du ihm gesagt, dass er es gar nicht erst versuchen soll", kontert Riley. Wenn ich ein Kerl wäre, würde sie mir jetzt vermutlich einen Schlag auf den Hinterkopf verpassen.

Weil ich ein Idiot bin.

„Na und, man darf doch wohl noch mal seine Meinung ändern."

„Nein. Diesmal nicht." Owen schüttelt den Kopf. „Da dachte ich, der Kerl wäre ein Arsch! Dabei denkt er wahrscheinlich nur, dass er bei dir sowieso keine Chance hat. Warum sollte er dir also hinterherlaufen? Würde ich auch nicht machen."

„Ich bin der Arsch", murmele ich.

„Du bist eine Frau", sagt Riley. „Wir sind genetisch einfach nicht dafür vorgesehen, Sex ohne Gefühle zu haben. Es ist okay."

„Oh Gott, ich bin ein Mädchen", murmele ich.

„Jepp." Riley grinst. „Übrigens, deine Wein-Leute kommen in ein paar Minuten."

„Ich weiß."

„Der Chef heißt Ryan. Er hat sechs Gäste dabei und möchte drei bis fünf Weine kosten. Mia hat etwas zu essen vorbereitet. Wir sind ihr letzter Stopp, das heißt, die werden schon ziemlich abgefüllt sein."

„Sehr schön." Ich lächele breit.

„Soll ich verschwinden?", fragt Owen.

„Musst du nicht", sage ich gerade, als eine Gruppe von Leuten in die Bar kommt. Ich schaue gar nicht richtig hoch, weil ich Owen noch einen Drink einschenke und dann die vier Weinflaschen, die ich anbieten will, auf den Tresen stelle, in die Nähe des Tisches, den ich für die Gruppe vorbereitet habe.

„Ryan, das ist Kat", sagt Riley, als ich mich umdrehe.

Und *ihm* gegenüberstehe.

„Nenn mich Mac."

„Mac", sagen er und ich gleichzeitig. Der kalte Schweiß, der mir im Flugzeug ausgebrochen ist, ist nichts im Vergleich zu dem, der mir jetzt den Rücken runterläuft. Mac grinst und mustert mich ausgiebig, bis ich schließlich meine Stimme wiederfinde.

„Hallo." Ich nicke kurz und drehe mich zu den Gästen herum, die sich bereits gesetzt haben und miteinander plaudern. „Wen haben wir denn hier?"

„Hallo, ich bin Marcy", beginnt eine niedliche junge Frau und zeigt auf den Mann an ihrer Seite. „Das ist mein Mann Len." Sie kichert und schmachtet Len bewundernd an.

„Lasst mich raten. Frisch verheiratet?"

Sie nicken glücklich, und die anderen verdrehen die Augen.

„Ich bin Lucy", sagt eine andere Frau. Sie ist ein wenig älter, vermutlich mein Alter. „Das ist Robert." Der Mann neben ihr nickt. Sie berühren sich nicht und schauen sich auch nicht in die Augen.

„Ich verstehe schon", sage ich und schnippe mit den Fingern. „Erstes Date?"

Sie nicken lächelnd.

„Ich bin gut", sage ich zwinkernd und wende mich an die letzten beiden. Es sind Frauen, Anfang vierzig, die lachen und sich gegenseitig Bilder auf ihren Handys zeigen. „Und ihr beide seid beste Freundinnen und habt etwas zu feiern."

„Schuldig", sagt die Blonde und nickt. „Und wir sind schon ziemlich beschwipst, also entschuldige ich mich schon mal im Voraus für unsere Albernheit."

„Ich habe einen Masterabschluss in Albernheit", erwidere ich zwinkernd und versuche, Macs Grinsen zu ignorieren.

„Mir scheint, ihr seid eine lustige Truppe. Schön, dass ihr da seid. Willkommen im Seduction."

Die verheiratete Frau, Marcy, kichert erneut.

„Warum habt ihr das Restaurant so genannt?", will Lucy wissen.

„Weil es sexy ist", antworte ich ehrlich. „Wir servieren aphrodisierende Speisen, die unsere Küchenchefin speziell zusammengestellt und perfektioniert hat. Unser Ambiente ist sexy, von der Beleuchtung über die Stoffe bis hin zur Musik. Ganz zu schweigen von der Tatsache, dass Wein zu den sinnlichsten kulinarischen Genüssen überhaupt gehört."

„Also sollte man als Mann mit einer Frau herkommen, die man ins Bett kriegen will", sagt Len grinsend.

„Oder wenn er will, dass es zwischen ihnen ein bisschen mehr knistert", entgegne ich lächelnd. „Frauen sind nicht dumm, Len. Es braucht mehr als ein paar Stangen Spargel und ein Glas Chardonnay, um ein Mädchen anzutörnen. Aber das ist jetzt nicht das Thema."

Die Gäste lachen, auch Len, und Mac reibt sich mit dem Finger über die Lippen und lächelt mich an.

Mia kommt höchstpersönlich aus der Küche und bringt das Tablett mit Vorspeisen herein. Während ich die Gläser fülle, erklärt sie den Gästen, was sie alles vorbereitet hat. Ich werfe einen Blick zu Owen, der hektisch eine Textnachricht in sein Handy tippt, bevor ich meine Aufmerksamkeit wieder auf die anderen richte und Macs Glas vollschenke.

„Du siehst fantastisch aus", murmelt er.

Ich strahle ihn an, auch wenn ich ihm am liebsten sagen würde, dass er sich seine Komplimente sonst wo hinstecken soll.

„Danke."

Lächelnd wendet er sich wieder seiner Gruppe zu. Ich verbringe die nächste Stunde damit, zu flirten, Späße zu machen und die lustige Truppe zu unterhalten, während ich ihnen Informationen über die Weine gebe, die sie sich sowieso nicht merken können. Aber sie werden sich an diesen Abend erinnern und hoffentlich dann mit Freunden wieder herkommen.

„Das ist die beste Art zu feiern", sagt Sandy, die blonde der beiden Freundinnen.

„Was feiert ihr denn überhaupt?", frage ich.

„Meine Scheidung ist durch", antwortet ihre Freundin Louise.

„Ja dann ist das wirklich eine ausgezeichnete Art zu feiern." Ich nicke. „Glückwunsch."

„Danke."

Im gleichen Moment küssen Marcy und Len sich, küssen sich wieder und bringen alle anderen dazu, die Augen zu verdrehen.

Ich lache und drehe mich zur Bar, um die letzte Flasche Wein zu holen. Neben Owen sitzt jetzt seine Frau Jen und beobachtet die Show. Beide grinsen.

„Hast du ihr alles erzählt?", frage ich Owen leise.

„Natürlich."

Ich schüttele den Kopf, ehe ich wieder zu meinen Gästen gehe. Mia hat gerade den Nachtisch gebracht.

„Dies ist eines unserer beliebtesten Desserts. Schokoladenkuchen mit Vanilleeis. Ich habe das Eis heute Morgen selbst hergestellt."

„Wow", sagt Louise strahlend. „Ich glaube, wir haben eine neue Location für unsere Mädelsabende gefunden."

„Definitiv", stimmt Sandy ihr bei und hebt ihr Glas, um mit ihrer Freundin anzustoßen.

„Das höre ich gern", sage ich und beschreibe anschließend den Eiswein, den ich zum Kuchen kredenze. „Dies ist ein spät geernteter Eiswein, der perfekt zum Dessert passt. Ein derart süßer Wein sollte möglichst nur genippt werden. Natürlich sollte man keinen Wein einfach nur so runterkippen, aber ich empfehle euch wirklich, an diesem hier nur zu nippen, während ihr euch den Nachtisch schmecken lasst. Die Schokolade und der Wein ergänzen einander wie Sandy und Louise."

Die beiden brüsten sich damit, während sie essen und trinken. Mac hat den ganzen Abend gelacht, gelächelt und sich von mir bezaubern lassen.

Und ich habe ihn nicht entmutigt, denn dann hätte ich ihm eine Szene machen müssen. Das wäre unpassend gewesen, ich möchte, dass diese sechs Leute hier die Zeit ihres Lebens haben.

„Vielen Dank für euren Besuch", sage ich, als sie ihren Nachtisch aufgegessen haben und ihre Sachen zusammenpacken. „Ich hoffe, ihr hattet Spaß."

„Es war toll", sagt Lucy. Sie und Robert halten jetzt Händchen. Während der Zeit, die sie hier waren, sind sie viel lockerer geworden.

„Das freut mich."

Mac reibt die Hände aneinander. „Damit ist unsere Tour beendet. Ihr könnt gern mit mir zurück zum Büro gehen, oder ihr fahrt direkt von hier aus nach Hause."

„Gut, dass du uns geraten hast, nicht mit dem Auto zu kommen", stellt Len fest. „Ich sollte jetzt definitiv nicht mehr fahren."

„Genau", erwidert Mac. „Hier in der Gegend gibt es reichlich Taxis, und die S-Bahn ist nur zwei Blocks entfernt."

„Wir sind versorgt", sagt Louise. „Ich rufe meinen Sohn an, dass er uns abholt."

Die anderen schlendern auch zum Ausgang, während sie diskutieren, wie sie am besten nach Hause kommen. Mac bleibt zurück. Als alle außer Hörweite sind, kommt er zu mir.

„Du bist unglaublich."

„Ich mache meinen Job gut, ja", erwidere ich, jetzt allerdings ohne zu lächeln.

„Ich würde dich gern am Wochenende treffen."

Ich erstarre. Doch weil ich mir sehr wohl bewusst bin, dass Owen, Jen und Mia neugierig zuschauen, drehe ich mich ganz ruhig zu Mac herum, lege den Lappen auf den Tisch und straffe die Schultern.

„Ich sage das nur einmal, *Ryan*. Ich habe nicht gern mit Lügnern zu tun."

Doch statt eine Erklärung abzugeben, schiebt er mir nur lächelnd seine Visitenkarte über den Tisch zu. Dann dreht er sich um und verlässt die Bar, als hätte er nicht die geringsten Sorgen.

Zum Teufel mit ihm.

Als er weg ist, stapfe ich hinter die Bar und schleudere den Lappen in den Ausguss.

„Das war er also", stellt Owen fest und räuspert sich.

„Jepp."

„Ein heißer Typ", sagt Mia, und ich werfe ihr einen bösen Blick zu. „Was ist? Ist er doch. Da hast du dir für deinen Sexurlaub genau den Richtigen ausgesucht."

„Und ganz offensichtlich ist er ein Lügner." Ich kann eine Menge tolerieren, aber Lügen gehören nicht dazu.

„Na ja, nicht wirklich", sagt Jen mit Blick auf seine Visitenkarte. „Hier steht Ryan ‚Mac' MacKenzie. Also hat er gar nicht wirklich gelogen."

„Aber erklärt hat er dir nichts", meint Owen achselzuckend. „Irgendwie wirkte es ziemlich arrogant, wie er dir die Karte zugeschoben hat und dann ohne ein weiteres Wort davonstolziert ist."

„Ja, ich weiß auch nicht, ob mir das gefällt", stimmt Jen zu. „Er hätte ja sagen können: ‚Nein, Kat, das ist ein Missverständnis. Schau auf meine Visitenkarte.'"

„Genau. Er ist arrogant", erwidere ich und fühle mich bestärkt.

„Ob er wohl extra mit seiner Gruppe hergekommen ist, weil er wusste, dass er dich hier treffen würde? Weil er dich um ein Date bitten wollte?", überlegt Mia.

„Warum sollte er?", frage ich und wringe den Lappen aus.

Ich wünschte, es wäre Macs Hals.

„Klar wusste er, dass ich hier arbeite. Aber er hätte nur anzurufen brauchen. Er hätte sich nicht so ein aufwendiges Szenario ausdenken müssen, indem er seine Tour hierherführt."

„Auf jeden Fall war es schön dramatisch gedacht", sagt Jen. „Er bringt seine Gruppe hierher und haut dich völlig um. Du bist so aufgeregt, ihn wiederzusehen, dass du dich kaum einkriegst. Dann entführt er dich, um heißen Sex mit dir zu haben."

Darin ist er wirklich gut.

Aber ich schüttele den Kopf und klammere mich an meine Empörung wie an einen Rettungsring. Wütend ziehe ich den Lappen wieder aus dem Ausguss, damit ich ihn noch weiter auswringen kann. Wie Macs Hals.

„Wenn er glaubt, er wäre romantisch gewesen, hat er sich gründlich getäuscht."

„Außerdem", fügt Owen hinzu, „finde ich es ziemlich unmöglich, dass er keinen Ton gesagt hat. Kann er nicht mit dir reden? So geht man doch nicht miteinander um."

„Ich habe dich echt gut hinbekommen", stelle ich fest und wische mir eine imaginäre Träne aus dem Auge.

„Hast du wirklich", bestätigt Jen. „Im Reden ist Owen jetzt richtig gut."

„Aber es war doch wirklich mies von ihm", beharrt er. „Du hast eine Erklärung verdient, nicht nur eine Visitenkarte, die dir jemand unter die Nase hält."

„Du hast recht." Ich nicke wütend.

„Na, dann hol dir eine Erklärung", sagt Mia. „Die Adresse von seinem Büro hast du ja jetzt."

„Das werde ich auch." Ich schnappe mir die Visitenkarte und werfe den Lappen wieder in die Spüle. „Grace müsste in zehn Minuten hier sein. Kannst du mich solange vertreten?"

Entschlossen schnappe ich mir Handtasche und Schlüssel und marschiere zu meinem Auto, um den kurzen Weg zu Macs Büro zu fahren.

Es befindet sich mitten in der Innenstadt über einem Yoga-Studio.

Für mich wäre Yoga im Moment auch nicht schlecht.

Ich stapfe die Treppe hinauf und öffne die Tür, in der Erwartung, auf eine Empfangsdame zu treffen, doch stattdessen steht dort Mac mit den Händen in den Taschen am Fenster und blickt nach unten auf die Stadt.

„Was für eine nette Überraschung", murmelt er und dreht sich zu mir herum. Er wirkt vollkommen gelassen.

„Hast du keine Sekretärin?", frage ich blöderweise.

„Hat schon Feierabend." Er verschränkt die Arme vor der Brust. „Du kannst mich also ungestört anschreien."

„Pass bloß auf …" Ich werfe meine Handtasche auf einen Stuhl, ehe ich in dem kleinen Zimmer auf und ab marschiere. „Du kannst nicht einfach so in meiner Bar auftauchen und mich demütigen, nur um dann zu erklären, dass du mich treffen möchtest. Ich bin doch kein Callgirl."

„Vorsicht", warnt er mich. Er klingt noch immer ruhig, doch seine grünen Augen lodern; ob aus Lust oder Wut, kann ich nicht genau sagen.

„Was hast du denn von mir erwartet?" Ich drehe mich ganz zu ihm herum. „Dachtest du, ich würde mich glücklich in deine Arme werfen und dich anflehen, mit mir ins Bett zu gehen?"

„Nein, ich habe erwartet, dass du deinen Job machst, und genau das hast du getan", sagt er. „Und ich hatte gehofft, dass du mir später ein wenig deiner Zeit schenken würdest."

„Obwohl ich nicht wusste, dass du gar nicht einmal Mac heißt?"

„Seit der Highschool nennen mich alle so", entgegnet er. „Es ist quasi mein Name."

„Ja, klar doch." Ich verdrehe die Augen und wende mich wieder ab, nur um sofort wieder zu ihm herumzuwirbeln. „Außerdem hast du mir erzählt, dass du gar nicht in Portland wohnst."

„Hab ich nicht. Das hast du nur angenommen."

„Du hast es aber auch nicht richtiggestellt." Ich stapfe davon, als ich auch schon herumgerissen und an Macs sehr harten Brustkorb gepresst werde.

„Jetzt hör mir mal zu." Ein kleiner Muskel in seinem Kiefer beginnt zu zucken. „Ich habe dich nicht angelogen, *Katrina*. Du hast nie nach meinem vollen Namen gefragt. Du hast mich in der gesamten Woche rein gar nichts gefragt."

„Weil es nichts Ernstes war", beharre ich und hasse mich selbst, weil er recht hat. Ich habe ihn wirklich nichts Persönliches gefragt. Hätte ich das getan, hätte ich vielleicht eine

Vorahnung gehabt, als Riley mir von der Weinverkostung erzählt hatte.

„Ich habe dir trotzdem Fragen gestellt", entgegnet er und streift mit den Fingern über meine Wange. „Auch wenn wir uns nie wiedergesehen hätten, wollte ich mehr über dich erfahren, Kat. Und du hast mir Sachen über dich erzählt. Wenn du mir wenigstens ein paar grundlegende Fragen gestellt hättest, hätte ich dir von mir erzählt, und wir hätten uns diese Szene hier ersparen können."

„Du hast mich absichtlich mit deinem Besuch überrumpelt", erwidere ich, ohne irgendetwas zuzugeben.

„Ja, das habe ich." Er umfasst mich noch fester. „Und ich würde es wieder tun."

„Du hättest mich auch einfach anrufen können."

„Du hättest nicht mit mir gesprochen", vermutet er richtig.

„Warum hast du das getan?", flüstere ich und entwinde mich seinem Griff. „Wir sind quasi Fremde."

Seine grünen Augen werden ganz dunkel. Habe ich ihn verletzt? Das wiederum tut mir weh. Warum mache ich das? Hatte ich mich nicht gerade bei Owen beschwert, dass Mac nicht angerufen hat? Ich benehme mich total zickig, und so bin ich eigentlich gar nicht.

Aber ich war so verlegen, als er in der Bar aufgetaucht ist. Ein unangenehmes Gefühl.

„Okay, du bist kein Fremder", murmele ich und gehe zum Fenster, an dem er gestanden hat, als ich hereingekommen bin. Von hier aus hat man einen herrlichen Blick auf den Fluss. „Aber die Situation war für mich so unangenehm."

„Das tut mir leid", sagt er, kommt aber nicht zu mir. Anscheinend will er mir Raum lassen, und das ist genau das, was ich brauche.

Woher zum Teufel weiß er das?

„Hast du überhaupt mal an mich gedacht?", fragt er.

„Ja", antworte ich wahrheitsgemäß. „Ich habe an dich gedacht. Das will ich gar nicht leugnen." Ich drehe mich zu ihm herum. Er hat die Hände wieder in die Taschen gesteckt.

„Ich habe ständig an dich denken müssen, Kat", gesteht er. „Also sage ich noch einmal, was ich dir schon in der Bar gesagt habe: Ich möchte dich wiedersehen."

Ich neige den Kopf zur Seite. „Bekommst du immer, was du willst?"

„Meistens."

Ich schüttele seufzend den Kopf. „Ich muss wieder zur Arbeit."

Ich weiß im Moment nicht, was ich will. Ich will ihn, aber irgendwie bin ich immer noch wütend. Und ich muss wirklich zurück in die Bar.

Er umfasst meinen Ellenbogen, als ich an ihm vorbeigehe, und hält mich auf. „Ich werde dich immer wieder fragen."

„Du hast gar nicht gefragt", kontere ich. „Du hast es mir *gesagt*. Das mag vielleicht im Bett funktionieren, aber nicht im wahren Leben, Mac. Jedenfalls nicht bei mir."

Ich entziehe meinen Arm seinem Griff und gehe. Als ich an der Tür bin, sagt er: „Das merke ich mir."

Ich blicke noch einmal über die Schulter. „Tu das."

6. Kapitel

Mac

Kat verschwindet aus dem Büro und schließt die Tür fest, aber nicht zu fest hinter sich. Ich fahre mir mit den Händen übers Gesicht und zucke zusammen, als mein jüngerer Bruder aus seinem Büro hereinkommt.

„Das ist sie also?"

„Das ist sie." Ich drehe mich zu ihm herum, und obwohl er zwei Jahre jünger ist als ich, kommt es mir vor, als würde ich in den Spiegel schauen.

„Sie scheint ganz schön taff zu sein", meint er nickend. „Und es hört sich so an, als hättest du endlich jemanden getroffen, der sich von dir keinen Scheiß bieten lässt."

„Blödsinn. Ich mach keinen Scheiß", wehre ich mich. „Und ich hab sie auch nicht angelogen."

„Nein, ein Lügner warst du noch nie", stimmt Chase mir zu. „Aber du bist es gewohnt, die Dinge auf deine Art zu erledigen, und sie scheint nicht einfach mit den Wimpern zu klimpern und dich gewähren zu lassen."

„Jetzt übertreibst du aber." Ich schüttele den Kopf und gehe in mein Büro. Mein Bruder und ich haben die Firma vor einem Jahr gegründet, und es war die beste Entscheidung, die wir je getroffen haben. Das Geschäft boomt. „Aber du hast recht. Sie ist keine passive Frau."

„Gut. Du hast schon mit viel zu vielen passiven Frauen

rumgemacht." Grinsend lehnt er sich gegen den Türrahmen.

„Du auch", erinnere ich ihn. „Wie Mom richtig sagt, in der Hinsicht gleicht da ein Ei dem anderen."

„Mir gefällt das zurzeit ganz gut. Aber bei dir scheint das anders zu sein, wenn Kat dir an den Kopf werfen kann, dass du ein Arschloch bist, und du trotzdem noch diesen Ausdruck auf dem Gesicht hast."

„Was für einen Ausdruck?"

„Diesen Blick, der besagt, *Ich will sie bis zum Umfallen ficken.*"

„Es ist nicht nur das." Der Frust, den ich verspüre, schwingt deutlich in meiner Stimme mit, als ich mich auf meinem Stuhl zurücklehne. „Sex mit ihr ist wirklich fantastisch. Die Anziehungskraft zwischen uns ist nicht zu leugnen. Aber es ist mehr als nur Spaß im Bett."

„Du willst eine Beziehung?"

Abrupt hebe ich den Blick und erstarre. „Beziehungen sind nichts für mich, Chase." Und das nicht wegen verborgener Mutterkomplexe oder schlechter Erfahrungen. Ich war nur immer viel zu sehr auf meine Arbeit konzentriert, darauf, mir selber etwas aufzubauen. Eine ernsthafte Beziehung, die Heirat und Kinder beinhaltet, war nie Teil meiner Zukunftsplanung.

„Okay, Freunde mit gewissen Extras?"

„Ich mag sie einfach." Ich fahre mir mit der Hand über den Mund, und aus unerfindlichen Gründen verspüre ich das Bedürfnis, meinem Bruder einen Schlag aufs Kinn zu verpassen.

„Du brauchst dem Ganzen doch kein Etikett zu geben", sagt er. „Geh einfach mit ihr aus, und warte ab, was passiert."

„Mit ihr ausgehen?"

„Ja, das ist diese neumodische Erfindung, weißt du, wenn zwei Menschen Zeit miteinander verbringen, um sich besser kennenzulernen." Er verdreht die Augen.

„Ich habe keine Zeit für Dates."

„Du bist echt verkorkst." Chase schüttelt den Kopf.

Was gibt's sonst Neues?

„Ich wollte das alles nicht", sage ich, stehe auf und marschiere im Zimmer auf und ab.

„Doch, wolltest du, aber jetzt, nachdem es passiert ist, weißt du nicht, was du tun sollst. Normalerweise bezirzt du die Frauen mit deinem Charme, vögelst sie, manchmal sogar ein paar Monate lang, dann ziehst du weiter. Wenn's vorbei ist, ist es für dich vorbei. Aber diese hier ist anders."

„Sie ist anders", stimme ich ihm zu.

„Okay, dann geh los, kauf ihr ein paar Blümchen, und probier's mal auf die romantische Tour. Sie herumkommandieren und darauf hoffen, dass sie nach deiner Pfeife tanzt, klappt bei ihr nicht. Auch wenn du das sonst immer bei allen tust."

Im Bett klappt das sehr wohl. Ich verziehe das Gesicht. Vielleicht ist es das, was Kat so anziehend macht. Wenn wir miteinander schlafen, kann ich so dominant sein, wie ich will, aber außerhalb des Schlafzimmers ist sie eine willensstarke Frau mit einer eigenen Meinung, der man nicht sagen muss, was sie zu tun hat. Das ist unerwartet und anders.

„Du hast recht", antworte ich. „Die romantische Tour ist allerdings nicht gerade meine Stärke."

„Ich helfe dir." Er lacht.

„Ist Romantik neuerdings deine große Stärke?", frage ich ungläubig. „Du bist doch noch schlimmer als ich."

„Zusammen kriegen wir das hin." Er zuckt mit den Schultern.

„*Wir* kriegen gar nichts hin", erinnere ich ihn und gebe ihm einen leichten Klaps auf die Wange, als ich an ihm vorbeigehe. „Ich mache Feierabend."

„Blumen." Er folgt mir in den Empfangsbereich.

„Was?"

„Frauen mögen Blumen."

Diese Frau mag etwas anderes.

„Du solltest auf deine eigenen Ratschläge hören und dir ein nettes Mädchen suchen, mit dem du ausgehen kannst", empfehle ich ihm und schließe dann mein Büro.

„Ich glaube, ich lehne mich lieber zurück und schaue dir zu", erwidert er. „Muss ja nicht sein, dass wir uns beide gleichzeitig zum Narren machen."

„Werde ich nicht."

„Hoffst du."

Ich winke ihm nur noch kurz zu und marschiere aus dem Büro auf die geschäftige Innenstadt-Straße. Es ist Freitag, Feierabendzeit, und viele Geschäftsleute kämpfen sich durch den Verkehr, um so schnell wie möglich zurück ins traute Heim in den Vororten zu kommen.

Irgendwo in einem Vorort zu leben hat mich noch nie gereizt. Ich mag das Chaos der Stadt. Den Lärm. Sogar den Gestank.

Und die Menschen. Ich fühle mich lebendig, wenn ich täglich durch die Straßen gehe. Dieses Pulsieren der Stadt möchte ich nicht missen.

Meine Wohnung liegt im Pearl District, nicht einmal eine Meile von meinem Büro entfernt. Früher war hier alles voller Fabriken und Lagerhäuser, was sich im Laufe der letzten fünfzehn Jahre grundlegend verändert hat. Die Gebäude wurden zu Eigentumswohnungen und Apartments umgebaut,

Boutiquen und Restaurants eröffneten, und inzwischen ist die Gegend einer der angesagten Stadtteile.

Meine Wohnung ist ein offenes Loft mit freiliegenden Rohrleitungen, Balken und unverputztem Mauerwerk. Alles wirkt modern, genau der Stil, der mir gefällt.

Ich finde es großartig, einen derart großen, offenen Raum mitten in der Stadt gefunden zu haben. Es gibt nur wenige Wände in der Wohnung; lediglich die Badezimmer bieten Privatsphäre. Sogar mein Schlafzimmer fügt sich in den offenen Raum ein, was völlig okay ist, schließlich lebe ich allein hier, abgesehen von gelegentlichen Gästen.

Das Beste an der Wohnung sind jedoch die deckenhohen Fenster, die mir einen fantastischen Blick auf den Pearl District und die grünen West Hills bieten. Auch wenn ich erst seit ein paar Wochen hier wohne, glaube ich nicht, dass ich dieses Ausblicks jemals überdrüssig werde. Es sind noch ein paar Umzugskartons auszupacken, aber die neuen Möbel, die ich für das Loft gekauft habe, sind bereits alle geliefert worden, und so langsam fühlt es sich wie ein Zuhause an.

Ich schnappe mir eine Flasche Wasser aus dem Kühlschrank und trinke daraus, während ich nach draußen starre und an einen gewissen Rotschopf denke.

Heute Nachmittag habe ich Kat ganz schön überrascht. Sie hat die braunen Augen aufgerissen, als sie mich gesehen hat, und für den Bruchteil einer Sekunde blieb ihr der Mund offen stehen. Doch schnell hatte sie sich wieder unter Kontrolle und widmete sich den Teilnehmern der Weintour. Sie war witzig und so verdammt geschickt im Umgang mit ihnen. Sie fühlten sich sofort willkommen und wohl.

Sogar Lucy und Robert, die ihr erstes Date hatten, entspannten sich zunehmend und genossen die Zeit.

Kat hat mich angelächelt, und ich dachte für einen kurzen Moment, dass sie sich freuen würde, mich zu sehen. Dass sie sich mit mir treffen würde.

Aber sie überrascht mich immer wieder.

Vielleicht ist das das Geheimnis. Es kommt selten vor, dass jemand mich überraschen kann, und sie schafft es immer wieder. Das ist faszinierend.

Verdammt, es macht geradezu süchtig.

Chase liegt nicht so ganz falsch. Wenn ich die Chance bekommen will, sie besser kennenzulernen, muss ich mehr bieten, muss mir Mühe geben. Das hat sie verdient.

Romantik ist nur einfach nicht mein Ding.

Aber jetzt bin ich kurz davor, es mal damit zu versuchen.

Ich marschiere in Richtung Schlafzimmer, stelle die leere Flasche ab und ziehe mir Laufsachen an. Bevor ich noch einmal ins Seduction gehe, muss ich unbedingt eine große Runde laufen. Anschließend sind dann noch ein paar Telefonate nötig, um den Ball ins Rollen zu bringen.

Ich bin kein geduldiger Mann. Ich will Kat.

Im Seduction scheint heute Abend die Hölle los zu sein. Das Restaurant ist bis auf den letzten Platz belegt, und man muss über eine Stunde auf einen freien Tisch warten. Trotzdem stehen vor der Tür massenhaft Leute, die sich fröhlich unterhalten und geduldig warten. Auch ich gehe hinein, um meinen Namen auf die Liste setzen zu lassen, und stelle mich schon darauf ein, genau wie alle anderen warten zu müssen. Die junge Empfangsdame lächelt mich an, als ich auf sie zugehe.

„Wie viele Personen?"

„Nur eine."

„Oh", sagt sie. „Wenn Sie mögen, an der Bar gibt es noch

den einen oder anderen freien Platz. So kommen Sie sofort rein, und wir servieren dort auch das gesamte Menü."

„Perfekt."

„Allerdings dürfen Sie keine Getränke mit hineinnehmen", sagt sie und deutet auf die Flasche Wein in meiner Hand. „Die müssten Sie bitte wieder in Ihr Auto bringen."

„Keine Sorge, die werde ich nicht öffnen. Es ist ein Geschenk."

„Gut." Sie wendet ihre Aufmerksamkeit wieder den nächsten Gästen zu.

Lächelnd gehe ich an ihr vorbei und sauge die Atmosphäre auf. Kat hatte recht: Es ist wirklich sexy hier drinnen. Natürlich gibt es ganz normale Tische, aber am Rand des Raumes finden sich Nischen, die mit schweren Vorhängen abgeteilt sind und dadurch sehr intim wirken. Die Beleuchtung ist dezent, aber nicht dunkel. Die hochwertigen Tischdecken wirken regelrecht opulent.

Überrascht stelle ich fest, dass Jake Knox mit seiner Gitarre auf der kleinen Bühne steht und singt.

Wie sie es wohl geschafft haben, den Rockstar dazu zu bewegen, in ihrem Restaurant aufzutreten?

Auch die Bar ist voll, sämtliche Tische belegt, nur ein einziger Platz scheint frei zu sein. Ich habe Glück, der freie Barhocker steht direkt am Tresen.

Ich schlendere zur Bar und beobachte Kat und ihre Kollegin, die hinter der Theke herumwuseln. Kat hat sich umgezogen. Statt des lässigen Jeanskleides, das sie heute Nachmittag angehabt hat, trägt sie jetzt kurze rote Shorts und eine schwarze, kurzärmelige Bluse, die sie am Bauch zusammengeknotet hat. Die Knöpfe sind nicht komplett geschlossen, damit sie ihren roten BH zur Schau tragen kann. An ihren schlanken

Armen blitzen die Tattoos auf. Ihre roten Haare hat sie hochgesteckt, nur ein paar Strähnen fallen ihr ins hübsche Gesicht.

Wie immer sind ihre Lippen knallrot und die braunen Augen auffallend geschminkt.

Noch nie hat mich eine Frau derart fasziniert.

„Grace, kannst du bitte eine Flasche Barking Dog Pinot zu dem Paar in der Ecke bringen?" Kat deutet in eine Ecke des Raumes. „Das ist ihr Lieblingswein."

„Woher weißt du das?", fragt Grace, während sie den entsprechenden Wein entkorkt.

„Weiß ich einfach", entgegnet Kat grinsend. „Vertrau mir."

„Du bist der Boss." Grace geht, und Kat dreht sich zu mir herum.

„Was kann ich Ihnen Gutes tun?", fragt sie, ehe sie bemerkt, dass ich es bin. Kurz zuckt sie zusammen und seufzt. Aber sie beißt sich auf die Lippen, bei ihr eher ein Zeichen von Nervosität und nicht von Verärgerung.

Dabei möchte ich wirklich nicht, dass sie in meiner Gegenwart nervös wird.

„Ich bringe Geschenke", erkläre ich und reiche ihr den Wein.

Sie sieht sich das Etikett an und nickt anerkennend. „Den mag ich", erklärt sie und richtet ihre großen braunen Augen wieder auf mich.

„Ich weiß." Ich mag ihn auch, aber jetzt sehe ich einfach nur Kat an, um herauszufinden, was sie als Nächstes tun wird. Schließlich entspannen sich ihre Schultern wieder, und sie stellt die Flasche hinter sich auf die Bar.

„Kann ich dir etwas bringen?", fragt sie.

„Ich hätte gern ein Glas deines Lieblings-Cabernets", antworte ich. „Und die Speisekarte."

„Du willst was essen?"

„Ich bin am Verhungern."

„Ich bin wirklich ziemlich beschäftigt ..."

„Dann solltest du dich wieder an die Arbeit machen." Ich lächele. „Ich komme klar, Kat."

Sie nickt, reicht mir die Speisekarte und macht sich wieder daran, Drinks einzuschenken.

„Ist das Jake Knox?", frage ich, als sie mir den Wein bringt.

„Ja, er ist der Jake, von dem ich dir erzählt habe. Er ist mit Addie verheiratet."

„Ach so." Ich nicke. „Und wie lief das? Hat er erst hier gespielt, oder waren sie erst verheiratet?"

„Als sie angefangen haben, miteinander auszugehen, hat er auch angefangen, hier zu singen", erklärt sie und lächelt jemanden hinter mir an. „Das ist sie übrigens. Addie. Mac, das ist Addie. Addie, Mac."

Ich drehe mich um und stehe einer ungewöhnlich großen, gut aussehenden Blondine gegenüber, die mich lächelnd betrachtet.

„Freut mich", sage ich und strecke ihr die Hand entgegen, doch sie umarmt mich, was wegen ihres kugelrunden Bauches gar nicht so einfach ist.

„Das ist so aufregend, dich kennenzulernen", sagt sie strahlend. „Und ich bin sehr viel emotionaler, seit ich schwanger bin, daher kommen alle in den Genuss einer Umarmung. Tut mir leid."

„Eine schöne Frau muss sich bei mir doch nicht entschuldigen." Ich zwinkere ihr zu und setze mich wieder. „Ich habe schon eine Menge über dich gehört."

„Wie nett", sagt sie und klettert auf den gerade frei gewordenen Hocker neben mir, ehe sie die Ellenbogen auf den

Tresen stützt. „Weißt du, ich habe seit bestimmt fünfzehn Jahren ohne Probleme auf High Heels gelebt. Aber seit ich diesen kleinen Knirps mit mir herumtrage, bringen mich meine Füße *ständig* um. Von den ganzen Schwellungen wollen wir lieber gar nicht erst reden."

„Das klingt ja supersexy", stellt Mia von der anderen Seite der Theke her fest. Kat und Grace sind vollauf damit beschäftigt, sich um die Bestellungen zu kümmern. „Willst du was essen?"

„Auf jeden Fall. Ich bin am Verhungern. Was gibt es denn Gutes?"

„Es ist alles gut." Mia zuckt mit den Schultern. Sie hat sich inzwischen eine frische Kochjacke angezogen. Ihr dunkles Haar ist hochgesteckt und unter einer weißen Kochmütze versteckt. Sie ist eine Frau mit vielen Kurven, die erstaunliche Lippen und Augen besitzt. „Bist du Fleischesser?"

Ich nicke.

„Magst du Champignons?"

Wieder nicke ich.

„Dann überlass es mir. Ich bring dir was, das dich dazu bringt, mir einen Heiratsantrag zu machen."

Ich schiebe lachend die Speisekarte zur Seite. „Na schön, diese Herausforderung nehme ich gerne an."

Entschlossenen Schrittes marschiert sie zurück in ihre Küche.

„Ich mag sie", sage ich und nippe an meinem Weinglas.

„Ich auch", erwidert Addie. „Aber viel interessanter ist, wie du zu Kat stehst."

„Die mag ich auch."

„Magst du sie, weil sie nett Wein einschenken kann oder weil sie deinen Schwanz hart werden lässt?"

„Na, du kommst ja gleich zur Sache."

„Ich habe keine Zeit, um den heißen Brei herumzureden." Sie reibt sich über den Bauch. „Wenn du dich wie ein Arschloch benehmen willst, dann sag es lieber gleich, damit ich dir einen Tritt verpassen und dich rausschmeißen kann."

„Kann es sein, dass ihr alle ein wenig angsteinflößend seid?"

„Das hat Jake auch gesagt, als er uns alle kennengelernt hat", meint Addie grinsend. „Und ja, das sind wir."

„Okay, ich habe nicht vor, mich wie ein Arschloch zu benehmen, aber ich bin ein Mann, und manchmal tun wir es, ohne es zu wollen."

„Das versteht sich von selbst", meint sie nickend und bringt mich damit zum Lachen.

„Ich respektiere sie", sage ich und blicke zu Kat, die gerade mit einem Gast lacht. „Das Knistern zwischen uns ist phänomenal, das kann man nicht leugnen. Aber irgendwie ist da mehr, und ich würde gern herausfinden, was es ist."

„Okay, damit kann ich leben." Addie nickt. „Bücher."

„Wie bitte?"

„Sie liebt Bücher." Sie beugt sich vor, als wolle sie mir ein Geheimnis verraten. „Versteh mich nicht falsch, sie liebt auch Wein, aber Bücher sind ihr heimliches Laster."

„Macht Sinn." Ich nicke und beobachte noch immer Kat. „Sie ist die klügste Frau, die ich je getroffen habe."

„Sie ist Mitglied im Mensa-Club", berichtet Addie. „Sie wäre da nicht eingetreten, aber ihre Eltern sind beide Mitglieder, und es wurde einfach von ihr erwartet. Lange Zeit hat sie viele Dinge getan, die man von ihr erwartet hat. Inzwischen nicht mehr."

„Gut für sie."

„Genau." Addie grinst, als sich der Arm eines Mannes um ihre Schultern legt. „Hallo, Babe."

„Ich weiß ja nicht, was ich davon halten soll, dass du in deinem Zustand mit anderen Männern flirtest", sagt Jake lächelnd und bringt sie damit zum Lachen.

„Jake, das ist Mac. Er war Kats Sexurlaubs-Partner neulich in Kalifornien."

„Nett", sagt Jake und schüttelt mir die Hand. „Konntest wohl nicht wegbleiben, was?"

„Scheint so."

„Tja, so ist das." Jake küsst Addies Wange. „Diesen Frauen hier kann man nur schwer widerstehen. Es versteht sich natürlich von selbst, dass wir, solltest du Kat wehtun, dich leider umbringen müssen. Es wird wie ein Unfall aussehen."

„Natürlich."

„Okay, dann ist ja alles gesagt." Jake nickt und reibt über Addies Bauch. „Sie tritt."

„Das macht sie immer, wenn du singst", erwidert Addie. „Sie hört dir gern zu."

„Sie hat ja auch keine Wahl", stellt er fest. „Es ist ziemlich laut."

„Hier, Mac." Mia stellt einen Teller vor mich auf den Tresen. „Rib-eye-Steak mit Champignons, Spargel und Krautsalat."

„Das sieht extravagant aus", sage ich, während mir das Wasser im Mund zusammenläuft.

„Natürlich tut es das. Dies ist ja auch ein extravagantes Restaurant, Mac." Mia zwinkert und verschwindet wieder in der Küche. Ich schneide das Steak an, probiere und schmiede Pläne für einen Heiratsantrag.

„Himmel, ist das lecker."

„Fragst du sie jetzt, ob sie dich heiraten will?", fragt Addie.

„Sobald ich sie das nächste Mal sehe", antworte ich und nicke. „Verdammt, sie ist gut."

„Natürlich ist sie das. Wir sind ja nicht nur deshalb so ausgebucht, weil er singen kann."

„Aber klar doch", meint Jake und presst einen Kuss auf Addies Schläfe. „Und da wir gerade davon reden, meine Pause ist vorbei."

Er geht wieder zur Bühne, und Addie steht ebenfalls auf. „Ich muss mich auch noch um ein paar Sachen kümmern."

Kat kommt wieder zu mir, als die beiden weg sind. „Alles, was sie gesagt haben, war gelogen."

Ich grinse. „Wenn du meinst."

„Ist es gut?"

„Ich werde Mia bitten, mit mir durchzubrennen."

Kat lacht, und mir wird ganz anders. Doch schnell wird sie wieder ernst. „Was ist?"

„Nichts. Du bist einfach nur unglaublich."

Sie senkt den Kopf und wischt den Tresen mit dem weißen Lappen, den sie in der Hand hat. „Danke für den Wein. Das war nett."

„Gern geschehen. Würdest du mir einen Gefallen tun?"

Sie kneift die Augen zusammen. „Vielleicht."

„Darf ich dich heute Abend noch entführen?"

„Die ganze Nacht?", fragt sie mit hoher Stimme.

„Nein, nur für eine kleine Weile." Ich greife über den Tresen und streiche ihr eine Locke hinters Ohr. „Ich möchte dir etwas zeigen."

„Habe ich schon gesehen", meint sie mit erhobenen Augenbrauen und einem Funkeln in den Augen.

„Etwas anderes."

Sie neigt den Kopf zur Seite. „Okay. Aber ich muss heute Abend abschließen."

„Ich warte."

„Es ist deine Zeit", sagt sie achselzuckend, aber sie lächelt, als sie wieder loszieht, um neue Bestellungen abzuarbeiten.

Ich esse weiter und fühle mich zum ersten Mal seit Langem wieder ausgefüllt, sowohl körperlich als auch emotional.

„Wo sind wir hier?", fragt Kat ein paar Stunden später, nachdem ich sie vom Restaurant die Straße entlang zu einem kleinen, versteckt liegenden Garten geführt habe. Ich hatte Chase vorhin gebeten, ein paar Laternen aufzuhängen, eine Decke auszubreiten und einen Eiskübel mit Wein hinzustellen.

„Das Haus gehört einem Freund von mir", erwidere ich und halte ihre Hand fest in meiner. „Vom Garten aus hat man einen tollen Blick auf die Stadt. Das wollte ich dir zeigen."

„Und die Laternen, die Decke und der Wein sind wie von Zauberhand hier aufgetaucht?"

„Könnte sein, dass ich vorausschauend geplant habe", antworte ich und bedeute ihr, sich hinzusetzen. „Ich wollte einfach gern hier sein, mit dir, in unserer Stadt."

„Es ist eine herrliche Nacht", meint sie seufzend und stützt sich auf den Ellenbogen ab, als sie sich zurücklehnt. „Keine schlechte Art, den Abend ausklingen zu lassen."

„Möchtest du ein Glas Wein?"

„Gleich." Sie dreht den Kopf hin und her, um den Nacken zu entspannen, also setze ich mich hinter sie und beginne, ihre Schultern und den Hals zu massieren. „Oh, das ist herrlich. Du bist noch immer gut mit deinen Händen."

„Es sind ja auch noch immer dieselben Hände." Ich unterdrücke den Wunsch, mich vorzubeugen und über ihren Hals zu lecken.

Eins nach dem anderen.

„Ich war so überrascht, als ich dich heute gesehen habe", murmelt sie.

„Ich weiß."

„Ich bin kein großer Freund von Überraschungen."

„Ja, das habe ich inzwischen auch schon festgestellt." Ich ziehe sie gegen meine Brust, schlinge die Arme um sie und sitze mit ihr in der Stille der Stadt, während wir die Lichter um uns herum beobachten.

Eine ganze Weile lang sagt Kat nichts, aber sie schmiegt sich an mich und genießt die Stille. Gerade als ich denke, dass sie eingeschlafen ist, sagt sie: „Danke hierfür."

„Gern geschehen."

„Ich würde dir gern ganz viele Fragen stellen, aber ich bin zu müde."

Ich presse einen Kuss auf ihr Haar. „Wann kann ich dich wiedersehen?"

„Weißt du", meint sie leise lachend, „das war zwar genau genommen eine Frage, klang aber verdächtig nach einer beschlossenen Sache."

„Geh mal davon aus, dass es eine Frage war."

„Woher willst du wissen, dass ich dich wiedersehen will?"

Sie legt den Kopf zurück, sodass sie mich anschauen kann.

„Weil ich bemerkenswert bin."

„Du bist … tja, keine Ahnung was."

Ich küsse ihre Stirn. „Wann?"

„Ich mache uns Sonntagabend etwas zu essen. Da habe ich frei."

„Du brauchst nichts zu kochen. Ich kann dich zum Essen ausführen."

„Ich koche", wiederholt sie und lehnt den Kopf wieder an meine Schulter. „Sei nicht immer so streitlustig."

„Ich bin es einfach nur gewohnt, das Kommando zu haben."

„Das ist auch in Ordnung. Manchmal. Aber ich habe auch eine Meinung und scheue mich nicht, sie zu äußern."

„Das gefällt mir an dir."

„Gut. Denn daran wird sich auch nichts ändern, Mac."

„Verstanden."

Sie seufzt und lehnt sich noch schwerer gegen mich. „Ich könnte hier draußen glatt einschlafen."

„Dann bringe ich dich lieber nach Hause."

„Gleich", sagt sie und zieht meine Arme noch fester um sich. „Nur noch eine Minute."

7. Kapitel

Kat

Sitze ich gerade ernsthaft in Macs Armen, mitten in der Nacht, mitten in Portland? In welchem Paralleluniversum bin ich denn gelandet?

Und wie kann es angehen, dass er mir wirklich so ein wunderbares Gefühl von Geborgenheit vermittelt, wie ich es in Erinnerung hatte? Ich war überzeugt, dass ich ihn mir schöngeredet hätte, als ich mir ausgemalt habe, wie toll sich seine Arme anfühlen, wie weich seine Haut ist, wie sich seine Hände so herrlich beruhigend um mich schließen.

Aber nein, es ist tatsächlich genau so, wie ich es erinnere.

„Ich bringe dich zu deinem Auto", murmelt er, den Mund an meinen Kopf gepresst.

„Ich gehe zu Fuß zur Arbeit", antworte ich seufzend, weil mich der Gedanke, jetzt noch bis zu meiner Wohnung zu laufen, völlig abschreckt. Es ist zwar nicht weit, aber ich bin müde, und es ist schon spät.

„Wie bitte?"

„Ich gehe zu Fuß", wiederhole ich und drehe den Kopf, damit ich Mac anschauen kann. Er hat die Stirn in Falten gezogen. „Was ist los?"

„Mir gefällt die Vorstellung nicht, dass du mitten in der Nacht allein durch die Stadt nach Hause läufst."

Ich grinse. „Tja, ich bin aber ein großes Mädchen. Und wohne nicht weit weg."

„Ich fahre dich."

„Okay." Ich zucke mit den Schultern und lehne mich wieder gegen ihn.

„Das war ja leicht", meint er und lacht leise.

„Ich werde doch nicht eine Mitfahrgelegenheit ausschlagen, wenn ich so müde bin", kontere ich und bemühe mich gar nicht erst, das Gähnen zu unterdrücken. „Das wäre ja bescheuert."

„Na schön." Er steht auf und zieht mich mühelos hoch. „Bevor du mir hier noch einschläfst, lass uns aufbrechen."

„Weißt du, ich habe keine Ahnung, was du an dir hast, das mich so müde macht."

„Bin ich langweilig?", fragt er lachend.

„Nein, du bist definitiv nicht langweilig. Ich bin nur normalerweise nie so müde. Ich kann locker mit drei Stunden Schlaf die Nacht auskommen."

„Niemand überlebt das auf Dauer", kommentiert er, während er mich zu seinem Wagen führt und die Beifahrertür für mich öffnet. Ich lasse mich hineinfallen und sinke tief in das weiche Leder.

„Ich schon", antworte ich, während er sich hinter das Lenkrad setzt. „Habe ich schon immer."

„Hm, in Kalifornien hast du auch gut geschlafen", meint er.

„Das ist genau der Punkt." Ich zucke mit den Schultern und beobachte die Straßenlaternen, die an uns vorbeihuschen.

„Verrätst du mir deine Adresse?", fragt er. Als ich antworte, schaut Mac mich entgeistert an. „Das ist nicht dein Ernst."

„Doch."

Er schüttelt den Kopf.

„Was ist?"

„Da wohne ich auch."

Ich drehe mich zu ihm herum und schaue ihn gereizt an.

„Du wohnst nicht im selben Haus wie ich."

„Anscheinend doch." Statt vorn an der Straße zu halten, um mich herauszulassen, fährt er in die Tiefgarage, steigt aus dem Wagen und öffnet mir die Tür. „Willkommen zu Hause."

„Ernsthaft, du wohnst hier nicht."

„Kat. Es ist drei Uhr morgens. Um diese Uhrzeit werde ich dich garantiert nicht anlügen, wenn es um meine Adresse geht. Sonst auch nicht, aber ganz sicher nicht jetzt."

Ich sehe ihm grimmig hinterher, als er in Richtung Fahrstuhl geht, auf den Knopf nach oben drückt und auf mich wartet.

„Aber ich kenne alle hier im Haus", beharre ich. Plötzlich habe ich jedoch eine Eingebung. „Es sei denn, du bist der neue Typ oben im Penthouse."

Er lächelt einfach nur und bedeutet mir, in den offenen Aufzug zu gehen.

In Kalifornien hatten wir viel Spaß im Fahrstuhl.

Ich beiße mir auf die Lippe und starre auf Macs Hände. Verdammt, das, was er mit diesen Händen anrichten kann, ist wirklich gut.

„Erde an Kat."

„Was?" Als ich aufschaue, sehe ich, dass Mac mich angrinst, und ich muss auch lachen. „Tut mir leid, was hast du gesagt?"

„Wo warst du denn eben?"

„Ich bin hier", antworte ich sofort.

„Auf welcher Etage wohnst du?"

„Fünfzehnte."

„Direkt unter mir." Er drückt auf die Fünfzehn. „Wie praktisch."

„Vielleicht", erwidere ich seufzend und schüttele den Kopf,

als er mich augenzwinkernd dazu bringen will, das noch einmal zu wiederholen. „Also bist du gerade eingezogen."

„Vor ein paar Wochen, ja."

„Wie gefällt es dir bis jetzt?"

„Es ist toll", antwortet er schlicht. „Ich habe fast mein ganzes Leben lang in Portland gelebt, war aber schon seit Längerem auf der Suche nach einer Wohnung, die näher am Büro liegt. Da kam dieses Angebot genau richtig."

„Sie ist gestorben", erkläre ich und trete aus dem Fahrstuhl, als wir in meinem Stockwerk angekommen sind.

„Wer?"

„Die Frau, die vorher in deiner Wohnung gelebt hat." Ich schließe mein Apartment auf und drehe mich zu Mac herum. Hereinbitten werde ich ihn bestimmt nicht. „Willst du reinkommen?"

Was zum Teufel ist mit dir los, Kat?

Ich schiebe es auf Schlafmangel.

Seine Lippen zucken. „Du hast nicht gerade ein Pokerface."

„Ich spiele auch keine Spielchen mit dir."

Er lacht, strahlt nahezu übers ganze Gesicht, und es kostet mich wirklich große Beherrschung, ihn nicht abzuknutschen.

Wieso ist der Mann nur so was von heiß? Das ist ja schon fast lächerlich.

„Um deine Frage zu beantworten", sagt er und berührt zärtlich meine Wange. „Nein, ich kann heute Nacht nicht mit zu dir kommen."

„Okay. Bis dann." Ich drehe mich um, um hineinzugehen, doch er hält mich am Arm fest und zieht mich wieder zu sich.

„Wenn ich heute Nacht bei dir bleibe, dann verschwinde ich nicht vor morgen früh, und ich habe mir geschworen, es langsamer anzugehen."

„Mac." Ich seufze. „Ist schon okay. Du musst nicht mit reinkommen. Ich bin müde, du bist müde, und alles ist gut. Ehrlich."

Er mustert mich einen Moment lang, als würde er nach etwas suchen – wonach auch immer –, ehe er nickt. Aber bevor ich die Tür schließen kann, drängt er mich dagegen und küsst mich mit einer Leidenschaft, die versengend ist. Es ist kein drängender, langer Kuss. Aber verdammt heiß.

Und dann löst Mac sich von mir.

„Schlaf gut, Kat."

Ich nicke nur, gehe in meine Wohnung und schließe die Tür.

„Heilige Scheiße", murmele ich, als ich aus meinen Schuhen schlüpfe und sie am Eingang stehen lasse. „Was für ein Tag."

Ich schüttele den Kopf und ziehe mich auf dem Weg zum Schlafzimmer aus, sodass ich eine Spur von Klamotten hinterlasse.

Ich war schon in Macs Loft, weil ich der Dame, die dort gewohnt hat, mit ihren Mails geholfen habe. Ich glaube, sie konnte es eigentlich allein, war aber einfach ein bisschen einsam. Das Loft ist viel offener als meine Wohnung. Ich habe ein abgetrenntes Schlafzimmer mit schönem großen Kleiderschrank und angrenzendem Badezimmer. Aber Macs Wohnzimmer und der Küchenbereich sind so ähnlich aufgeteilt wie bei mir; ein einziger offener Bereich mit dem urbanen Stil eines alten Lagerhauses. Ich finde es wunderbar. Ich habe die Wohnung gekauft, als das Gebäude vor ein paar Jahren umgebaut wurde. Das war das Beste, was ich je getan habe.

„Und jetzt ist auch noch der heißeste Typ, den ich je getroffen habe, *über mir*."

Ich bleibe stehen und halte mir den Mund zu, um ein Kichern zu unterdrücken.

„Über mir, auf mir, in mir." Ich grinse, und es stört mich nicht im Geringsten, dass ich Selbstgespräche führe. „Mit sich selbst zu reden ist absolut gesund. Außerdem ist hier außer mir niemand. Mit wem sollte ich also sonst reden?"

Ich ziehe mir eine Yogahose und ein Tanktop über, verzichte auf einen BH, ziehe alle Haarnadeln heraus und bürste mir die Haare, bevor ich sie zu einem Pferdeschwanz binde, um mich leichter abschminken zu können.

„Dass Mac auch hier wohnt, könnte zu einem Problem werden", sage ich zu meinem Spiegelbild, als ich mir die Hände wasche. „Was, wenn es zwischen uns nicht funktioniert? Was, wenn es ein böses Ende nimmt und wir uns nicht mehr ertragen können? Dann müsste ich ausziehen!" Ich wasche mir das Make-up vom Gesicht. „Ich will nicht umziehen. Ich wohne gern hier, hier finde ich zur Ruhe. Und finanziell hat es zurzeit auch überhaupt keinen Sinn, zu verkaufen."

Ich spüle mir das Gesicht ab und trockne mich anschließend ab.

„Aber wieso sollte eigentlich ich ausziehen?", frage ich mein Spiegelbild, während ich die Nachtcreme auftrage. „Ich war schließlich zuerst hier. Wenn es ihm nicht passt, kann er ja selber gehen."

Ich nicke einmal bekräftigend und halte dann inne, um mich eingehend zu mustern. „Du meine Güte, sich selbst zu therapieren ist irgendwie nicht so toll."

Seufzend schüttele ich den Kopf. „Vielleicht sollte ich eins der Mädels anrufen. Wahrscheinlich muss ich einfach nur mal reden."

Noch einmal nicke ich und gehe vom Badezimmer in die Küche.

„Addie war früher um diese Zeit immer noch auf, aber

wahrscheinlich liegt sie jetzt, wo sie im hundertsten Monat schwanger ist, schon längst im Bett." Ich hole eine Flasche Wein aus dem Kühlschrank. „Vielleicht sollte ich mir zwei Gläser einschenken: eins für mich und eins für mich." Ich lache über mich selbst und schenke nur ein Glas voll.

„Cami und Landon liegen vermutlich ebenfalls im Bett, die fällt also auch weg." Ich setze mich auf meinen Lieblingssessel, der direkt vor dem deckenhohen Fenster steht, damit ich die tolle Aussicht genießen kann. „Riley ist kein Nachtmensch, also schläft sie schon. Und dass Mia im Bett ist, kann ich nur hoffen, denn wenn jemand eine Mütze voll Schlaf braucht, dann sie."

Ich trinke einen großen Schluck Wein.

„Im umgekehrten Fall, was würde ich einer von ihnen raten?", überlege ich. „Ich würde raten, nicht zu viel zu grübeln. Ich grübele über alles nach, und ehrlich, das nervt. Das ist wahrscheinlich auch der Grund, warum ich so oft nicht schlafen kann: weil ich niemals aufhöre nachzudenken."

„Und kaum ist Mac gegangen, bin ich auch schon wieder hellwach." Ich stelle das Glas zur Seite und greife nach meinem E-Book-Reader. „Hallo, mein Freund."

Ich verziehe das Gesicht.

„Das ist ja wirklich jämmerlich. Okay, vielleicht nicht jämmerlich, aber abgedreht. Ein E-Book-Reader als bester Freund."

Ich tätschele die Lederhülle und muss lächeln. „Aber in diesem Ding stecken viele Freunde von mir. Ich lese, wenn ich nicht schlafen kann."

Ich schalte den Reader an und aktiviere den Lese-Modus. „Und da ich jetzt definitiv nicht schlafen kann, lese ich halt."

Das Buch, das ich gerade lese, handelt von einem Mann,

der eine Schiffsbaufirma in New Orleans besitzt. Er verliebt sich in eine spiritistische Frau, die ziemlich witzig ist. Liebesromane lese ich am liebsten, aber im Grunde verschlinge ich alles, was mir in die Finger kommt. Selbst Kochbücher und Biografien.

Alles außer Horrorgeschichten. Die sind mir zu gruselig.

Eigentlich wollte ich nur kurz ein bisschen lesen, aber die Geschichte und die sexy Flirtereien ziehen mich in den Bann, und ehe ich mich's versehe, wird es bereits hell. In weniger als einer Stunde geht die Sonne auf.

Und ich bin immer noch nicht im Bett. An sich nichts Ungewöhnliches, aber wenn ich heute am Samstag meine Schicht in der Bar überstehen will, sollte ich lieber versuchen, noch ein bisschen Schlaf zu bekommen.

Statt aber ins Schlafzimmer zu gehen, rolle ich mich in meinem Sessel zusammen, schließe die Augen und hoffe, dass der Schlaf mich übermannt.

Ich habe einen so höllisch steifen Hals, wie man es sich nur vorstellen kann. Ich bin nicht nur gleich eingeschlafen, sondern habe in derselben Stellung sage und schreibe fünf Stunden lang gekauert.

Dafür werde ich den Rest des Tages büßen müssen.

Verdammt.

Ganz zu schweigen davon, dass ich viel zu spät dran bin. Ich wollte viel früher ins Restaurant. Es ist zwar erst früher Nachmittag, aber da Samstag ist, wird es viel zu tun geben.

Kurz überlege ich, ob ich mit dem Wagen zur Arbeit fahren soll, schüttele dann aber den Kopf. Es ist nur ein kurzer Spaziergang, und bis ich einen Parkplatz gefunden habe, bin ich auch zu Fuß dort.

Aber gerade als ich aus dem Fahrstuhl ins Foyer des Gebäudes trete, renne ich fast in Mac hinein.

„Hoppla", sagt er und packt meine Schultern, damit ich das Gleichgewicht nicht verliere.

„Entschuldige." Ich schaue auf und merke, dass mir der Mund austrocknet. Er war laufen oder Rad fahren oder so, denn er ist schweißgebadet.

Und heilige Scheiße, die Pheromone, die er verströmt, sind echt unglaublich.

„Kat?"

„Hmm?" Hat er was gesagt? Ich bin viel zu sehr damit beschäftigt, seine nackte Brust anzustarren.

„Geht es dir gut?"

„Alles bestens." Ich blinzele und schüttele den Kopf, um aus meiner peinlichen Trance zu erwachen. „Alles gut. Ich bin nur ein bisschen spät dran."

„Es ist noch nicht einmal zwei Uhr", erwidert er und prüft die Uhrzeit auf seinem Handy.

„Ich bin lieber ein bisschen eher da. Heute wird es voll."

„Was ist mit deinem Hals?"

Ich schaue ihn überrascht an. „Mit meinem Hals?"

„Ja."

„Hab mich irgendwie verlegen", erkläre ich und reibe über die verspannten Muskeln im Nacken. Mac schiebt meine Hand zur Seite und beginnt, hier, mitten in der Lobby, wo jeder uns sehen kann, meinen Hals zu massieren. „Nicht nötig."

„Macht mir nichts aus", sagt er, und ich schnurre fast vor Erleichterung.

„Ich bin echt voll verspannt", sage ich und genieße seine Berührung. „Ich habe es schon mit Wärme, Arnika, was auch immer probiert. Hat alles nichts genützt."

„Was ist mit Ibuprofen?"

„Habe ich auch genommen, hat aber nicht geholfen." Ich seufze, als er aufhört, und drehe mich zu ihm. „Danke."

Aber rühr mich bitte nicht noch einmal an, denn wenn du das tust, muss ich dich leider in meine Wohnung zerren.

Oder deine.

Eigentlich völlig egal wohin.

Er nickt. „Gern geschehen. Steht unsere Verabredung zum Essen morgen noch?"

„Ja", versichere ich ihm. „Halb sieben. Komm runter."

„Oh, auf jeden Fall werde ich pünktlich da sein."

„Vielleicht solltest du ein Hemd anziehen", rate ich ihm, ohne im Geringsten verlegen zu sein.

„Gefalle ich dir nicht ohne?"

Ich lasse mir einen Augenblick Zeit, um ihn von Kopf bis Fuß zu mustern, ehe ich mit den Schultern zucke. „Es geht."

Er hebt eine Augenbraue. „Es geht?"

Jetzt kann ich mein Lächeln nicht länger zurückhalten. „Ich will ja nicht das Essen anbrennen lassen, nur weil ich dich ständig anstarren muss."

„Ich bin kein großer Fan von angebranntem Essen", sagt er und nickt, als wäre das ein gravierendes Problem. „Okay, also mit Hemd."

„Wunderbar." Ich lächele ihn noch einmal an. „Dann also bis morgen."

Er winkt und schaut mir hinterher, als ich aus dem Haus gehe – viel schneller als sonst. Ich muss zur Arbeit, und ich muss von ihm fort.

Der Mann ist der personifizierte Sex.

Es ist einfach nicht fair.

„Er ist nett", sagt Addie.

„Er ist ganz okay", erwidere ich und stelle sicher, dass alle meine Bierfässer für heute Abend gefüllt sind. Auch wenn ich Weinexpertin bin, schenken wir natürlich auch eine Menge Bier aus, bevorzugt von lokalen Brauereien.

„Ich fasse es nicht, dass ich ihn immer verpasse", klagt Cami.

„Er war doch erst zweimal hier", erinnere ich sie.

„An einem einzigen Tag", sagt sie. „Er mag dich."

„Natürlich tut er das." Ich grinse und schaue mich schnell um, um mich zu vergewissern, dass kein Gast in Hörweite ist. „Meine Blowjobs sind schließlich unvergleichlich."

„Gutes Mädchen." Addie hebt anerkennend ihr Limonadenglas.

„Nicht nur das", sagt Cami und verdreht die Augen. „Wann siehst du ihn wieder?"

„Morgen. Ich koche uns was."

Ich versuche, den Blick zu ignorieren, den meine Freundinnen wechseln.

„Kat?", sagt Addie schließlich.

„Hier."

„Schätzchen, du kochst nie."

Ich funkele sie böse an. „Das heißt ja noch lange nicht, dass ich es nicht kann."

„Kannst du es denn?", fragt Cami ernsthaft interessiert.

„Natürlich."

Addie verzieht das Gesicht. „Sicher."

„Sonst koche ich nie, weil wir Mia haben, und niemand ist so gut wie Mia." Ich lege ein paar neue Bierdeckel parat und versuche, geschäftig zu wirken. „Ich werde ihn schon nicht umbringen."

„Was willst du denn machen?", will Cami wissen.

„Keine Ahnung." Seufzend vergrabe ich den Kopf in den Händen. „Vielleicht hätte ich mich doch zum Essen einladen lassen soll. Aber irgendwie hatte ich Panik und habe spontan angeboten, selbst zu kochen. Und ich kann das auch. Ich habe es nur schon ziemlich lange nicht mehr gemacht, weil ich immer hier bin."

„Ich finde das süß", meint Addie und greift nach einer Cocktailkirsche. Ich gebe ihr einen Klaps auf die Hand.

„Die sind nicht für dich."

„Stell dich niemals zwischen eine schwangere Frau und Essen", warnt sie und sieht mich hinterhältig an. „Wenn ich diese Kirsche haben will, dann kriege ich sie auch."

„Was ist los?", fragt Riley, die sich zu uns gesellt. „Warum darf Addie keine Kirsche?"

„Sie hatte schon sechzehn Stück", antworte ich und schiebe die Früchte aus Addies Reichweite. „Dir wird gleich schlecht."

„Auf einem Eisbecher würden sie sich noch besser machen", sagt Addie. „Ich gehe mal nachschauen, was Mia heute Morgen gebacken hat."

Sie rutscht vom Barhocker und watschelt in die Küche.

„Bilde ich mir das nur ein, oder ist sie über Nacht noch dicker geworden?", fragt Cami und sieht nachdenklich zu der Tür, hinter der Addie gerade verschwunden ist.

„Sie wird stündlich dicker", sage ich lächelnd. „Wahnsinn."

„Zum Glück bin nicht ich diejenige, die schwanger ist", stellt Riley fest, ehe sie eine Hand vor den Mund schlägt und Cami anschaut. „Es tut mir leid. Ich wollte dir nicht wehtun."

Cami schüttelt den Kopf und tätschelt Rileys Schulter. „Ist schon okay. Ich weiß, dass du es nicht so gemeint hast."

Cami hat ihr und Landons Baby Anfang des Jahres verloren, kurz bevor sie geheiratet haben.

„Außerdem musst du unbedingt alles über Mac hören", fährt Cami fort.

„Hast du es wieder mit ihm getrieben?", kreischt Riley.

„Geht es noch lauter? Ich glaube, die Gäste drüben im Restaurant konnten dich nicht hören", schimpfe ich und verdrehe die Augen. „Aber nein, habe ich nicht."

„Aber sie hat ihn gestern zweimal und heute einmal gesehen, und morgen Abend will sie ihn bekochen."

„Du kochst?", fragt Riley überrascht.

„Wieso glaubt mir keiner, dass ich das kann?", frage ich und werfe die Hände in die Luft. „Ich haben einen IQ von hundertfünfzig."

„Das bedeutet, dass du klug bist." Cami zuckt mit den Schultern.

„Ich werde ja wohl noch ein Rezept lesen können."

„Was willst du denn kochen?", fragt Riley.

„Ich weiß es noch nicht."

„Mach was Einfaches, einen Cäsar-Salat oder so", rät Cami mir.

„Gute Idee", stimmt Riley zu.

Aber jetzt ist mein Ehrgeiz geweckt. Ich will unbedingt etwas versuchen, was mich mehr herausfordert.

„Vielleicht grille ich Steaks."

„Du besitzt gar keinen Grill."

„Oder ich mache eine Hähnchenpfanne."

„Bestell doch einfach was bei Mia."

Ich funkele meine besten Freundinnen an. „Nein. Ich koche selbst."

Sie schauen sich an und zucken mit den Achseln.

„Viel Glück", meint Riley nur.

„Du schaffst das", ermuntert Cami mich mit einem Lächeln. „Und wenn es in die Hose geht, kannst du immer noch Pizza bestellen."

„Ihr macht mir ja richtig Mut", brumme ich, doch sie lachen nur.

Vielleicht ist Pizza nicht die schlechteste Idee.

8. Kapitel

Mac

In den letzten vierundzwanzig Stunden habe ich Kat dreimal getroffen. Und kein einziges Mal davon absichtlich.

Das ist fast so schlimm wie Folter.

Heute Abend wollen wir zusammen essen, in nur noch sechs Stunden, und ich bin schon jetzt ganz verrückt vor Verlangen. Ich will sie, so einfach ist das. Ich kann es kaum erwarten, sie endlich wieder berühren zu dürfen, ihren Körper zu erkunden, sie wiederzuentdecken.

Daher ist es geradezu schmerzhaft, wenn ich ihr ständig hier im Gebäude begegne.

Also habe ich mich entschlossen, den Nachmittag mit Chase zu verbringen, um ein paar Körbe zu werfen.

Vielleicht schaffe ich es ja so, mir Kat für eine Weile aus dem Kopf zu schlagen. Vielleicht kann ich sie sozusagen ausschwitzen. Allerdings hat das gestern leider auch nicht geklappt, als ich acht Meilen gelaufen bin.

Schon in Sportzeug schnappe ich mir Brieftasche und Schlüssel und gehe nach draußen. Als sich die Aufzugtür öffnet, steht Kat wartend davor. Natürlich. Wieso wundere ich mich überhaupt noch?

Sie ist überall. Und trotzdem bin ich ihr vor letztem Freitag noch nie im Haus begegnet. Versucht das Schicksal, mich irgendwie zu foltern?

„Hallo", sagt sie. „Wir treffen uns ja in letzter Zeit wirklich häufig."

„Scheint so." Ich muss mich sehr beherrschen, um nicht die Hände nach ihr auszustrecken und sie zu berühren. „Du scheinst viel unterwegs zu sein."

„Ich war nur schnell für das Abendessen einkaufen." Sie grinst mich verschmitzt an, und von null auf hundert bin ich hart wie Stein.

Das muss ich schleunigst unter Kontrolle bringen, auf jeden Fall, ehe ich Chase begegne, sonst zieht er mich mein Leben lang noch damit auf.

„Brauchst du Hilfe?"

„Oh, nein." Sie schüttelt den Kopf und geht an mir vorbei in den Fahrstuhl. „Alles gut. Wir sehen uns später."

Sie winkt noch kurz, ehe sich die Fahrstuhltüren schließen, und ich gerate wirklich in Versuchung, *scheiß auf Chase* zu sagen und ihr nach oben zu folgen. Stattdessen ermahne ich mich zur Geduld.

„Du kommst zu spät", meckert mein Bruder, als ich ihn zehn Minuten später auf dem Basketballfeld treffe.

„Gerade mal fünf Minuten", beschwichtige ich ihn und fange den Ball, den er mir zuwirft. Während der nächsten dreißig Minuten liefern wir uns ein ziemlich hartes Spiel und sind beide schweißgebadet.

„Was ist los mit dir?", fragt er, als er sich den Ball schnappt und ihn mühelos im Korb versenkt. „Du bist nicht richtig bei der Sache."

„Wieso? Alles gut."

„Du denkst an diese Frau", vermutet er völlig richtig. „Gib es zu."

„Im Augenblick nicht." Total gelogen. Ich denke den ganzen Tag lang ununterbrochen an sie.

„Klar doch."

„Wirf lieber den verfluchten Ball."

„Tu ich doch die ganze Zeit. Macht aber keinen Spaß, wenn der Gegner sich nicht die geringste Mühe gibt."

Ich verziehe das Gesicht, klaue ihm den Ball, werfe und lande einen Drei-Punkte-Treffer. „Siehst du? Ich bin voll dabei."

„Hast du sie getroffen?", will Chase wissen, während wir unser Spiel fortsetzen.

„Mehrmals. Wie sich herausgestellt hat, wohnen wir im selben Haus."

„Echt jetzt?" Chase grinst. „Das ist ja praktisch."

„Vielleicht." Ich zucke mit den Schultern und versuche, seinen Wurf zu blocken, doch er schafft es trotzdem, einen Punkt zu machen. „Guter Wurf."

„Warum sollte es nicht praktisch sein?"

„Wenn das Ganze kein gutes Ende nimmt, könnte es eher unangenehm werden."

„Du meinst, wenn du die Sache versaust und sie dich dann hasst."

„Hey!" Er hat ja recht. Die Gefahr, dass ich die Sache in den Sand setze, ist ziemlich groß. „Okay, kann sein, dass du richtigliegst."

„Ich weiß." Er wirft und verfehlt den Korb.

„Heute Abend wollen wir zusammen essen", erzähle ich. „Ich kann's kaum erwarten. Ich halte es nicht aus, sie nicht zu berühren."

Chase lächelt. „Dich hat's ja richtig heftig erwischt."

„Quatsch. Ich bin doch kein Teenager mehr."

„Als ob sich nur Teenager verlieben", erwidert Chase locker. „Du bist jedenfalls oberverknallt."

„Es ist doch nur ein Abendessen."

„Wette, ihr habt nicht mal aufgegessen, ehe du sie flachlegst?"

„Ich wiederhole, ich bin doch kein Teenager. Ich schaffe es ja wohl noch, mit einer Frau zu essen, ohne sie anzufallen."

Zumindest war es in der Vergangenheit so. Kat ist allerdings ein ganz anderes Kaliber, also könnte Chase durchaus recht behalten.

Wobei ich das jetzt definitiv nicht zugeben werde.

Boing!

„Scheiße, was soll das?" Ich schaue meinen Bruder böse an und reibe mir die Stelle am Kopf, gegen die gerade der Ball geprallt ist.

„Du passt nicht auf", sagt er hämisch.

„Dafür wirst du büßen."

„Ha! Träum weiter", stachelt er mich an, so wie früher, als wir noch Kinder waren. Also krempele ich die sprichwörtlichen Ärmel hoch, schiebe die Gedanken an Kat beiseite und mache mich daran, meinem kleinen Bruder eins überzubraten.

Das war heute der längste Tag meines Lebens. Ich klingele an Kats Wohnung und warte mit Blumen in der Hand darauf, dass sie aufmacht. So bunt, wie sie immer gekleidet ist, frage ich mich, was sie wohl heute anhat.

Aber als sie die Tür öffnet, sieht sie ganz anders aus als erwartet.

Statt ihrem typischen Rockabilly-Stil zu frönen, trägt sie eine sehr kurze, abgeschnittene Jeans, die ihre Beine zur Geltung bringt. Das schwarze Tanktop ist ein wenig groß, sodass ihr grauer Sport-BH gut zu sehen ist. Die Haare hat sie zu einem Dutt zusammengebunden, doch ein paar Strähnen sind herausgerutscht und umrahmen ihr Gesicht.

Ein Gesicht ganz ohne Make-up.

„Wie schön du bist", murmele ich, als sie einen Schritt zur Seite tritt, um mich hereinzulassen.

„Ich sehe furchtbar aus", antwortet sie und pustet sich eine Haarsträhne aus der Stirn. „Das Abendessen ist komplett schiefgegangen, ich musste uns was bestellen."

Es ist süß, wie sie auf einmal rot wird und sich nervös auf die Lippen beißt.

„Ich freue mich einfach darauf, Zeit mit dir zu verbringen, Kat. Mir ist es völlig egal, woher das Essen kommt."

„Ich hatte ein neues Rezept rausgesucht, und leider habe ich es nicht hingekriegt. Es gab einige Opfer zu beklagen." Sie schließt die Augen, als würde sie all die Schrecken noch einmal durchleben, und ich ziehe sie in meine Arme. „Die arme Schweinelende wusste nicht, wie ihr geschah."

„Ich hoffe, das Tier war vorher schon tot." Ich tätschele ihr tröstend den Rücken.

„Wollen wir hoffen", erwidert sie und bringt mich zum Lächeln. Verdammt, es fühlt sich so herrlich an, wenn sie sich an mich schmiegt. Viel zu gut.

Irgendwie muss ich es schaffen, das Essen zu überstehen.

Ich löse ich mich von ihr und lächele sie an. „Was brauchst du?"

Verwirrt sieht sie mich an. „Nichts, wieso?"

„Bist du sicher?"

Sie blinzelt kurz, ehe ihr Blick weich wird. „Danke für das Angebot, aber es ist alles gut. Solange es dir nichts ausmacht, wie ich angezogen bin."

„Ich habe dir doch schon gesagt, dass du toll aussiehst. Du

kannst anziehen, was du willst, daran wird sich nichts ändern."

„Du bist ja ein richtiger Charmeur." Sie zwinkert mir zu und geht voraus in die Küche, während sie mich gleichzeitig hinterherwinkt.

„Schöne Wohnung übrigens."

„Danke." Sie lächelt mir zu. „Gefällt dir deine auch?"

„Und wie." Ich nicke und nehme das Glas Wein, das sie mir reicht. „Mhm, den mochte ich schon in Kalifornien."

„Ich weiß", antwortet sie. Genau wie umgekehrt ich am Freitag, als ich ihr eine Flasche Wein geschenkt habe, den sie mochte.

Sie ist aufmerksam, und ich bin nicht zu stolz, um zuzugeben, dass mir das an ihr gefällt. Sogar sehr gefällt.

Plötzlich schwindet ihr Lächeln, und wir starren uns an. Fasziniert betrachte ich ihre roten Haare, die mit Sommersprossen übersäten Schultern, ihre vollen Lippen. Schließlich ist es Kat, die den Blick abwendet. Sie greift in die Tüten auf der Arbeitsplatte und nimmt die Essensbehälter heraus.

„Das ist gerade geliefert worden", erklärt sie. „Ich hoffe, du magst mexikanisches Essen."

„Mein Lieblingsessen", erwidere ich und helfe ihr, das Essen auf den Tisch zu bringen, ehe wir uns setzen. „Aber das wäre nicht nötig gewesen."

„Ich habe dir ein Essen versprochen", meint sie achselzuckend. „Meine Freundinnen fanden es von vornherein Unsinn, dass ich angeboten habe zu kochen. Wie sich herausstellte, hatten sie recht."

„Eine missglückte Schweinelende heißt doch nicht, dass du eine schlechte Köchin bist."

„Na ja, das war schon ziemlich missglückt", gibt sie zu und muss jetzt doch lachen. „Du hättest mich sehen sollen. Ich bin total in Panik geraten." Sie schüttelt den Kopf und trinkt einen Schluck Wein.

„Du hättest mich anrufen können."

„Kannst du kochen?"

„Ich bin nicht ganz schlecht", erwidere ich. „Ich werde mich demnächst revanchieren."

Sie taucht einen Chip in die Salsa, beißt ab und seufzt zufrieden.

Genau so, wie sie es auch tut, wenn ich tief in ihr vergraben bin.

Ohne nachzudenken, lege ich eine Hand in ihren Nacken und ziehe ihren Kopf zu mir, damit ich sie küssen kann. Ihre Lippen sind weich und bewegen sich sacht unter meinen, öffnen sich für mich und lassen mich das Tempo bestimmen.

Am liebsten würde ich Kat auf den Tisch heben und sie leidenschaftlich vögeln.

Stattdessen löse ich mich von ihr. Aber nur ein wenig, denn unsere Lippen berühren sich noch immer. Wir atmen beide schwer.

„Ich will dich", murmele ich. „Seit Wochen will ich dich schon."

„Okay", meint sie nur, und ich muss lächeln.

„Aber wir müssen bis nach dem Essen warten."

Ich löse mich von ihr, was ein Stirnrunzeln auf ihr hübsches Gesicht zaubert.

„Warum?" Sie greift sich noch einen Tortilla-Chip.

Ich fahre mir seufzend mit den Fingern durchs Haar. „Frag lieber nicht."

„Tja, jetzt musst du es erst recht verraten."

„Mein Bruder Chase glaubt nicht, dass ich lange genug die Finger von dir lassen kann, bis wir gegessen haben."

Interessiert leuchten ihre Augen auf. „Tatsächlich?"

Ich nicke.

„Wusstest du schon, dass ich ziemlich ehrgeizig bin und gern gewinne?"

„Tatsächlich?"

Sie nickt bedächtig. „Also werde ich hier sitzen bleiben, und du bleibst schön da drüben, bis wir alles aufgegessen haben."

„Bitte sag mir, dass du keinen Nachtisch gemacht hast."

Sie lacht. „Wenn wir es schaffen aufzuessen, bin *ich* der Nachtisch."

Ich hole tief Luft und mustere sie sorgfältig. Aber sie zuckt nicht mit der Wimper und wird auch nicht rot. Sie beißt lediglich noch einmal von ihrem Chip ab und streift mit den Zehen über meine Wade.

„Wenn du so weitermachst, vernasche ich dich gleich hier auf dem Tisch, und dann ist Chase mir so was von egal."

„Das kannst du gern tun", antwortet sie. „Aber nicht sofort."

„Nicht?"

Sie schüttelt den Kopf. „Vielleicht zum Frühstück."

Ich stöhne und esse schneller, ohne überhaupt etwas zu schmecken, so verzweifelt sehne ich mich nach Kat. Meine Haut fühlt sich an, als stünde sie vor Verlangen in Flammen. Derart heftig hat es mich noch nie erwischt.

Endlich hat sie aufgegessen, und wir bringen die Teller zur Spüle.

„Fertig?", frage ich.

„Ich denke ja. Abwaschen kann ich später."

Ich lasse ihr gar nicht erst die Chance, weiter darüber nachzudenken, sondern hebe Kat hoch und steuere das Schlafzimmer an. Sie schlingt die Beine um meine Taille, die Arme um meinen Hals und küsst mich voller Leidenschaft, so, als wäre sie regelrecht ausgehungert nach mir.

Bis zum Schlafzimmer kommen wir gar nicht. Ich dränge Kat gegen die Wand neben der Tür und presse meinen Schwanz gegen ihren Unterleib. Gleichzeitig löse ich die Haare aus dem Dutt, damit ich mit den Fingern hindurchgleiten kann. Ohne zu zögern, ziehe ich ihr das Shirt über den Kopf und werfe es auf den Boden. Als sie das Gesicht an meinem Hals vergräbt und zubeißt – nicht gerade sanft –, stöhne ich.

„Du willst das hier", flüstere ich ihr ins Ohr.

„Wir müssen wirklich mal daran arbeiten, wie du Fragen zu formulieren hast, aber fuck, ja, ich will es."

„Du hast gesagt, du magst es, wenn ich im Schlafzimmer das Kommando übernehme."

„Wir sind noch nicht im Schlafzimmer."

Ich grinse sie an. „Reine Rhetorik."

Ich trage sie ins Schlafzimmer und lege sie aufs Bett, ehe ich mich hastig daranmache, ihr auch die restlichen Sachen auszuziehen.

„Du hast eindeutig zu viel an", stellt sie schwer atmend fest und beobachtet mich mit ihren strahlenden braunen Augen.

„Dazu kommen wir noch", erwidere ich und lasse mich auf die Knie fallen, um sie zu schmecken. „Ich habe das hier so vermisst."

„Heilige Scheiße", stöhnt sie und klammert sich an der Bettwäsche fest, während ich sie mit der Zunge verwöhne. Sie ist so herrlich feucht. Mit zwei Fingern dringe ich tief in sie ein und mache eine *Komm-her*-Bewegung mit dem Zeigefinger, weil ich genau weiß, dass ich so exakt die Stelle treffe, die sie verrückt macht.

Und Kat enttäuscht mich nicht. Wie wild schlägt sie den

Kopf hin und her. Die Füße hat sie gegen meine Schultern gestemmt und hebt jetzt ihren Unterleib, als wollte sie sich mir darbieten.

Dieses Angebot nehme ich nur zu gerne an.

In Windeseile ziehe ich mich aus, hole ein Kondom aus meiner Tasche und hocke mich über Kat. Genüsslich küsse ich ihren Bauch, die Seiten, ihre Brüste und arbeite mich immer weiter nach oben zu ihrem Mund vor.

Ich liebe es, dass sie sich von mir küssen lässt, nachdem ich sie auf diese Weise verwöhnt habe. Es ist so fucking sexy.

„Ich will dich in mir spüren", fleht sie, packt meinen Hintern und zieht mich zu sich. Sie ist viel stärker, als sie aussieht.

„Du scheinst ein wenig in Eile zu sein heute Abend, Rotschopf."

„Kein Wunder, es ist Wochen her!"

Ist es falsch von mir, erleichtert zu sein, weil sie in der Zwischenzeit keinen Sex hatte?

Den Gedanken will ich jetzt lieber nicht weiterverfolgen. Stattdessen küsse ich sie, bis es mir vorkommt, als würde sie auf der Matratze richtiggehend dahinschmelzen, und erst dann dringe ich langsam in sie ein. Sie keucht auf, packt meine Schultern und lässt die Hüften kreisen. Sie reibt die Klit an mir und treibt mich schier in den Wahnsinn.

„Fuck, Kat."

„Du fühlst dich so gut an", keucht sie und öffnet die Augen, um mich anzustarren. „Ich will dich reiten."

„Dagegen werde ich mich sicher nicht wehren", erwidere ich und rolle uns beide herum, während ich ihren Hintern fest umschlungen halte. Kat richtet sich auf, und dann kann ich nur noch ihre Hüften packen, als sie mich hart und schnell reitet, auf der Jagd nach ihrem Orgasmus.

Es ist einfach unglaublich, ihr zuzuschauen, und ich bin dankbar, dass dieses Zimmer so gut beleuchtet ist, denn so kann ich Kats Gesicht sehen. Sie beißt sich auf die Lippe, und ihre Wangen sind gerötet.

„Du wirst so niedlich rot", murmele ich und umschließe ihre Brüste, ehe ich die Spitzen sanft kneife. „Dein gesamter Körper errötet."

„Typisch für Rothaarige", stöhnt sie. „Du darfst gern härter zulangen."

Ich schnappe mir ihre Hände, ziehe Kat zu mir herunter und halte sie fest umschlungen.

„Außerhalb des Schlafzimmers kannst du so frech sein, wie du willst, aber hier drinnen hast nicht du das Sagen, Schätzchen."

Überrascht öffnet sie die Lippen.

„Genau." Ich rolle uns noch einmal herum, doch diesmal drehe ich sie auf den Bauch und gebe ihr einen Klaps auf den Hintern. „Ich werde so fest drücken, beißen und hauen, wie ich will, solange es dir nicht wehtut oder unangenehm ist."

„Okay, unter einer Bedingung."

Ich halte inne und streiche ihr das Haar aus dem Gesicht, damit ich ihr in die Augen schauen kann.

„Was für eine Bedingung?"

„Wenn ich Popcorn sage, ist Schluss."

Ich muss grinsen. „Warum ‚Popcorn'?"

„Ich hasse Popcorn." Sie erwidert das Lächeln. „Und ich habe keine Angst, das Wort in den Mund zu nehmen."

Du meine Güte, sie ist einfach unglaublich. Immer wieder überrascht sie mich. Ich kann nicht genug von ihr bekommen.

„Gut", sage ich und lasse meine Zunge über ihre Wirbelsäule bis hinunter zu ihrem Hintern gleiten. Ich beiße in eine der prallen Backen, was Kat nach Luft schnappen lässt. „Keine Angst, ich werde keine Spuren auf dir hinterlassen."

„Macht mir nichts."

Noch einmal versetze ich ihr einen Schlag auf den Hintern, diesmal etwas härter. „Ich werde dir keine Verletzungen zufügen, das ist nicht mein Ding. Aber manchmal kann es ein bisschen härter werden."

„Ich mag es hart", sagt sie atemlos und schnappt erneut nach Luft, als ich mit zwei Fingern von hinten in sie eindringe.

„Ich schätze, wir werden es auf viele Arten mögen." Ich verteile feuchte Küsse auf ihrem Rücken, ehe ich langsam wieder in sie eindringe.

Aber ich will sie gar nicht so hart vögeln. Heute Abend nicht. Stattdessen möchte ich jedes Zusammenziehen ihrer inneren Muskeln, jedes Stöhnen bis zum Letzten auskosten.

Also lasse ich mir Zeit, stoße tief in sie, ziehe mich zurück und bringe uns auf diese Weise beide bis an den Rand des Wahnsinns.

„Ich komme", stöhnt sie und beißt ins Kissen. Noch einmal beschleunige ich meinen Rhythmus und schiebe meine Hand unter sie, damit ich die Fingerspitzen auf ihre Klit pressen kann. Im nächsten Moment erlebe ich, wie Kat explodiert.

„Ja, Baby", ermuntere ich sie. Als die Zuckungen langsam abebben, stoße ich zu, so hart ich kann, und gebe mich meinem eigenen Orgasmus hin, ehe ich schließlich neben Kat zusammenbreche.

„Gütiger Himmel", murmelt sie.

„Du sagst es."

9. Kapitel

Kat

So gut habe ich nicht mehr geschlafen, seit ... seit Kalifornien. Ich reibe mir die Augen und rolle mich herum zu Mac, der ausgestreckt neben mir auf dem Rücken liegt und noch immer tief und fest schlummert.

Selbst im Schlaf und mit Bartstoppeln ist er ein ausgesprochen ansehnliches Exemplar von Mann. Ich finde, die Wissenschaft sollte sich ihn vornehmen.

Vielleicht hätte ich Wissenschaftlerin werden sollen.

Ich blicke hinüber zu meinem Wecker und reiße erstaunt die Augen auf. Habe ich wirklich acht Stunden am Stück geschlafen? Okay, es ist erst fünf Uhr morgens, aber es waren trotzdem acht Stunden.

Zärtlich gebe ich Mac einen Kuss auf die Wange und schlüpfe aus dem Bett, um ins Bad zu gehen. Ich fühle mich unglaublich. Na ja, abgesehen von einigen wunden, selten genutzten Muskeln, die gestern Abend ein perfektes Work-out bekommen haben. Aber selbst das fühlt sich gut an.

Ich wasche mir die Hände und betrachte mein Spiegelbild. Kein Make-up, Haare völlig zerzaust, bekleidet mit einem Tanktop und Yoga-Shorts, die ich mir auf dem Weg zum Bad schnell geschnappt habe.

Ich glaube, ich strahle regelrecht. Ich beiße mir auf die Lippe und grinse. Ja, da ist definitiv ein Strahlen. Als ich mich näher zum Spiegel beuge, sehe ich entsetzt, dass sich da doch tatsächlich die ersten Krähenfüße in meinen Augenwinkeln zeigen.

Aber trotz dieses Makels sehe ich fantastisch aus. Ausgeruht und gut durchgevögelt, so wie es sich für eine Frau Mitte zwanzig gehört.

Gegen die Fältchen in den Augen muss ich mir halt eine Creme kaufen. Ich setze es in Gedanken auf meine To-do-Liste.

„Pass bloß auf, dass die Sache für dich nicht zu ernst wird", flüstere ich mir zu. „Es war und bleibt ein Sexurlaub. Also benimm dich wie eine Erwachsene, und gewöhn dich gar nicht erst an ihn, Kat. Das hier ist kein Liebesroman. Nur weil er so aussieht und sich so gibt wie ein Romanheld, heißt das noch lange nicht, dass so etwas wirklich existiert."

Ich sehe mich böse an, als würde ich das, was ich da gerade von mir gebe, *wirklich* ernst meinen. Und das tue ich auch. Ich war schon ein-, zweimal mit einem Mann zusammen – länger, meine ich. Mit einem hätte ich mir auch eine ernsthafte Beziehung vorstellen können, bis er mir gestand, dass er hinter meinem Rücken auch mit anderen Frauen schlief. Inzwischen bin ich mit meinem Job verheiratet. Männer dienen lediglich dazu, gewisse Bedürfnisse zu befriedigen.

Cami und Addie hatten einfach nur Glück.

„Reiß dich also zusammen."

Und mit einem letzten strengen Blick zu meinem Spiegelbild tapse ich in die Küche, um mir einen Kaffee zu kochen und es mir mit dem E-Reader im Sessel gemütlich zu machen. Es kommt nicht häufig vor, dass ich diese Tageszeit erlebe, nachdem ich geschlafen habe. Normalerweise gehe ich jetzt erst ins Bett.

Interessant.

Meinen sexy New-Orleans-Roman habe ich gestern schon zu Ende gelesen, daher klicke ich eins meiner Lieblingsbücher an und tauche in die Geschichte ein. Ich lese das Buch mindestens einmal im Jahr. Kurz darauf bin ich an einem anderen Ort, mitten im Leben von anderen Menschen, zum Leben erweckt durch die Magie der Worte und auf perfekte Art und Weise miteinander verwoben.

„Guten Morgen."

Ich zucke derart heftig zusammen, dass mein Reader zu Boden fällt. Als ich aufschaue, blicke ich in verschlafene grüne Augen.

„Guten Morgen."

„Ich wollte dich nicht erschrecken", sagt Mac. Er nimmt meinen Kaffeebecher, trinkt einen Schluck und runzelt die Stirn. „Der ist ja kalt." Er dreht sich um und geht, lediglich mit einer knappen schwarzen Unterhose bekleidet, in die Küche.

„Du hast mich nicht erschreckt." Ich hebe den Reader auf und lege ihn zur Seite. Ich schaffe es nicht, den Blick von Mac zu lösen. Er bewegt sich völlig ungezwungen, so, als würde er sich vollkommen wohl in seiner Haut fühlen. Sollte er auch, seine Haut ist nämlich verdammt eindrucksvoll. Er lässt einen Kaffee aus der Maschine, tut ein bisschen mehr Zucker rein, als ich es machen würde, kommt zu mir zurück und starrt mich über den Rand der Tasse mit seinen strahlend grünen Augen an. Im nächsten Moment werde ich aus dem Sessel gehoben. Mac setzt sich und nimmt mich auf den Schoß.

„Lügnerin", murmelt er und küsst mich auf die Wange.

„Wovon reden wir?", flüstere ich, bevor ich nach dem Kaffee greife und einen Schluck trinke.

„Spielt keine Rolle", erwidert er. „Wie geht es dir heute Morgen?"

„Fantastisch." Ich zucke mit den Schultern und blicke aus dem Fenster auf die West Hills von Portland. Die Sonne scheint auf die Berge und lässt sie besonders grün leuchten, genau wie Macs Augen. „Ich habe ganze acht Stunden geschlafen", erzähle ich und lehne mich gegen seinen Oberkörper. Er ist so groß und kräftig, und ich fühle mich in dieser Position überraschend wohl.

„Gut, das konntest du gebrauchen."

„Mag sein. Du hast mich gestern Abend geschafft." Ich grinse ihn an.

„Soll das eine Beschwerde sein?"

„Überhaupt nicht." Lächelnd trinke ich noch einen Schluck Kaffee. „Wie hast du denn geschlafen?"

„Nicht schlecht. Irgendwann in der Nacht bin ich aufgewacht, habe nachgesehen, ob wir die Tür abgeschlossen hatten, habe eine Nachricht von Chase beantwortet und bin dann wieder ins Bett gegangen. Dann habe ich bis eben geschlafen."

„Du und Chase, steht ihr euch nahe?"

Er nickt und küsst meine Schläfe. „Er ist nur zwei Jahre jünger als ich. Manchmal nervt er total, aber wir stehen uns schon ziemlich nahe."

„Habt ihr auch eine gute Verbindung zu euren Eltern?"

Er hält inne und fährt so mit den Fingerspitzen an meinem Arm auf und ab, dass ich eine Gänsehaut bekomme.

„Nein", erwidert er nach einer ganzen Weile. „Und du? Stehst du deinen Eltern nahe?"

Ich würde gern noch weitere Fragen stellen, aber ich will auch nicht zu neugierig sein. Wenn er reden will, wird er sich mir schon noch öffnen.

„Ich liebe meine Eltern", beginne ich und nippe weiter an seinem Kaffee, während ich nach den richtigen Worten suche.

„Sie haben mir viele Möglichkeiten eröffnet, als ich jung war, und ich glaube, auf ihre Art lieben sie mich auch sehr."

„Was meinst du damit?"

„Dass sie zwar toll sind, aber völlig vereinnahmt von ihrer Arbeit und ihren Hilfsprojekten." Ich zucke mit den Schultern. „Und das ist okay für mich, denn bei mir ist es ja nicht anders."

„Siehst du sie häufig?"

„Ein paarmal im Jahr." Ich küsse Mac auf die Wange. „Mom ruft mich jeden Sonntagabend an, und dann reden wir ungefähr zehn Minuten lang. Sie haben ein Stadthaus in Portland, wohnen aber eigentlich außerhalb von Los Angeles, wo auch ihr Labor ist. Sie sind großartig. Hochintelligent. Und sollte ich jemals etwas brauchen, wären sie da. Ich habe nur noch nie was gebraucht."

„Du bist unglaublich unabhängig." Er streicht mir eine Haarsträhne hinters Ohr.

„War ich schon immer. Weil ich keine Geschwister habe, musste ich selbst für meine Unterhaltung sorgen und meine Probleme selber lösen."

„Ist das nicht ziemlich anstrengend?", fragt er leise.

Ich beiße mir auf die Lippen. „Darüber habe ich noch nie nachgedacht."

„Hm." Noch einmal küsst er meine Schläfe, bevor er nach meinem E-Reader greift und ihn wieder aufweckt. „Was liest du?"

„Eins meiner Lieblingsbücher", erwidere ich gähnend. „Ich lese es immer wieder."

Plötzlich beginnt Mac zu meiner großen Überraschung, mir vorzulesen. Nichts könnte aufregender sein. Seine Stimme ist tief und weich; während er ohne zu stocken liest, streichelt er mit der freien Hand sanft meinen Rücken, als wolle er mich besänftigen.

Er ist wirklich gut darin, mich zu beruhigen.

Ich schmiege meine Stirn an seinen Hals. Ich höre die Worte. Ich *fühle* sie. Wie in eine weiche Decke gehüllt, bin ich von meinem Lieblingsroman umfangen. Ich kann mich nicht erinnern, wann ich je so zufrieden war.

Als Mac bei der ersten Sexszene der Geschichte ankommt, macht er eine kleine Pause, liest einige Sätze erst stumm, ehe er fortfährt. Die Hand auf meinem Rücken verspannt sich, nur ein klein wenig. Es ist das einzige Anzeichen, dass die Worte ihm in irgendeiner Weise berühren.

Auf einmal steht er jedoch mit mir in den Armen auf und trägt mich – noch immer weiterlesend – wieder ins Schlafzimmer.

„Gefällt dir diese Stelle?", frage ich.

„Die gefällt mir, ja." Er legt den Reader zur Seite und beginnt, mir zu zeigen, wie sehr ihm das gefällt.

„Hallo, Owen." Ich lächele, als er sich an meine Theke setzt. „Wie war dein Wochenende?"

„Großartig", erwidert er und nickt, als ich ihm seinen Lieblingsdrink bringe. „Ich war mit Jen für zwei Tage weg."

„Wohin seid ihr gefahren?"

„Nur zum Strand", antwortet er und wackelt vielsagend mit den Augenbrauen. „Zum Glück hatten wir von unserem Zimmer aus einen herrlichen Blick aufs Wasser. Wir haben das Zimmer nämlich nicht viel verlassen, wenn du weißt, was ich meine."

„Schön für dich." Wir stoßen die Fäuste gegeneinander. „Ich freue mich, dass du das für euch beide arrangiert hast. Jen hat sich sicher gefreut."

„Das kann man wohl sagen. Sie konnte die Finger gar nicht von mir lassen."

Ich grinse ihn an. „Gut gemacht. Wo genau wart ihr?"

„Cannon Beach."

„Das ist einer meiner Lieblingsstrände", erwidere ich glücklich. Er ist weniger als zwei Stunden Fahrtzeit von Portland entfernt, doch wenn man dort ist, kommt es einem vor, als wäre man in einer völlig anderen Welt. „Ich sollte auch mal wieder hinfahren. Ist schon wieder ewig her, dass ich dort war."

„Dann solltest du das auf jeden Fall tun", stimmt Owen mir zu.

Mac kommt in die Bar spaziert, und ich spüre, dass ich anfange zu strahlen.

„Mir scheint, ich war nicht der Einzige, der ein tolles Wochenende hatte", murmelt Owen, und ich verdrehe die Augen, ehe ich zu Mac ans andere Ende der Theke gehe.

„Hallo", begrüße ich ihn.

„Hallo, meine Schöne." Er greift über den Tresen, um mir eine Haarsträhne hinters Ohr zu streichen. „Wie geht es dir?"

„Wunderbar. Es hat sich nicht viel verändert, seit wir uns heute Morgen gesehen haben." Ich betrachte ihn genauer und stelle fest, dass seine Augen traurig wirken. „Was ist los?"

Er schüttelt nur den Kopf. „Wie lange musst du heute arbeiten?"

„Wir schließen montagabends um elf", antworte ich. „Aber ich könnte wahrscheinlich so gegen neun verschwinden."

„Keine Eile", sagt er. „Schreib mir einfach eine kurze Nachricht, wenn du nach Hause kommst. Ich möchte dir etwas zeigen."

„Echt?" Ich klimpere mit den Wimpern, in der Hoffnung, ihn zum Lachen zu bringen. „Ich glaube, das hast du schon heute Morgen getan."

„Hm, daran dachte ich gerade nicht, aber ja. Das auch. Aber noch etwas anderes."

„Eigentlich mag ich keine Überraschungen", stelle ich fest, doch sofort fällt mir auf, dass ich wie eine undankbare Göre klinge. „Trotzdem danke."

„Diese wird dir gefallen." Er zwinkert mir noch einmal zu und wendet sich dann ab, um zu gehen.

„Du bist nur hergekommen, um mir das zu sagen?"

„Ich war gerade in der Nähe. Und ich wollte dich sehen."

„Das sind zwei sehr überzeugende Gründe."

Ich würde ihn gern noch einmal fragen, was ihn bedrückt, aber ich lasse es. Es steht mir nicht zu, Gefühle aus ihm herauszulocken, die er noch nicht bereit ist zu teilen.

Aber heute Abend werde ich noch ein bisschen nachbohren.

„Sieht aus, als hätte sich die Sache mit deinem Sexurlaubspartner ein ganzes Stück weiterentwickelt", sagt Owen, nachdem Mac gegangen ist.

„Könnte man so sagen", erwidere ich grinsend. „Aber erzähl mir lieber von *deinem* Sexurlaub."

„Oh Gott, nicht schon wieder dieses Wort", jammert Riley, die in diesem Moment in die Bar kommt, und verdreht die Augen. „Ich will nichts darüber hören, wie jemand flachgelegt wurde."

„Nur weil du nicht flachgelegt wirst", erinnere ich sie.

„Vielen Dank auch." Sie kneift die Augen zusammen und rückt ihren BH zurecht, ohne dass Owen, der hinter ihr steht, sie sehen kann.

„Ist ohne Träger", meint sie missmutig. Sie trägt ein schickes smaragdgrünes Top mit Spitze an den Armen und im Schulterbereich. „Unter diesem T-Shirt kann ich keinen normalen BH anziehen."

Ich muss lachen.

„Ist aber tierisch unbequem. Tut mir leid, Owen."

Er schüttelt nur den Kopf und trinkt einen Schluck. „Wird echt nie langweilig hier mit euch."

Mein Handy klingelt in meiner Tasche. Nicht gerade begeistert lese ich Graces Namen auf dem Display.

„Hallo, hier ist Kat."

„Hallo, ich bin's, Grace. Es tut mir schrecklich leid, aber ich schaffe es heute nicht, zur Arbeit zu kommen. Mein Kleiner hat hohes Fieber, und ich muss mit ihm in die Notaufnahme."

Ich schließe die Augen und sehe, wie mein früher Feierabend und damit meine Zeit mit Mac dahingehen. Doch damit muss man wohl leben, wenn man einen eigenen Betrieb führt.

„Ist gut. Ich hoffe, es ist nichts Ernstes."

„Vielen Dank", sagt sie. Ich höre, dass sie kurz davor ist, in Tränen auszubrechen. Muss schlimm sein, wenn das eigene Kind krank ist. „Ich komme dann morgen."

„Warte erst mal ab, und melde dich einfach", versichere ich ihr. „Sieh zu, dass es dem Kleinen schnell wieder besser geht."

„Du bist die Beste, Kat. Danke."

Ich beende das Gespräch und blicke zu Riley. „Sieht so aus, als wenn ich heute Abend allein bin."

„Ich kann dir helfen", bietet sie mir an.

„Nein, ist schon okay. Montags ist meist nicht viel los." Ich lache, als Riley noch einmal ihren BH zurechtruckelt. Jetzt stört es sie auch nicht im Geringsten, dass Owen sie sehen kann. „Vielleicht solltest du nach Hause fahren und dir was Bequemeres anziehen."

Sie seufzt. „Das klingt himmlisch. Aber wenn du mich brauchst, melde dich einfach, und ich komme zum Helfen."

Ich nicke und werfe ihr einen Luftkuss hinterher, als sie nach draußen verschwindet. Addie hat heute einen Arzttermin. Cami arbeitet von zu Hause aus. Sogar Mia hat sich den Tag freigenommen, was eigentlich nie vorkommt.

Also bin ich heute für alles verantwortlich. Ich schicke Mac schnell eine Textnachricht.

Wird heute spät bei mir. Tut mir leid. Wollen wir verschieben?

Owen zahlt und verlässt die Bar, gerade als ich eine Antwort von Mac erhalte.

Sag Bescheid, wenn du zu Hause bist. Ist mir egal, wie spät es ist.

Ich muss grinsen. Mac ist mal wieder in herrischer Stimmung. Auch wenn ich es niemandem gegenüber zugeben würde, liebe ich diese Seite an ihm.

Ich schicke ihm schnell mein Okay.

Zum ersten Mal, seit ich die Bar eröffnet habe, kann ich es nicht erwarten, Feierabend zu machen, damit ich nach Hause gehen kann.

Es ist schon nach Mitternacht, als ich mich endlich in den Fahrstuhl zu meiner Wohnung schleppe. Ich bin total erschöpft. Natürlich mussten wir ausgerechnet an diesem Montag richtig viel zu tun haben, als ich an der Bar unterbesetzt war. Trotzdem habe ich Riley nicht angerufen, sie hatte schließlich schon einen ganzen Arbeitstag hinter sich. Ich habe es auch allein geschafft.

Aber jetzt bin ich verdammt müde.

In meiner Wohnung lasse ich meine Tasche und die Schlüssel auf den Tisch an der Tür fallen, schlüpfe aus meinen Schuhen und ziehe mein Handy raus.

Ein Teil von mir hofft, dass Mac schon schläft, damit ich mich einfach für ein paar Stunden aufs Bett fallen lassen kann.

Ich bin jetzt zu Hause. Tut mir leid, dass es so spät geworden ist. Wir hatten viel zu tun.

Ich ziehe die Nadeln aus meinen Haaren und bürste sie ausgiebig, ehe ich mir einen Pferdeschwanz mache. Mein Telefon summt.

Kein Problem. Komm zum Fahrstuhl, und bring deinen E-Reader mit.

Ich mache mir nicht die Mühe, wieder Schuhe anzuziehen, sondern gehe barfuß den Flur entlang. Im selben Moment öffnen sich die Fahrstuhltüren. Mac steht da und sieht wie immer groß, stark und sexy aus.

„Du bist müde", stellt er fest.

„Todmüde." Ich trete zu ihm in den Fahrstuhl. Sofort schlinge ich die Arme um seinen Körper und schmiege mich an ihn. „Schön, dass du mich abholst."

„Was ist denn passiert?"

„Meine Barkeeperin konnte nicht kommen, weil ihr Kind krank ist, und dann wurde es richtig voll. Außerdem war ich heute die einzige Chefin, die da war, und musste ständig Fragen beantworten und solche Sachen. Es war total hektisch."

Die Türen gleiten zu. „Übrigens", sagt er. „Der Code fürs Penthouse lautet vier-neun-fünf-fünf."

„Okay."

„Merk's dir."

„Ja, Sir." Ich lächele und schließe die Augen, während ich es genieße, dass mein Kopf auf seiner Schulter ruht. Als wir oben sind, führt er mich aus dem Lift. Doch statt in seine Wohnung zu gehen, schlägt er den Weg in die entgegengesetzte Richtung ein.

„Hier entlang." Er nimmt meine Hand. „Das ist einer der Gründe, warum ich die Wohnung gekauft habe."

Er öffnet eine Tür, und wir treten hinaus auf die schönste Dachterrasse, die ich je gesehen habe. Sie ist voller Pflanzenkübel mit blühenden Blumen in den unterschiedlichsten Farben. Lichterketten sind über uns gespannt und beleuchten die Fläche wunderschön. In der Mitte überdacht eine Pergola eine Sitzgruppe mit dicken Kissen.

„Ich kann die Markise auch einziehen", sagt er, als er meinem Blick folgt. Er drückt einen Knopf, und die Markise rollt sich zusammen, sodass der Sternenhimmel zu sehen ist.

„Mac, das ist großartig."

Er bedeutet mir, mich neben ihn auf das Sofa zu setzen, bevor er mich wieder an sich zieht.

„Ich bin eigentlich nicht so fürs Kuscheln", sage ich und muss seufzen, als er mein Kinn anhebt, um mich ausgiebig zu küssen. „Aber das hier ist herrlich."

„Finde ich auch. Es ist ein fantastischer Ort, um sich zu entspannen, um zu lesen oder ein Nickerchen zu halten. Und du kannst jetzt auch jederzeit herkommen."

Überrascht schaue ich auf. „Das musst du mir nicht erlauben."

„Möchte ich aber." Er lächelt. „Ehrlich, bisher habe ich kaum Gebrauch von der Terrasse gemacht. Vielleicht nutze ich sie jetzt öfter, mit dir. Und wenn ich nicht zu Hause bin, kannst du jederzeit hochkommen und es dir gemütlich machen."

Ich hole tief Luft und muss gegen die Tränen ankämpfen. „Das ist womöglich das Netteste, was je jemand für mich getan hat."

Er sieht mich stirnrunzelnd an, doch ich fahre fort, ehe er etwas sagen kann.

„Das meine ich ernst. Du bist aufmerksam. Das bedeutet mir viel."

Er nimmt meine Hand und küsst sie. „Du bedeutest mir viel."

Und einfach so schmilzt mein Herz dahin. „Danke." Ich umarme ihn fest und sehe mich dann aufgeregt um. „Ich nehme deine Einladung gern an. Ich liebe meinen Lesesessel unten, aber manchmal brauche ich Tapetenwechsel."

„Genau."

„Vielen Dank dafür."

„Gern geschehen."

„Kümmerst du dich um die Blumen und so?"

Er schüttelt lachend den Kopf. „Nein, die vorherige Besitzerin hatte eine Firma engagiert, die sich darum kümmert, und ich hab daran nichts geändert. Ich besitze keinen grünen Daumen."

„Ich auch nicht. Riley kann alles zum Blühen bringen, und Mia hat einen erstaunlichen Kräutergarten, aber ich bin hoffnungslos, was das Gärtnern angeht."

„Kein Problem, du brauchst dich um diese Oase nicht zu kümmern, sondern kannst sie einfach genießen."

Ich seufze glücklich und lehne mich eine Weile schweigend an Mac, bis mir wieder einfällt, wie traurig er am Nachmittag gewirkt hat. Ich werfe ihm einen Blick zu.

„Magst du mir erzählen, was heute mit dir los war?"

Er zieht die Stirn in Falten und scheint mit sich selbst zu ringen. „Ich habe dir doch erzählt, dass ich nicht so gut mit meinen Eltern auskomme, oder?"

„Ja."

„Gerade heute habe ich von meiner Mom gehört. Sie wollte Geld. Sie will immer Geld."

„Sind deine Eltern noch verheiratet?", frage ich und drehe mich herum, sodass ich ihn besser sehen kann. Noch immer liegt meine Hand in seiner.

„Ja. Dad war mal ein erfolgreicher Makler, aber vor ungefähr zehn Jahren ist seine Firma den Bach runtergegangen, damals, als der gesamte Immobilienmarkt zusammenbrach."

Ich nicke, um ihn zu ermuntern fortzufahren.

„Damals hat er angefangen zu spielen." Mac schließt die Augen und schüttelt den Kopf. „Seitdem verspielt er alles. Und Mom leidet, weil sie zusehen muss, wie sie ihre Rechnungen begleichen und alles Notwendige kaufen können."

„Klingt nicht gerade fair", sage ich leise.

„Nein."

„Was tust du, wenn sie dich um Geld bittet?"

„Früher haben Chase und ich ihr immer Geld gegeben, aber dann hat Dad es in die Finger bekommen, und es war futsch. Manchmal gewinnt er beim Glücksspiel auch, aber meistens verliert er. Also haben Chase und ich vor ein paar Jahren beschlossen, ihr kein Bargeld mehr zu geben. Stattdessen bezahlen wir die Rechnungen, die sie nicht wuppen kann, oder fahren mit ihr einkaufen."

„Das ist clever."

„Trotzdem kotzt es mich an."

„Klar."

„Du bist die Psychologin. Warum habe ich dabei trotzdem ein so verdammt schlechtes Gewissen?"

Ich setze mich auf und schaue ihn jetzt direkt an, ohne seine Hand loszulassen. „Möchtest du, dass ich als Therapeutin rede? Das kann ich gerne tun, aber ich kann auch einfach als Freundin zuhören, damit du dir die Sorgen von der Seele reden kannst."

„Nein, ich würde wirklich gern die Meinung einer Expertin hören."

Ich nicke und überlege kurz.

„Es ist gut, dass ihr ein paar Grenzen gesetzt habt, wie ihr ihr helfen wollt. Das ist wichtig."

„Ich möchte, dass sie ihn verlässt. Aber das will sie nicht."

„Es steht dir nicht zu, diese Entscheidung für sie zu treffen", erwidere ich. „Und das ist hart für dich, weil du es gewohnt bist anzuordnen. Du meinst zu wissen, was das Beste für sie ist, und du liebst sie."

„Ja."

„Du und Chase, ihr müsst auf euren Grenzen beharren. Das ist hart, weil sie eure Mom ist, aber es wird helfen. Außerdem gibt es Anlaufstellen, wo euer Dad Hilfe finden kann."

„Er will sich nicht helfen lassen." Frustriert schüttelt Mac den Kopf. „Wir haben es versucht. Mom ist ziemlich nachgiebig, und sie liebt ihn, also will sie ihm nicht allzu viel Stress zumuten."

„Dann tust du bereits alles, was in deiner Macht steht. Du hilfst ihr, und du hast auch ihm Hilfe angeboten."

„Es kotzt mich einfach so an", brummt er, bevor er tief einatmet. „Danke fürs Zuhören."

„Gern geschehen."

„Lust auf Lesen?"

Lächelnd reiche ich ihm meinen E-Reader. „Wenn das heißen soll, dass du mir etwas vorliest ... So ein Angebot würde ich niemals ausschlagen. Ich liebe deine Stimme."

Er öffnet den Reader, beginnt zu lesen, was uns beide ruhig werden lässt, bis ich kaum noch die Augen offen halten kann. Und ehe ich mich's versehe, liege ich in seinen Armen, und wir schlafen ein, direkt hier unter dem Sternenhimmel.

10. Kapitel

Mac

„Ich denke, wir sollten noch drei weitere Touren anbieten", sagt Chase zwei Wochen später. Wir sitzen in meinem Büro und gehen die Zahlen und die Geschäftspläne für den Rest des Jahres durch. „Die aktuellen Touren sind immer voll und drei Monate im Voraus ausgebucht."

„Klingt gut. Lass uns noch diese Woche anfangen, nach Mitarbeitern zu suchen."

Chase nickt und macht sich auf seinem Block Notizen. Ich bin ein Technikfreak. Meine sämtlichen Notizen, mein Kalender sowie alles andere befinden sich auf meinem Smartphone. Chase dagegen hält es eher mit der altmodischen Variante.

Wir führen unsere Firma jetzt seit gut einem Jahr. Davor besaßen wir zusammen eine Reihe von Bars in Portland und in Seattle, die wir so gut verkaufen konnten, dass wir uns auf der Stelle zur Ruhe setzen könnten. Doch wir arbeiten beide gern, haben Spaß daran, Neues aufzubauen, und uns daher entschlossen, uns kopfüber in eine Sache zu stürzen, die wir lieben.

Wein.

Wein ist ziemlich angesagt und hat uns, geschäftlich gesehen, nicht im Geringsten enttäuscht. Dieses Jahr war für *Sips*, unsere Firma, unglaublich profitabel, und wir können uns vor Nachfragen kaum retten.

„Was noch?", fragt Chase, doch im selben Moment klingelt das Telefon. Er verzieht das Gesicht. „Es ist Mom."

Geld.

Es geht immer ums Geld.

Angewidert schüttele ich den Kopf, doch Chase nimmt den Anruf an. Hätte ich auch getan. Sie ist schließlich unsere Mutter.

„Hallo, Mom." Er hört einen Augenblick lang zu und wischt sich dann mit der Hand über den Mund. An dieser Geste erkennt man bei ihm immer, dass er vor Frust am liebsten auf irgendetwas oder irgendwen einschlagen würde.

„Darüber muss ich nachdenken. Weil es viel Geld ist, Mom. Es ist unerheblich, ob ich mir das leisten kann, es ist einfach sehr viel Geld."

„Was zum Teufel?"

Chase schüttelt den Kopf und hebt abwehrend die Hand. „Ich melde mich später noch einmal bei dir. Hab dich auch lieb. Bis dann."

Er beendet das Gespräch, steht auf und beginnt, im Zimmer auf und ab zu tigern.

„Ich habe erst vor zwei Wochen ihre Miete und all die anderen Rechnungen bezahlt", sage ich mit harter Stimme. „Was zum Teufel will sie denn jetzt schon wieder?"

„Fünf Riesen", erwidert er, stemmt die Hände in die Hüften und starrt aus dem Fenster. „Wenn ihre Rechnungen alle beglichen sind, wofür braucht sie dann so viel Geld?"

„Er steckt mal wieder in der Scheiße." Frustriert kratze ich mich am Kopf und stehe ebenfalls auf. „Lass uns zu ihr fahren."

„Warum?"

„Um persönlich mit ihr zu reden. Ich will, dass sie da endlich rauskommt."

„Sie wird ihn nicht verlassen. Aber du hast recht, wir sollten mit ihr reden. Es klang so, als würde es ihr nicht gut gehen."

Ich schnappe mir meine Schlüssel, und zusammen mit Chase gehe ich hinunter zu meinem Wagen. Es ist nur eine kurze Fahrt bis nach Beaverton zu unserer Mutter, und um diese Uhrzeit ist zum Glück auch nicht viel Verkehr.

„Oh, das ist aber eine nette Überraschung", sagt Mom, als sie die Haustür öffnet. Ihr dunkles Haar wird bereits grau, und weil Dad ihre *„Nur für mich"*-Schatulle gefunden und das Geld daraus gestohlen hat, färbt sie es schon seit Jahren nicht mehr.

Mein Dad hat sich in ein regelrechtes Arschloch verwandelt.

Mom trägt heute ein hübsches Kleid, das mit kleinen weißen Blüten bedruckt ist. Sie ist geschminkt und sieht aus, als würde sie mit Freundinnen zum Mittagessen gehen wollen.

Was sicher nicht der Fall ist.

„Dürfen wir reinkommen, Mom?", frage ich.

„Natürlich, ihr seid doch hier zu Hause", erwidert sie und tritt zur Seite, um uns hereinzulassen. Wir sind hier nicht aufgewachsen, wegen Dads Spielsucht ging das Haus unserer Kindheit bereits vor Jahren an die Bank. Dieses Haus haben wir unseren Eltern auf meinen Namen gemietet, weil sie sonst obdachlos geworden wären. Weder Chase noch ich wollten es so weit kommen lassen.

Im Haus riecht es nach Reinigungsmitteln. Seit Dad der Spielsucht verfallen ist, ist Mom geradezu krankhaft versessen darauf, zu putzen. Ich bin kein Psychologe, aber selbst ich kann erkennen, dass die Sauberkeit des Hauses anscheinend das Einzige ist, worüber sie noch glaubt, die Kontrolle zu haben.

„Wir wollen mit dir reden", sagt Chase, als wir alle im Wohnzimmer sitzen. „Wir machen uns Sorgen um dich, Mom."

„Oh, mir geht es gut." Sie macht eine wegwerfende Handbewegung und steht wieder auf. „Seid ihr hungrig? Soll ich euch ein Thunfisch-Sandwich machen?"

„Nein, Mom. Wir sind nicht hungrig. Wir würden gern über deinen Anruf von vorhin sprechen."

„Du hast ihm davon erzählt?", fragt sie Chase. Sichtlich empört setzt sie sich wieder.

„Er hat direkt neben mir gesessen", erklärt Chase. „Er hat den Anruf mitbekommen."

„Nun, das war eine persönliche Angelegenheit", sagt sie und streicht ihr Kleid glatt. „Du hättest das Zimmer verlassen sollen."

„Weil du nicht willst, dass ich mitbekomme, wie du Chase um Geld anbettelst, nur zwei Wochen nachdem ich all eure Rechnungen bezahlt habe?", frage ich, ohne mir die Mühe zu machen, freundlich zu klingen. „Das ist ein ziemlicher Scheiß, Mom."

„So eine Sprache dulde ich in meinem Haus nicht", schimpft sie, als wäre ich ein kleiner Junge. „Anderswo kannst du meinetwegen wie ein Gangster reden, aber hier lässt du das bitte bleiben."

„Warum brauchst du fünftausend Dollar?", will Chase wissen.

„Ich brauche sie halt." Sie verschränkt die Hände in ihrem Schoß und presst die Lippen zusammen.

„Mom, wir möchten doch nur, dass du mit uns darüber redest."

„Ich wüsste nicht, warum. Ich brauche das Geld. Du kannst es dir leisten."

„Darum geht es nicht", erwidere ich, während Chase aufsteht und im Wohnzimmer auf und ab geht. „Es kann doch nicht angehen, dass du schon wieder Rechnungen in Höhe von fünf Riesen zu begleichen hast."

„Dad steckt in Schwierigkeiten", sagt Chase, und Mom schaut errötend zu Boden. „Das ist es doch, oder? Er steckt in der Klemme."

„Das hat er doch nicht gewollt", beginnt sie, doch Chase marschiert davon und flucht laut hörbar vor sich hin. „Hör auf, so über deinen Vater zu reden!"

„Mom, das ist Wahnsinn. Er hat euch beide ruiniert. Er hebt alles Geld ab, sobald etwas auf euer Konto kommt, und das bisschen Geld, das du hast, musst du vor ihm verstecken, damit du etwas zum Essen kaufen kannst. Wann ist es denn endlich genug?"

„Er ist mein Mann."

„Er bringt dich noch um."

„Hör auf." Sie steht auf. „Er ist ein guter Mann, der schlimme Zeiten durchmacht."

„Seit einem Jahrzehnt", meint Chase bitter.

„Ich werde ihn nicht aufgeben. Entweder ihr gebt mir das Geld, das ich brauche, oder ihr lasst es, aber in meinem eigenen Haus lasse ich mich nicht von euch beiden belehren."

„Wir geben dir kein Geld für seine Spielsucht", erwidere ich. „Wenn du dich entschließt, ihn zu verlassen, helfen wir dir, und wir sorgen dafür, dass du nicht verhungerst, da kannst du sicher sein. Aber ich werde auf keinen Fall für seine Spielsucht zahlen."

„Verlasst mein Haus", sagt Mom und funkelt uns beide böse an. „Ihr habt die Möglichkeit, eurer Familie zu helfen, und tut es nicht. Ich schäme mich für euch."

„Und wir schämen uns für euch", erwidere ich und gehe wutentbrannt zu meinem Wagen. Chase folgt mir auf den Fersen. Ich werfe noch einen Blick zurück, doch Mom schaut nicht hinaus. Das Haus wirkt ganz still.

„Ich fasse es nicht", murmelt Chase. „Wir haben Dad noch nie geholfen, wenn es ums Spielen ging. Wie kommt sie auf die Idee, wir würden jetzt damit anfangen?"

„Ich fürchte, es ist schlimmer, als sie zugeben mag", erwidere ich und lasse den Motor an. Ich fühle mich so hilflos wie noch nie in meinem Leben. „Aber ich meine es ernst, Chase. Ich werde nicht zulassen, dass sie obdachlos wird oder hungern muss, aber ich gebe ihr kein Bargeld."

„Da bin ich ganz bei dir." Er seufzt. „Ich brauche einen Drink."

„Da weiß ich genau den richtigen Ort."

„Hallo, schöner Mann", sagt Kat breit grinsend, als ich sie später am Abend zum Essen abhole. Sie sieht toll aus mit ihrer engen Jeans, die sie hochgerollt hat, und der blauen Bluse, die in der Taille zusammengeknotet ist. Ihre Haare, eine Masse an Locken, hat sie an einer Seite mit einer breiten Haarspange zurückgesteckt.

„Du siehst fantastisch aus", erwidere ich, ehe ich sie zu einem heißen, ausgiebigen Kuss an mich ziehe. Sie schmeckt nach Zucker und Früchten. „Und du schmeckst sogar noch besser."

„Ich habe die Mike-and-Ike-Fruchtbonbons entdeckt", erklärt sie lachend. „Seitdem bin ich süchtig."

„Na, die gibt es aber schon eine ganze Weile", sage ich, während wir zum Aufzug gehen.

„Ich weiß, aber ich hatte sie vorher noch nie probiert. Jetzt kann ich gar nicht aufhören, davon zu naschen." Sie nimmt meine Hand und küsst meinen Daumen. „Ich freue mich, dich zu sehen."

„Ich freue mich immer, dich zu sehen." Ich dränge sie in die Ecke des Fahrstuhls und küsse sie noch einmal stürmisch. „Ich glaube, ich bin auch süchtig nach den Bonbons."

Sie grinst. „Dann esse ich sie auf jeden Fall weiter. Allerdings bist du dann schuld, wenn ich hundert Pfund zunehme."

„Egal, du würdest trotzdem noch toll aussehen." Wir machen uns auf den Weg zu meinem Auto. „Hattest du einen guten Tag?"

„Ja, danke. Ich habe meine Wohnung geputzt, war einkaufen, habe eine Weile mit meiner Mom telefoniert und war mit Riley zur Pediküre."

„Das war ja ein geschäftiger Tag. Und es ist noch nicht einmal Sonntag."

„Ich weiß, ich war auch ganz überrascht, dass Mom angerufen hat, aber sie meinte, sie würde mich vermissen. Das war irgendwie süß."

„Ist doch schön." Ich lächele sie an und fahre auf den Parkplatz des Restaurants, um meinen Wagen einem Mitarbeiter zum Einparken zu übergeben.

„Ich weiß gar nicht, ob ich schick genug angezogen bin", sagt Kat und mustert den Angestellten.

„Ich auch nicht. Aber ich bin sicher, dass sie trotzdem für uns einparken." Ich zwinkere ihr zu, reiche den Schlüssel weiter und gehe mit ihr ins Restaurant. Das Steakhaus ist schon ein bisschen exklusiver, aber legere Kleidung ist kein Problem.

Wir werden an einen Tisch geleitet, und ich bestelle uns eine Flasche Rotwein. Als die Kellnerin unsere Bestellung aufgenommen hat, greife ich nach Kats Hand. „Und was ist heute noch alles passiert?"

„Riley hat mir von dem Typen erzählt, mit dem sie neulich Abend ausgegangen ist." Kat verdreht die Augen und trinkt einen Schluck Wasser. „Das scheint ein richtiges Arschloch gewesen zu sein."

„Wieso?"

„Weil er ihr gesagt hat, er würde sie um sieben abholen. Gekommen ist er um Viertel nach acht. Er ist mit ihr essen gegangen, meinte danach, er habe seine Brieftasche vergessen, und hat anschließend trotzdem noch erwartet, dass sie mit ihm ins Bett geht."

„Bitte sag mir, dass sie ihm eine verpasst hat."

Kat lacht und jagt mir damit einen Wonneschauer über den Rücken. „Nein, aber sie hat ihm gesagt, er soll sich verpissen."

„Sehr gut."

„Riley hat nicht so wirklich viel Glück mit ihren Dates. Ich weiß gar nicht, wieso, aber irgendwie scheint sie diese Losertypen anzuziehen."

„Dieser ganze Dating-Zirkus ist echt hart", erwidere ich und verschränke meine Finger mit ihren.

Unser Wein wird gebracht, und wir konzentrieren uns einen Moment lang darauf, an dem Korken zu riechen und den Wein zu probieren, ehe wir geduldig warten, bis die Kellnerin uns eingeschenkt hat.

„Auf dich, die schönste Frau, die ich je kennengelernt habe. Ich danke Gott, dass eine derart wunderbare Frau sich entschlossen hat, mit solch einem Loser wie mir auszugehen."

Kat stößt mit mir an, bevor sie an dem Wein nippt. „Ja, sicher, du bist ja auch total der Loser."

Das Essen ist köstlich, und die Zeit vergeht wie im Flug. Seit ich mit Kat zusammen bin, habe ich stets das Gefühl, dass die Stunden nur so verfliegen. Sie ist so verdammt interessant und bereit, über Gott und die Welt zu reden. Und sie bringt mich immer wieder zum Lachen. Ich möchte mehr und mehr Zeit mit ihr verbringen, eine Tatsache, die mich früher zu Tode erschreckt hätte.

Du meine Güte, es wäre mir früher nicht einmal in den Sinn gekommen.

Bei Kat verspüre ich jedoch keine Angst. Ich bin ... gelassen.

Gerade als wir unsere Steaks aufgegessen haben, vibriert mein Handy in der Tasche. Als ich es herausziehe, sehe ich Moms Namen aufleuchten. „Verdammt."

„Wer ist es?"

„Meine Mutter." Ich schaue Kat entschuldigend an, während ich den Anruf annehme. „Hallo."

„Hallo, Schatz, ich bin's, Mom. Ich wollte dir nur sagen, dass ich dich lieb habe."

Ich kneife die Augen zusammen und sehe zu Kat, während ich das Telefon umklammere.

„Ist das der einzige Grund, warum du anrufst?"

„Na ja, ich dachte, du hättest vielleicht noch einmal über das kleine Darlehen nachgedacht, über das wir heute Morgen gesprochen haben."

„Kleines Darlehen."

Sie schweigt einen Moment, während Kat, wahrscheinlich verwundert über meinen sarkastischen Tonfall, mich mit einem kritischen Blick bedenkt.

„Ich weiß, dass ich da ganz schön was von dir verlange, aber ich brauche deine Hilfe, Ryan. Ich ... ich habe Angst."

„Wovor hast du Angst, Mom?"

„Es gibt da ein paar Leute, die deinem Dad etwas antun könnten, wenn sie ihr Geld nicht bekommen." Die letzten

Worte flüstert sie nur noch, und mein Magen verkrampft sich. Chase hatte anscheinend recht.

„Mom, es gibt da jemanden, den ich dir gern vorstellen möchte."

Kat nickt heftig, als könnte sie meine Gedanken lesen, und ich war noch nie so dankbar, sie zu haben, wie in diesem Moment.

„Okay, das ist schön."

„Jetzt gleich. Wir sind in einer halben Stunde bei dir."

„Oh, aber …"

Ich beende das Telefonat einfach und nehme wieder Kats Hand. „Es tut mir leid, Kat."

„Was ist los?"

Eigentlich will ich sie da nicht mit reinziehen, es ist eine Familienangelegenheit, aber verdammt, ich vertraue ihr. So weit ist es schon gekommen: Ich verlasse mich auf sie. Sie beruhigt mich in stürmischen Zeiten, und ich brauche sie.

„Meine Mom hat mich und Chase heute um fünftausend Dollar gebeten. Wir haben abgelehnt. Und jetzt behauptet sie, dass Dad bedroht wird, weil er Schulden hat."

„Oh mein Gott." Kat packt meine Hand.

„Chase und ich haben ihr heute wieder gesagt, sie soll ihn verlassen, aber sie weigert sich. Wir haben sie nur wütend gemacht."

„Das kann ich mir vorstellen. Wie kann ich helfen?"

„Magst du mit mir zu ihr fahren und … ich weiß nicht … einfach da sein?"

„Natürlich", antwortet sie sofort. „Ich helfe euch gern, egal wie."

Ich winke die Kellnerin heran, gebe ihr meine Kreditkarte und unterzeichne. Kurz darauf sind wir schon unterwegs zum Haus meiner Eltern.

„Hast du eigentlich jemals als Therapeutin gearbeitet?", frage ich Kat und versuche, nicht allzu nervös zu werden.

„Ungefähr ein Jahr lang, ja." Sie greift nach meiner Hand und hält sie fest. „Aber irgendwie passte es nicht. Jetzt kann ich meine Kenntnisse tagtäglich auf andere Weise einsetzen."

„Solange du glücklich damit bist, ist alles gut. Das ist das Wichtigste. Es ist offensichtlich, dass das Seduction für dich und deine Kolleginnen mehr als ein Job ist. Ihr scheint alle auch viel Spaß zu haben."

„Das stimmt." Sie nickt. „Hat dein Dad seinen Beruf als Makler gern gemacht?"

Ich versuche, mich zu erinnern. „Ich glaube ja. Jedenfalls hat er nie geklagt. Ich habe nie begriffen, wie das alles so schnell den Bach runtergehen konnte, als die Geschäfte eine Weile nicht so gut liefen."

„Manche Menschen können mit Angst nicht umgehen", erklärt sie.

„Da hast du recht, und Dad gehört dazu. Ich bezweifle, dass er zu Hause ist", sage ich, als ich den Freeway verlasse. „Er ist eigentlich nie zu Hause, es sei denn um zu schlafen oder Geld zu klauen. Er hat so gut wie alles verkauft, was meinen Eltern mal gehört hat. Einschließlich des Schmucks meiner Mutter."

„Du meine Güte. Es tut mir so leid, Mac."

Ich schüttele den Kopf und gehe mit ihr zur Haustür, doch es ist nicht Mom, die die Tür öffnet, sondern Chase.

„Hat sie dich auch angerufen?", frage ich überrascht.

„Mich zuerst", erwidert er und tritt zur Seite, um uns reinzulassen. „Ich habe sie dazu gebracht, dir ebenfalls Bescheid zu sagen, ehe ich hergefahren bin."

„Das ist Kat", stelle ich sie vor. „Kat, das ist Chase, mein Bruder."

„Ich habe schon viel Gutes über dich gehört", sagt Kat lächelnd.

„Gleichfalls", meint Chase zwinkernd und führt uns ins Wohnzimmer, wo Mom auf einem Sessel sitzt und nervös die Hände ringt.

„Ryan", sagt sie und springt auf, als sie Kat sieht. „Oh, stimmt, du wolltest ja noch jemanden mitbringen! Wenn ich das eher gewusst hätte, hätte ich einen Kuchen gebacken. Ich bin Bonnie MacKenzie."

„Kat." Kat streckt Mom die Hand hin. „Ich freue mich, Sie kennenzulernen."

„Sie sind bezaubernd", sagt Mom und strahlt mich an. „Was für eine wunderbare Überraschung."

„Mom, ich habe Kat mitgebracht, weil ich mit ihr zusammen bin und ihre Meinung sehr schätze. Wir müssen darüber reden, in was für einer Klemme Dad steckt."

„Das ist keine Unterhaltung, die ich in Gegenwart einer Fremden führen werde", flüstert Mom mir zu. „Es ist eine Familienangelegenheit."

Kat tritt zur Seite und setzt sich etwas abseits in einen Sessel. Sie lächelt mir aufmunternd zu und verhält sich ganz still, um möglichst unauffällig zu bleiben.

„Pass auf, Mom. Wenn Dad in so massiven Schwierigkeiten steckt, fühlen wir uns nicht wohl bei dem Gedanken, dass du hierbleibst." Chase setzt sich neben Mom und legt ihr eine Hand aufs Knie. „Du kannst doch nicht weiter in Angst leben."

„Ich verlasse meinen Mann nicht", beharrt sie. „Wir haben mehr als zwanzig Jahre lang glücklich zusammengelebt. Er ist ein guter Mann. Es war nur einfach ziemlich hart für ihn in den letzten Jahren, seit er seinen Job verloren hat."

„Und alles andere, was ihr besessen habt, einschließlich des Hauses, in dem wir aufgewachsen sind. Wir müssen euch die Miete zahlen, weil er euer ganzes Geld verspielt hat", erinnere ich sie. „Wann ist es endlich mal genug?"

„Ich habe versprochen, ihm in guten und in schlechten Zeiten zur Seite zu stehen, und dies sind jetzt eben die schlechten."

„Er ist ein Mistkerl, Mom! Er ist nicht mehr derselbe Mensch, den du vor vierunddreißig Jahren geheiratet hast."

„Wir alle haben unsere Dämonen", beharrt sie und hebt das Kinn. „Er kämpft gegen seine an. Ich möchte nur, dass ihr Jungs uns ein wenig helft."

„Wir helfen euch reichlich", stellte Chase fest. „Aber wirklich zu helfen scheint das nicht, Mom. Ich denke, du solltest langsam darüber nachdenken, ihn zu verlassen."

Sie steht auf und weicht vor uns zurück, während sie die Arme abwehrend hebt. „Nein! Ich werde meinen Mann nicht verlassen! Es ist ja nicht so, dass er mich schlägt oder mit anderen Frauen schläft. Ich möchte ihn einfach nur glücklich machen. Ich kann ihm helfen!"

„Nein, das kannst du nicht, Mom", widerspreche ich frustriert. „Das versuchst du seit einem Jahrzehnt. Aber er will sich ja gar nicht helfen lassen. Warum begreifst du das nicht?"

„Komm einfach mit uns", sagt Chase. „Wir helfen dir."

„Nein." Sie schüttelt vehement den Kopf. „Nein, ich gehe nicht. Warum wollt ihr, dass es mir schlecht geht? Ich kann ohne ihn nicht sein. Nein. Nein, das tue ich nicht."

„Du verhältst dich total unvernünftig."

„Hör doch endlich mal auf uns."

Plötzlich ertönt ein lauter Knall auf dem Couchtisch, der uns drei überrascht herumfahren lässt.

„Hört sofort alle auf." Kat funkelt uns der Reihe nach böse aus ihren braunen Augen an. „Hört auf, euch anzuschreien. Das bringt gar nichts."

Ich drehe mich zu Mom und sehe, dass ihr Tränen über das noch immer hübsche Gesicht laufen. Oh Gott, was haben wir angerichtet? Unsere Familie war einmal so glücklich, so verbunden, und jetzt sind wir *das hier*?

„Es tut mir leid, Mom." Ich strecke die Arme nach ihr aus, doch sie weicht zurück.

„Rühr mich nicht an. Ich fasse es nicht, dass du so gemein bist."

„Ich sagte, es reicht", fordert Kat noch einmal und mustert uns grimmig. „Chase, Mac, holt tief Luft, und lasst eurer Mutter Raum."

Chase will mit ihr diskutieren, doch Kat nagelt ihn mit einem Blick fest, der jeden dazu bringen würde, zu gehorchen. „Hol tief Luft", sagt sie noch einmal, diesmal etwas milder, ehe sie sich an Mom wendet. „Und Bonnie, Sie müssen auch tief Luft holen. Mac, würdest du ihr bitte ein Glas Wasser holen?"

„Natürlich."

Ich stapfe in die Küche, schenke ein Glas Wasser ein und gehe zurück ins Wohnzimmer. Kat kniet neben meiner Mom, wischt ihr die Tränen ab und spricht leise auf sie ein.

Gott sei Dank, dass ich sie mitgebracht habe.

Gott sei Dank, dass ich sie habe.

11. Kapitel

Kat

Es ist schrecklich mit anzusehen, wie sehr die ganze Familie unter der Situation leidet.

„Ich brauche nur ihre Hilfe", sagt Bonnie und sieht mich flehentlich an. Ich vermute stark, dass ihr Mann sie verbal attackiert, wenn er gerade mal wieder eine Pechsträhne hat.

„Das verstehe ich." Ich setze mich neben sie.

„Vielleicht könnten Sie mit ihnen reden. Ihnen das begreiflich machen."

„Ich habe eine andere Idee." Ich reiche ihr das Wasser und warte, bis sie einen Schluck getrunken hat. „Es ist nicht das, was Sie hören möchten, aber ich glaube wirklich, Sie sollten sich dieser Situation für eine Weile entziehen."

Sie schrickt sichtlich vor mir zurück und schaut jetzt mich böse an. „Ich lasse mich nicht von meinem Mann scheiden."

„Das wollte ich auch gar nicht sagen", erwidere ich hastig. „Von Scheidung war gar nicht die Rede. Mir ist schon klar, dass Sie ihn lieben, und das respektiere ich voll und ganz. Aber Sie haben Angst, Bonnie, und das ist nicht gesund."

„Er braucht mich", sagt sie und wirkt wieder etwas besänftigt.

„Das glaube ich." *Natürlich braucht er dich. Du bist der einzige Grund, warum er noch nicht in der Gosse gelandet ist.* Aber das sage ich nicht. Stattdessen nicke ich verständnisvoll

„Aber schauen Sie sich Ihre Söhne an."

Das tut sie, und noch mehr Tränen laufen ihr über die Wangen.

„Sie wollen nicht gemein zu Ihnen sein. Sie lieben Sie sehr und versuchen nur, Sie zu beschützen."

„Ich brauche nicht vor meinem Mann beschützt zu werden", behauptet sie, aber ihre Finger zittern, und sie traut sich nicht, mir in die Augen zu schauen. „Er will meine Gefühle nicht verletzen."

„Er ist krank", sage ich sanft. „Bonnie, nur wenn Sie ihn für eine Weile verlassen, schafft er es vielleicht zu erkennen, dass er Hilfe braucht."

„Aber was, wenn es nicht funktioniert?" Sie umklammert meine Hand voller Verzweiflung. „Was ist, wenn ich gehe und er sich trotzdem keine Hilfe sucht?"

„Darüber reden wir, wenn es so weit ist. Aber eins ist sicher: Er wird nicht gesund werden, solange Sie bei ihm bleiben. Er wird weiterhin darauf vertrauen, dass Sie seine Probleme lösen. Ich denke, dass er es anfangs gut gemeint hat, als er versucht hat, Geld zu gewinnen. Er wollte das, was er im Crash verloren hat, wieder zurückbekommen."

„Ja, genauso war es."

„Aber inzwischen ist ihm alles völlig entglitten, Bonnie. Er hat Sie in eine schreckliche Lage gebracht. Behandelt er Sie unfair, wenn er verliert?"

Sie beißt sich auf die Lippen und schaut zu Chase und Mac, die aufmerksam zuhören.

„Manchmal", flüstert sie. „Aber er hat mich noch nie vor Wut geschlagen."

Wir haben noch viel Arbeit vor uns. Sie tut mir unendlich leid.

„Wollen Sie nicht doch heute Abend mit Mac oder Chase fahren? Ihre Söhne werden dafür sorgen, dass Sie in Sicherheit sind, und dann können Sie in Ruhe überlegen, wie es weitergehen soll."

„Hier ist mein Zuhause."

„Ich weiß." Ich lege einen Arm um ihre viel zu dünnen Schultern. Man sieht ihr an, dass sie zu wenig isst. „Beide Alternativen sind beängstigend. Sie müssen aber heute Abend noch nicht alle Antworten finden, Bonnie. Doch ich glaube, Ihnen und Ihren Söhnen würde es viel besser gehen, wenn Sie für eine Weile in Sicherheit sind."

„Wie konnte das alles nur passieren?", fragt sie schluchzend und schüttelt verzweifelt den Kopf. „Wir hatten so ein schönes Leben. Ich begreife das einfach nicht."

„Sie sollten sich auf das Jetzt konzentrieren und dann überlegen, wie Sie weitermachen möchten."

Sie schluckt und schaut zu ihren Söhnen. „Würde es euch besser gehen, wenn ich mit euch käme?"

„Ja", antworten beide sofort.

„Ich habe eine Gästesuite", sagt Chase und hockt sich vor seine Mutter, um ihre Hände zu ergreifen. „Du kannst, solange du willst, bei mir bleiben."

„Einverstanden." Sie schaut sich ein wenig verloren um. „Dann muss ich wohl eine Tasche packen."

Gemeinsam helfen wir ihr, Kleidung für eine Woche einzupacken, dazu ihre Kulturtasche und das Buch aus der Bücherei, das sie gerade liest. Schon kurz darauf schließt sie die Haustür hinter sich und folgt Chase zu seinem Wagen.

Bevor sie einsteigt, dreht sie sich zu Mac herum und umarmt ihn. „Vielen, vielen Dank."

„Ich liebe dich, Mom."

„Ich liebe dich auch." Sie tätschelt seine Wange und lächelt ihn an. „Du bist ein guter Junge."

Chase lacht gutmütig. „Das ist nur gespielt, Mom."

„Doch, er ist ein guter Junge", wiederholt sie, als sie sich auf den Beifahrersitz in Chase' Auto setzt und die Tür zuzieht. Als sie davonfahren, scheint sie noch immer zu reden.

Wortlos nimmt Mac meine Hand und geht mit mir zu seinem Wagen. Auch die Fahrt nach Hause legen wir schweigend zurück. Ich weiß nicht, was er denkt, aber ich bin total kaputt. Es war ein sehr emotionaler Abend.

Er begleitet mich zu meiner Tür, und ehe er womöglich weggehen kann, greife ich nach seiner Hand und ziehe ihn in die Wohnung.

„Komm her", sage ich leise und führe ihn zu meinem Sessel. Das Zimmer ist dunkel, abgesehen von dem Licht, das durch die Fenster scheint. Mac lässt sich auf den Sessel fallen, während ich mich auf den Couchtisch direkt vor ihn setze. Die Hände auf seine Schenkel gelegt, mustere ich ihn. „Rede mit mir."

Er schüttelt den Kopf und streicht sich mit der Hand übers Gesicht, bevor er tief seufzt. „Ich fasse es nicht, dass du es geschafft hast, sie zu überreden."

„Ich glaube, sie wollte das die ganze Zeit schon, aber sie brauchte die Sicherheit, dass es nicht für immer ist."

„Danke." Er zieht mich auf seinen Schoß und vergräbt sein Gesicht an meinem Hals. Seine Stimme klingt heiser, und er hält mich fest, als wolle er mich nie wieder gehen lassen. „Ich weiß gar nicht, wie ich dir danken soll."

„Mac." Ich hebe seinen Kopf an, damit ich ihm in die Augen sehen kann. „Das macht man so in einer Beziehung, wenn man etwas für jemanden empfindet."

Er erstarrt, blinzelt kurz, als müsste er erst einmal verarbeiten, was ich gesagt habe. Dann schließt er mich fest in die Arme. Ich weiß nicht, ob ich ihn mit dem Wort „Beziehung" gerade erschreckt habe, aber verdammt, es stimmt doch. Seit Wochen treffen wir uns fast jeden Tag. Er ist das Beste in meinem Leben, und wenn das keine Beschreibung einer Beziehung ist, weiß ich es auch nicht.

Und ich bin mir zu neunundneunzig Komma sieben Prozent sicher, dass ich mich in ihn verliebt habe. Es macht mir eine Höllenangst, und ich habe auch nicht vor, das zuzugeben, aber das Gefühl ist echt und nicht mehr zu leugnen. Wir haben alle Zeit der Welt, damit klarzukommen.

„Mac?"

„Hm?"

„Sie schafft das schon. Es wird Zeit brauchen, aber sie wird aus dieser Sache gestärkt hervorgehen."

„Ich hoffe es. Sie war früher so stark, so voller Leben." Er schüttelt den Kopf. „Es ist, als wäre das Licht in ihr einfach erloschen."

„Es waren zehn harte Jahre", erinnere ich ihn. „Wie lange gebt ihr ihr schon Geld?"

„Vor ungefähr fünf Jahren hat sie uns zum ersten Mal darum gebeten", antwortet er. „Chase und mir gehörte eine Kette von Bars, *Bar None*."

„Tolle Läden", sage ich begeistert. *Und die gehörten Mac und seinem Bruder?*.

„Danke. Mit der Kette sind wir eine Weile richtig gut gefahren. Vor zwei Jahren haben wir sie an eine Firma verkauft, die sie weiter ausbauen wollte und dafür einen richtig guten Preis gezahlt hat. Danach kam Mom häufiger und hat uns um Hilfe gebeten."

„Seit ungefähr einem Jahr haben wir alle ihre Rechnungen übernommen. Chase hat Mom hin und wieder ein bisschen Bargeld zugesteckt, damit sie tanken oder zum Friseur gehen konnte, solche Sachen. Aber Dad hat es gefunden und gestohlen. Also haben wir ihr kein Bargeld mehr gegeben."

„Er leidet unter krankhafter Spielsucht", erkläre ich. „Aber das wisst ihr natürlich."

„Er weigert sich, sich helfen zu lassen. Wenn er seinen Stolz runterschlucken und sich Hilfe suchen würde, könnte er wieder anfangen, Häuser zu verkaufen. Der Immobilienmarkt hat sich erholt, und er hätte dann ein Einkommen, aber er steckt in diesem schrecklichen Teufelskreis fest."

„Es ist eine Sucht", sage ich. „Da reicht es nicht, einfach mal einen Therapeuten aufzusuchen und mit dem Spielen aufzuhören. Es ist genauso schwierig, als wäre er Alkoholiker oder drogenabhängig. Er muss eine Therapie machen."

„Chase und ich würden das sofort zahlen."

„Ums Bezahlen geht es gar nicht. Dein Dad muss von sich aus die Entscheidung treffen, dass er da herauswill. Solange das nicht passiert, wird er sich nicht ändern."

„Vorher geht sie nicht zu ihm zurück."

Lächelnd streife ich ihm mit den Fingerspitzen über die Wange. „Das muss hart für dich sein, zuzusehen, wie sie in einer Ehe mit einem Mann steckt, der solche Probleme hat. Du kannst aber keine Entscheidungen für sie treffen."

„Und das macht mich verrückt." Er lächelt traurig. „Aber du hast uns heute mehr geholfen, als du dir vorstellen kannst."

„Gern geschehen."

„Du bist wirklich unglaublich, Kat, und ich kann dir gar nicht sagen, wie froh ich bin, dass du den Mut hattest, in dieses Flugzeug nach Kalifornien zu steigen. Ich kann mir ein Leben ohne dich gar nicht mehr vorstellen und will es auch gar nicht."

„Ich bin hier", sage ich beruhigend.

Eine ganze Weile sitzen wir einfach schweigend da und starren hinaus auf unsere Stadt. Wir schlafen nicht. Wir reden nicht. Wir beobachten einfach nur die funkelnden Lichter auf dem Hügel und halten einander fest. Noch nie habe ich mich einem Menschen so nahe gefühlt. Mac hat gesagt, er sei dankbar, mich zu haben, aber das gilt auch andersherum. Mein Herz gehört ihm.

Und das macht mir richtig Angst.

Als ich mit Sam zusammen war, habe ich die gesamte Beziehungsarbeit geleistet. Ich wollte eine Beziehung. Ich wollte mich wenigstens einmal im Leben normal fühlen. Ich wollte von ihm geliebt und respektiert werden, wollte, dass alles so ist wie in den Büchern, die ich immer lese.

Doch die Realität war weit entfernt davon. Also habe ich ihn verlassen und beschlossen, nur noch oberflächliche Beziehungen zu Männern zu pflegen, Affären, in denen es nur um Sex geht. Ich habe ein erfülltes Leben mit meinen Freundinnen und Freunden und mit der Arbeit im Restaurant. Noch einen Mann hinzuzufügen schien mir immer viel zu stressig.

Und jetzt weiß ich nicht, was ich ohne Mac tun würde. Ohne die Art, wie er mich beruhigt, mich zum Lachen bringt, mich zum *Fühlen* bringt.

Es ist beängstigend, aber ich möchte nicht, dass es jemals endet.

„Wach auf, Rotschopf." Entweder läuft mir gerade eine Maus über die Wange, oder Mac küsst mich.

Ich hoffe verzweifelt, dass es keine Maus ist, vor denen habe ich nämlich richtig Angst.

„Komm schon, du kleine Schlafmütze."

„Wie spät?", frage ich und mache ein Auge auf. Erleichtert stelle ich fest, dass Mac auf dem Bett sitzt. Er hält einen dampfenden Becher Kaffee in der Hand und lächelt mich an. Er ist schon vollständig angezogen.

„Es ist noch früh, erst kurz nach sieben."

„Dann habe ich erst drei Stunden geschlafen."

„Ich weiß, und es tut mir auch leid, aber ich habe dir immerhin Kaffee gebracht."

Ich starre ihn aus einem Auge an, denn das andere schläft noch, ehe ich einen Schluck trinke.

„Mhm, gut."

„Ich lerne langsam, den Kaffee so zu machen, wie du ihn magst", verkündet er stolz. „Und jetzt musst du deine Reisetasche packen."

„Warum?"

„Weil ich dich an einen besonderen Ort entführen will."

„Für die Dachterrasse brauche ich doch nicht extra zu packen." Jetzt klappt auch mein anderes Auge auf, und ich setze mich auf.

„Ein anderer besonderer Ort", erklärt er und beugt sich vor, um mir einen Eskimo-Kuss zu geben. „Kommst du mit?"

„Ich muss arbeiten …"

„Das habe ich alles schon geklärt", unterbricht er mich. „Ich bin schon seit einer Weile auf und habe ein paar Anrufe getätigt. Es ist alles organisiert. Du brauchst nur noch zu packen und ins Auto zu steigen."

Ich blinzele ihn an und warte noch immer darauf, dass das Koffein seine Wirkung entfaltet.

„Bist du wach?", fragt er schließlich.

„Okay."

„Okay, du bist wach, oder ..."

„Okay, ich komme mit."

Glücklich strahlt er mich an, und ich beuge mich vor und gebe ihm einen Kuss. „Müssen wir sofort los, oder haben wir noch Zeit für ein bisschen Sex?"

„Wir sollten los", erwidert er und fährt mir mit der Hand durch die Haare. „Aber sobald wir dort sind, werden wir ganz viel Zeit dafür haben."

„Versprochen?"

„Auf jeden Fall."

„Gut." Ich reiche ihm den Kaffeebecher und quäle mich aus dem Bett. „In einer halben Stunde bin ich fertig."

Seit dreißig Minuten sind wir unterwegs. Mac will mir immer noch nicht sagen, wohin es geht, aber er fährt nach Westen, also vermutlich in Richtung Meer. Man kann nur ein begrenztes Stück in diese Richtung fahren, ehe man im Ozean landet.

Ich sitze still auf dem Beifahrersitz, lese und überlasse Mac seinen Gedanken. Seit gestern Abend ist er ungewöhnlich schweigsam, aber ich vermute, das wäre ich auch, wenn ich ähnliche Probleme mit meinen Eltern hätte.

„Du bist so still", sagt er.

„Lustig, ich habe gerade gedacht, dass ich dich deinen Gedanken überlassen sollte. Wie geht es dir heute?"

„Besser", antwortet er und deutet auf das Fahrzeug vor uns. „Wieso fahren die Leute auf dieser Straße so langsam?"

„Weil sie kurvig ist." Ich zucke mit den Schultern. „Hast du schon mit Chase gesprochen?"

„Ja, er sagt, Mom hat die ganze Nacht wie ein Baby geschlafen. Er will heute mit ihr erst frühstücken und anschließend einkaufen gehen."

„Das ist schön." Mac nimmt meine Hand und küsst sie. „Ich freue mich, dass es ihr offensichtlich besser geht."

„Ich mich auch."

„Verrätst du mir, wohin wir fahren?"

„Hast du das etwa noch nicht erraten?"

„Ich vermute mal, es geht ans Meer, aber es gibt an der Küste von Oregon so viele schöne Strände."

„Cannon Beach", erklärt er. „Ich hab da eine Wohnung."

„Echt? Das ist mein Lieblingsstrand."

„Gut." Er schaut auf den E-Reader in meinem Schoß. „Da ich sonst immer dir vorlese: Möchtest du dich vielleicht revanchieren und mir etwas vorlesen?"

„Okay." Ich nehme das Gerät in die Hand und lege los. Eigentlich ist es ein Krimi mit einer Prise Romantik, aber ich war gerade an einer erotischen Stelle, als er mich unterbrochen hat. Also setze ich dort wieder ein und lese die sehr detaillierte Sexszene vor, die unter einer Dusche spielt. Die Autorin ist sehr explizit in ihren Beschreibungen, und als ich einen kurzen Blick zur Seite werfe, sehe ich, dass Mac das Lenkrad so fest umklammert hält, dass seine Knöchel weiß hervortreten.

„Soll ich aufhören?"

„Fuck, du bringst mich fast um", brummt er. „Aber wehe du hörst auf."

Ich muss grinsen, als er fortfährt: „Und die Dusche steht jetzt auf meiner Liste fürs Wochenende."

„Oh, das hört sich gut an." Lachend lese ich weiter. Der Held hebt die Heldin hoch und presst sie gegen die Duschwand, und das ist echt so was von heiß.

Ich fange an zu schwitzen.

Dieser Krimi ist deutlich erotischer, als ich dachte. Ich habe das Gefühl, dass die beiden auf jeder zweiten Seite Sex haben, aber das könnte auch daran liegen, dass Mac und ich auf so engem Raum nebeneinandersitzen und ich so scharf auf ihn bin.

Am liebsten würde ich ihn hier und jetzt vernaschen.

Ich will ihn nämlich schon seit dem Aufwachen.

Er streckt die Hand aus und lässt sie auf meinem inneren Oberschenkel auf und ab gleiten. Sein kleiner Finger streift die empfindliche Haut ganz nahe an meiner Klit, und mir stockt fast die Stimme, als ich versuche weiterzulesen.

„Sind wir bald da?"

„Lies weiter", krächzt er. Ich gehorche, während er seine Hand auf meinem Schenkel lässt und alles tut, um meine Haut und meinen Körper in Flammen zu setzen.

„Mac", stöhne ich schließlich verzweifelt. „Ich kann dieses Zeug nicht lesen, wenn du mich so berührst."

„Ich habe nicht gefragt", entgegnet er und macht mich damit noch schärfer. Dieser Blick aus seinen Augen, diese harte Stimme machen mich ganz verrückt.

Also lese ich weiter und versuche, seine Hand zu ignorieren, was natürlich völlig unmöglich ist. Wir reden hier schließlich von Mac, und er ist in meinen Augen der aufregendste Mann, den es gibt.

Auf der ganzen Welt.

Schließlich hält er vor einem Gebäude und schaltet den Motor aus. Hektisch steigen wir aus und eilen zur Haustür.

„Wir holen unsere Sachen später rein", sagt er, als er den Schlüssel ins Schloss steckt.

„Guter Plan."

Aber statt mich direkt gegen die Haustür zu drängen und mir dort die Seele aus dem Leib zu vögeln, zieht Mac mich ins Wohnzimmer, schiebt mich nach hinten aufs Sofa und reißt mir den Rock hoch.

„Ich brauche das, und du wirst es mir geben", sagt er mit heiserer Stimme.

„Himmel, ja", stöhne ich und schreie auf, als er sein Gesicht in meinem Schoß vergräbt, zu lecken und zu saugen anfängt, bis ich so heftig komme, dass ich Sterne sehe.

Ich klammere mich an die Kissen, während ich das Nachbeben dieses unglaublichen Orgasmus abwarte, als Mac plötzlich aufsteht. Ich höre, wie er ein Kondom auspackt, und ehe ich mich's versehe, ist er in mir, füllt mich ganz aus und drängt mich noch fester in die Couch.

„Du treibst mich noch in den Wahnsinn." Er beugt sich über mich, um mir ins Ohr zu flüstern. Er streicht meine Haare zur Seite und beißt mich ins Ohrläppchen. „Du bist so verdammt sexy. Als ich eben all diese unglaublich geilen Worte aus deinem herrlichen Mund gehört habe, war ich so hart wie noch nie."

„Jetzt weißt du, warum ich es liebe, wenn du mir vorliest", erwidere ich und keuche auf, als er meine Haare packt und sie zurückzieht. Es tut nicht richtig weh, aber es ist total antörnend.

„Ich bekomme niemals genug von dir", sagt er. Ich liebe es, wenn er so redet. Seine Stimme klingt dann rau und heiser, und das wiederum lässt meinen Körper erbeben.

Er zieht sich zurück und hilft mir, mich mit dem Rücken ganz aufs Sofa zu legen, ehe er meine Schenkel weit spreizt und wieder tief in mich eindringt. Er hat meine Beine hochgehoben, umfasst meine Knöchel und beobachtet mich, während er wieder und wieder zustößt.

Also strecke ich die Hand aus und beginne, meine Klit zu streicheln. Ich kann mir ein zufriedenes Lächeln nicht verkneifen, als Macs Augen sich weiten und er sie im nächsten

Moment schließt. Er beißt mich in die Wade und küsst mich dort, ehe er sich meine Beine über die Schulter legt und sich über mich schiebt.

„So sexy", flüstert er an meinen Lippen.

„Es wird von Mal zu Mal besser." Ich packe seinen Hintern.

„Du fühlst dich so verdammt gut an", stöhnt er, und ich höre, dass er kurz davor ist zu kommen. Ich dränge mich ihm entgegen, spanne die Muskeln an, und im selben Augenblick presst er sein Gesicht an meinen Hals und erzittert in einem gewaltigen Orgasmus. Das lässt auch mich noch einmal kommen.

Als wir langsam wieder in die Realität zurückkehren, spüre ich, wie unbequem ich liege, und schubse Mac an. „Ich kriege keine Luft mehr."

„Tut mir leid", sagt er und lässt sich auf den Boden rollen. Dabei zieht er mich so mit sich, dass ich auf ihn falle und an seine Brust geschmiegt daliege. „Besser?"

„Hm." Ich küsse seine Schulter und stütze mich auf den Händen ab, um ihn anzulächeln. „Ich sollte dir öfter vorlesen."

„Ich fürchte, das hält mein Herz nicht aus", meint er nur kopfschüttelnd. „Wenn du noch ein einziges Mal ‚Schwanz' oder ‚ficken' gesagt hättest, hätte ich mitten auf der Straße angehalten und dich dort gevögelt."

„Das könnte ich auf dem Nachhauseweg ausprobieren."

Er gibt mir einen Klaps auf den Hintern. „Du bist eine Frau genau nach meinem Geschmack."

12. Kapitel

Mac

„Lass uns ans Meer gehen", sagt Kat später, nachdem ich sie auch noch in der Dusche verführt habe. Ich kann einfach nicht die Finger von ihr lassen. So heiß war ich noch nie auf eine Frau.

„Auf jeden Fall." Ich sehe ihr träge zu, wie sie sich etwas anzieht und in Flip-Flops schlüpft. „Schuhe brauchst du eigentlich nicht."

„Stimmt." Sie zieht sie wieder aus und dreht sich dann zu mir herum, um mich anzustarren, die braunen Augen noch immer leuchtend von den Orgasmen, die ich ihr gerade beschert habe. „Willst du dich nicht auch anziehen? Nicht, dass ich es nicht zu schätzen weiß, wenn du nackt herumläufst, aber ich vermute mal, dass wir nicht an den FKK-Strand gehen."

„Ich habe nur gerade die Aussicht bewundert", antworte ich grinsend und stehe auf, um mir etwas überzuziehen. „Du wirkst jetzt schon viel entspannter."

„Natürlich bin ich das. Wir sind am Strand." Sie schlendert aus dem Zimmer, und als ich mich zu ihr geselle, hat sie eine Sonnenbrille aufgesetzt und steht schon auf der Treppe hinunter zum Strand. „Ich bin so glücklich, dass wir heute schönes Wetter haben."

„Ich habe festgestellt, dass es selbst an einem Regentag kaum etwas Schöneres gibt, als am Meer zu sein."

Ich nehme ihre Hand, und gemeinsam schlendern wir am Rand des Wassers in Richtung Haystack Rock entlang.

„Wusstest du, dass das hier mein Glücksort ist?" Sie lächelt mich an.

„Tatsächlich?"

„Ja." Sie atmet tief die frische, salzige Luft ein. „Ich war schon seit ein paar Jahren nicht mehr hier, weil ich so mit dem Restaurant beschäftigt war. Dieser kleine Ausflug kam also gerade zur rechten Zeit."

„Das freut mich. Wir können herkommen, wann immer du willst."

„Sei vorsichtig mit dem, was du sagst, sonst landen wir jedes Wochenende hier."

„Fände ich nicht schlimm. Die Vorstellung, dich für mich allein hier am Strand zu haben, ist unglaublich verlockend."

„Du sagst manchmal echt süße Sachen." Sie geht näher zum Wasser, um die Füße einzutauchen.

„Ich sage nur, was ich auch meine."

„Das weiß ich zu schätzen", antwortet sie und schnappt laut nach Luft, als das Wasser über ihre Füße schwappt. „Verdammt, ist das kalt!"

Aber sie bleibt bis zu den Waden im Wasser und marschiert weiter. Es ist kalt, aber erfrischend.

Kurz darauf kommen wir an einem kleinen Jungen vorbei, der im Sand sitzt – ein paar Meter von seiner Mutter entfernt – und versucht, eine Sandburg zu bauen. Frustriert beginnt er zu weinen, als der trockene Sand wieder in sich zusammenfällt, statt die Eimerform beizubehalten, die er auftürmen will.

„Was ist los?", fragt Kat ihn.

„Das klappt nicht." Er schiebt die Unterlippe vor. „Schon den ganzen Tag nicht."

„Hm, das ist ja wirklich blöd." Sie winkt seiner Mom zu. „Haben Sie etwas dagegen, wenn ich ihm helfe?"

„Nur zu", erwidert die andere Frau und winkt kurz, ehe sie sich wieder ihrem Smartphone zuwendet. Kat nickt leicht irritiert und hockt sich neben den Jungen.

„Wie heißt du denn?"

„Kenny."

„Ich bin Kat."

„Wie ein Kätzchen."

„Stimmt, so ähnlich, aber ich bin nicht ganz so haarig."

Kenny kichert, und ich schaue mit den Händen in den Taschen fasziniert zu, wie Kat den kleinen Jungen bezaubert.

Und sie behauptet, sie könne nichts mit Kindern anfangen?

„Du hast Probleme mit deiner Sandburg?"

„Ja, alles geht kaputt, wenn ich den Eimer umdrehe."

„Das ist nicht gut. Soll ich dir einen Trick verraten?"

„Okay."

Sie nimmt einen seiner Eimer und geht zum Meer, um ihn mit Wasser zu füllen, ehe sie zu Kenny zurückkommt. „Pass auf. Wenn du den Sand nass machst, wird er hart, und dann kann man viel leichter bauen."

Sie schaufelt den Sand in einen kleineren Eimer und zeigt Kenny, wie man ihn fester bekommt, damit er nicht wieder zusammenfällt.

„Cool!", ruft Kenny begeistert aus. „Du bist richtig schlau."

„Ich habe schon die eine oder andere Sandburg gebaut", sagt sie. „Meinst du, du schaffst es jetzt?"

„Ja, danke."

Sofort macht Kenny sich konzentriert an die Arbeit, die Zunge leicht herausgestreckt. Kat kommt wieder zu mir und wischt sich den Sand von den Händen.

„Er ist niedlich", meint sie. „Aber seine Mom sollte sich mal mehr mit ihm beschäftigen."

„Wir leben im Zeitalter der Elektronik." Ich schlinge ihr einen Arm um die Schultern, um sie an mich zu ziehen. „Heutzutage ist doch jeder mit seinem Telefon beschäftigt."

„Stimmt. Wusstest du, dass Gäste, bevor es Handys gab, ungefähr fünfundvierzig Minuten in Restaurants saßen? Rate mal, wie lange sie jetzt bleiben."

„Keine Ahnung."

„Mehr als anderthalb Stunden! Doppelt so lange, und nur weil sie so sehr mit ihren Smartphones beschäftigt sind. Bei uns bitten ständig Gäste die Bedienung, noch mal wiederzukommen, weil sie es nicht schaffen, das Handy zur Seite zu legen, um die Speisekarte zu studieren. Und dann sitzen sie da und gucken den Menschen, mit dem sie zusammen essen, nicht einmal an. Beide starren nur auf ihr Telefon. Das macht mich rasend."

„Ich meine", fährt sie fort und versetzt dem Wasser einen Tritt, „was ist aus der Kunst der Unterhaltung geworden? Wenn ich Zeit mit meinen Freunden oder mit einem besonderen Menschen verbringe, will ich doch mit ihnen oder ihm reden und mich nicht in irgendwelchen sozialen Netzwerken herumtreiben."

„Du beantwortest ja nicht mal Anrufe", erinnere ich sie.

„Ich weiß, tut mir leid. Wenn ich arbeite, schalte ich den Ton ab und vergesse häufig, ihn wieder anzuschalten. Ich gehöre nicht zu denen, die ihr Handy den ganzen Tag lang mit sich rumschleppen."

„Es macht mir nichts aus. Ich weiß ja, dass du mich zurückrufst, wenn du die Nachricht siehst."

Lachend spritzt sie meine Beine nass. „Soso, du bist dir meiner also total sicher?"

Ich streiche ihr lachend eine Locke hinters Ohr. „Nein, das nicht, und das gefällt mir so an dir."

„Na, dann ist ja gut." Sie geht einen Moment lang schweigend neben mir her. Plötzlich grinst sie verschmitzt, läuft ein Stück vor, dreht sich um und spritzt mich nass.

„Du hast ja nicht mal *versucht* davonzulaufen." Kopfschüttelnd dreht sie sich wieder herum, streckt die Arme aus, hält das Gesicht in die Sonne und strahlt mit ihr um die Wette. „Das ist so toll."

Du bist so toll.

Aber sie ist mehr als das. Sie lässt mich Dinge fühlen, die ich noch nie gefühlt habe und von denen ich nicht einmal gedacht hätte, dass ich sie jemals fühlen würde.

Und das muss ich ihr sagen.

Jetzt sofort.

Ich wate durchs Wasser zu ihr und nehme ihr Gesicht in meine Hände. Sie lächelt mich an und umklammert meinen Bizeps.

„Ich liebe deine Arme."

Ich lache und küsse sie ausgiebig, knabbere erst an einem Mundwinkel, dann am anderen. Sie ist so weich und so verdammt süß, dass ich das Gefühl habe, in ihr zu ertrinken.

„Ich bin dabei, mich in dich zu verlieben, Katrina", murmele ich an ihren Lippen. Erstaunt öffnet sie die Augen, und gerade als ich erwarte, dass sie etwas in der Art von *das geht mir ein bisschen zu schnell* sagt, tut sie das, was sie immer macht.

Sie überrascht mich.

„Wird auch mal Zeit, dass du endlich aufholst", sagt sie und wirft sich in meine Arme, schlingt die Beine um meine Taille und küsst mich stürmisch.

„Du spielst also gern mit dem Feuer", sagt Kat, während ich das Holz in der Feuerschale aufstapele und es anzünde.

„Man könnte auch sagen, ich mache einfach Feuer, damit du dich nicht zu Tode frierst. Ich bin ein Mann, der seine Frau am Leben hält."

„Na ja, gleich da drüben wartet eine warme Wohnung", meint sie zu Recht.

„Verdirb mir doch nicht den Spaß", beschwere ich mich, zufrieden, dass das Feuer nicht gleich wieder auszugehen scheint, ehe ich Decken und Kissen im Sand ausbreite.

„Ich wollte dich doch nur ärgern. Es ist schön hier." Sie setzt sich neben mich auf die Decke und blickt in die Flammen. „Die Sterne sind wirklich unglaublich."

„Ja, ohne all die Lichter der Stadt kann man sie gut sehen." Ich folge ihrem Blick in den Himmel. „Dort ist Orion."

„Und der Große Wagen", sagt sie. „Als ich acht war, gaben mir meine Eltern den Auftrag, die Sternenkonstellationen zu erarbeiten."

„Mit acht?", frage ich erstaunt.

„Es hat Spaß gemacht", sagt sie. „Ich musste mir das alles von Grund auf aneignen, durfte aber dieses echt coole Teleskop benutzen und die Bücher, die sie extra für mich gekauft hatten."

„Mit acht Jahren."

„Es war nicht so schwierig", wiegelt sie ab, und ich beuge mich vor, um sie auf die Wange zu küssen.

„Du bist wirklich ein Genie."

„Meinem IQ nach bin ich das wohl tatsächlich. Aber ehrlich gesagt glaube ich, dass ich einen Großteil meinen Eltern zu verdanken habe. Sie haben viel von mir erwartet, akademisch gesprochen, und sie haben schon angefangen, mich zu unterrichten, als ich erst ein paar Monate alt war."

„Wow."

„Ich bin mit ihnen zur Arbeit gegangen und habe die Gespräche zwischen den Raketen-Wissenschaftlern mit angehört. Schon seit ich im Mutterleib war, habe ich mich zwischen einigen der produktivsten Geister des einundzwanzigsten Jahrhunderts bewegt. Darum weiß ich nicht, was angeboren ist und was Erziehung, aber ich vermute mal, von beidem etwas."

„Und was ist, wenn du selbst mal Kinder hast?", frage ich und bin ganz erstaunt, als sie sofort vehement den Kopf schüttelt.

„Ich will keine Kinder."

„Warum nicht?"

Sie zieht die Beine an und schlingt die Arme darum, während sie noch immer zu den Sternen blickt. „Weil ich ihnen das nicht antun will. Ich möchte kein Kind so unter Druck setzen, alles ganz schnell lernen zu müssen, es immer sofort richtig zu machen."

„Was richtig zu machen?"

„Alles. Meine Eltern sind großartig und superklug, aber sie sind wirklich anspruchsvoll. Scheitern war für mich nicht drin, egal, was ich anfing. Als Teenager wollte ich unbedingt mal etwas ausprobieren, was normal war. Also habe ich mich an einer Highschool für Volleyball angemeldet."

„Das ging?"

„Ja, auch wenn ich zu Hause unterrichtet wurde, gehörte ich offiziell einer der örtlichen Schulen an und habe an einzelnen Kursen und am Sport teilgenommen. Und ich dachte, es würde Spaß machen, im Volleyball mehr mit Leuten in meinem Alter zusammen zu sein."

„Klingt doch ganz vernünftig. Wie lief es?"

„Es war ein einziges Fiasko." Sie lacht und dreht sich zu mir herum. Der Schein des Feuers lässt ihr Gesicht leuchten und ihre Haare noch röter erscheinen. „Ich war grottenschlecht."

„Und wenn schon. Man kann doch nicht in allem gut sein."

„Aber das ist genau der Punkt: Meine Eltern fanden, dass ich das müsste." Sie schüttelt den Kopf und blickt auf ihre Hände. „Es war echt peinlich, wie schlecht ich war. Ich wollte aufhören, aber das haben sie nicht zugelassen. ‚Wir beenden, was wir angefangen haben', meinten sie. Also verbrachte ich die gesamte Saison auf der Bank, und die anderen Mädels waren alles andere als nett. Es war das erste Mal, dass ich den Schikanen und der Gemeinheit von anderen Kindern ausgesetzt war."

„Das tut mir leid."

„Ich will damit ja nur sagen, dass ich keine Kinder haben möchte, weil ich ihnen nicht das Gefühl mitgeben will, in allem die besten sein zu müssen."

„Du bist doch nicht wie deine Eltern", erinnere ich sie sanft. „Ich glaube nicht, dass du deine Kinder so erziehen würdest."

„Nicht bewusst", entgegnet sie. „Aber meine Eltern würden gewisse Dinge von meinen Kindern erwarten, und ich würde mich verpflichtet fühlen, diese Erwartungen zu erfüllen."

„Was denn zum Beispiel?"

„Zum Beispiel dass ich sie auf die richtigen Schulen schicke oder ihren IQ testen lasse. Dabei interessiert mich das einen Scheißdreck."

„Tja, hier ist eine Neuigkeit für dich, Kat: Deine Kinder sind tatsächlich *deine* Kinder. Nicht die deiner Eltern. Es steht ihnen frei, ihre Meinung zu äußern, wann immer sie wollen, aber mehr auch nicht. Es ist ihre Meinung. Du musst nicht tun, was sie sagen."

„Ich weiß, es ist nur leichter gesagt als getan. Ich möchte es meinen Eltern immer recht machen."

„Ich denke, das ist völlig normal. Aber ist das der einzige Grund, warum du keine Kinder willst?"

„Ich mag Kinder nicht wirklich." Sie zieht die Nase kraus. „Nicht, dass sie schrecklich wären, aber nach einer Weile gehen sie mir total auf die Nerven."

„Ich glaube, da vertust du dich. Wie du vorhin mit Kenny umgegangen bist, war großartig."

„Da musste ich ja auch nur ein paar Minuten mit ihm reden." Sie kaut auf der Unterlippe herum und denkt nach. „Obwohl, er war schon ganz niedlich. Seine Mom hat mich mehr genervt als er."

„Okay, dann lassen wir das Thema Kinder jetzt ruhen."

„Gut." Sie grinst und fängt an, in der Tasche herumzuwühlen, die ich zusammen mit der Decke und den Kissen mit zum Strand gebracht habe.

„Wonach suchst du?"

„Marshmallows. Bitte sag mir, dass du mich nicht hier mit nach draußen zu diesem herrlichen Feuer gebracht hast, ohne Marshmallows mitzunehmen."

„Hältst du mich für grausam?" Ich ziehe eine Tüte heraus und halte sie in die Luft. „Was bekomme ich dafür?"

„Den besten Blowjob deines Lebens."

„Abgemacht." Prompt reiche ich ihr die Tüte und bringe sie damit zum Kichern. „Und glaub ja nicht, dass ich die Bezahlung nicht eintreiben werde."

„Ich wäre enttäuscht, wenn du es nicht tätest." Sie klimpert mit den Wimpern.

„Du hast unglaublich lange Wimpern."

„Die sind nicht echt", gibt sie zu und piekt ein Marshmallow auf einen Stock.

„Was?"

„Die sind nicht echt", wiederholt sie. „Ich lasse sie alle paar Wochen machen."

„Das ist ein Witz, oder?"

„Über meine Wimpern mache ich keine Witze", kontert sie mit einem frechen Lächeln. „Oh, Scheiße, jetzt brennt er."

Sie zieht den Stock aus dem Feuer und pustet die Flamme aus, ehe sie die geschmolzene Masse vom Stock zieht.

„Das sieht so gut aus." Sie knabbert an dem Marshmallow und hält mir dann den Rest hin. Ich beiße zu und sauge dabei an ihrem Finger. Ihre Augen werden groß, und ehe ich mich's versehe, sitzt sie rittlings auf mir und küsst mich mit ihren süßen, klebrigen Lippen.

Nicht, dass ich etwas dagegen hätte.

Aber dieser Kuss ist nicht stürmisch und wild, sondern vielmehr genüsslich und sehr ausgiebig. Höllisch erotisch. Gleichzeitig bewegt Kat auf so aufreizende Weise die Hüften, dass mir fast der Atem stockt. Zärtlich umfasst sie mein Gesicht mit beiden Händen und treibt ihr sinnliches Spiel mit mir.

Ich will sie. Ich kann gar nicht mehr aufhören, sie zu wollen.

Aber ich will es nicht hier draußen mit ihr treiben, wo uns die Leute aus den Wohnungen beobachten könnten. Ich bin kein Exhibitionist, und ich will verdammt sein, wenn ich Kat irgendwem anders nackt zeige.

Aber das heißt ja nicht, dass wir keinen Spaß haben können.

Ich rolle uns auf die Decke, bis Kat unter mir liegt und ich sie vor neugierigen Blicken schützen kann. Sie hat die Hände schon unter mein Shirt geschoben und lässt ihre Fingernägel auf meinem Rücken auf und ab gleiten, was mir eine wohlige Gänsehaut beschert.

„Ich hatte noch nie Sex am Strand", murmelt sie.

„Das wirst du jetzt auch nicht." Ich muss lachen, als sie schmollend das Gesicht verzieht. „Keine Sorge, ich bringe dich schon zum Stöhnen, auch wenn ich dich dafür nicht ausziehe."

„Spielverderber."

Ich hebe eine Augenbraue. „Was?"

„Also gut, wir werden sehen." Sie lächelt.

Ich küsse ihren Hals und gleite mit der Zunge von ihrem Schlüsselbein bis hinauf zum Ohr und spüre dabei, wie Kat sich unter mir windet. Ich weiß, dass die Stelle am Hals sie scharfmacht.

„Oh, das ist gut", flüstert sie und vergräbt die Finger in meinem Haar, damit ich ihr auch ja nicht entkomme. „Das mit dem Hals machst du fantastisch."

Lächelnd widme ich mich mit gleicher Inbrunst der anderen Seite, bevor ich meine Lippen sanft auf ihre lege.

„Ich werde jetzt deine Bluse aufknöpfen, ohne deine Brüste zu entblößen. Es ist deine Aufgabe, dafür zu sorgen, dass sie bedeckt bleiben."

„Ich weiß nicht, ob ich dieser Aufgabe gewachsen bin", erwidert sie atemlos. „Mein Freund macht mich ganz scharf. In meinem Gehirn fließt kein Blut mehr."

„Mach die Augen auf."

Sie gehorcht.

„Es ist hier draußen ziemlich dunkel, und ich glaube eigentlich nicht, dass jemand etwas sehen kann, aber dein Körper ist nur für meine Augen bestimmt, kapiert?"

„Damit kann ich leben."

„Sehr schön. Also pass auf, dass du diese herrlichen Brüste schön verhüllst, damit ich niemanden umbringen muss, weil er sie anstarrt."

„Wir könnten auch reingehen."

Lächelnd küsse ich ihre Nasenspitze. „Wo bliebe denn dann der Spaß?"

„Stimmt auch wieder."

Ich knöpfe die Bluse auf und ziehe eine Spur feuchter Küsse von ihrem Brustkorb bis hinunter zu ihrem Bauch.

„Oh Gott", stöhnt sie. „Warte, muss ich leise sein?"

„Nein. Das Meeresrauschen wird dich übertönen."

„Gott sei Dank", seufzt sie. „Vielleicht bist du ja doch kein Spielverderber."

„Das werde ich dir beweisen."

Ich ziehe den Reißverschluss ihrer Hose auf und schiebe sie ihr ein Stückchen über die Hüften. Am liebsten würde ich sie ganz weit spreizen und meinen Kopf in ihrem Schoß vergraben, bis wir beide vor lauter Lust nicht mehr wissen, wohin, aber das geht hier nicht. Stattdessen beuge ich mich also über ihren Oberkörper und sorge dafür, dass ihr Unterleib von meinen Schultern und meiner Brust bedeckt ist, ehe ich die Hand ausstrecke und ihren weichen Venushügel umschließe.

„Fuck, du hast wirklich sehr talentierte Hände", stöhnt Kat und wirft den Kopf hin und her. Ich beiße in ihren Bauchnabel und muss grinsen, als sie aufschreit und die Decke unter ihren Hüften umklammert.

„Pass auf deine Bluse auf", erinnere ich sie und dringe mit zwei Fingern tief in sie ein. „Ich werde dich zum Orgasmus bringen, und ich will nicht, dass deine Bluse auseinanderklafft."

„Wir hätten sie ja zugeknöpft lassen können."

„Und wo ist da der Spaß?", frage ich und beginne, sie gnadenlos zu verwöhnen. Ihre inneren Muskeln spannen sich um meine Finger und wollen anscheinend mehr. Brauchen anscheinend mehr.

Und ich will ihr mehr geben.

Mit der Nase schiebe ich ihre Bluse ein Stück zur Seite und lasse meine Zunge um ihren Nippel kreisen, ehe ich ihn mit den Lippen umschließe. Erst sachte, dann sauge ich immer kräftiger, bis Kat anfängt zu stöhnen und ihr Körper das Kommando übernimmt. Sie ist außer sich und mir völlig ausgeliefert.

Die Finger tief in ihr vergraben, presse ich meinen Daumen auf ihre Klit. Nicht zu fest, weil sie dort so empfindlich ist, wenn wir Sex miteinander haben, aber doch genug, dass sie sich unter mir aufbäumt und ihre Hüften zucken.

„Mac!"

„Genau so ist es richtig, Schätzchen. Oh Gott, du bist so süß." Sie schließt sich wieder um meine Finger. „Du bist so fucking eng. Ist dir eigentlich klar, wie sehr du mich antörnst?"

„Ja", keucht sie. „Oh mein Gott, ich kann nicht."

„Was kannst du nicht?"

Aber sie kann nicht mehr antworten; stattdessen wirft sie wie wild den Kopf von einer Seite zur anderen und umklammert mit aller Kraft ihre Bluse. Ihre Fingerknöchel werden schon ganz weiß, dort, wo sie sie direkt unter ihrer Brust zusammenhält.

„Ich glaube, du kannst", sage ich und ziehe meine Finger aus ihr heraus, um sie über ihre Spalte zu streifen, bis hinauf zur Klit und wieder hinunter. Sie ist so was von feucht, dass die Tropfen über meine Hand und bis hinunter zu ihrem Hintern laufen.

Ich sehne mich so sehr danach, in ihr zu sein, dass es schmerzt.

„Das ist der reinste Wahnsinn", wispert sie, ehe im nächsten Moment ihr gesamter Körper zu zittern beginnt und sie vor Lust aufschreit, als der Orgasmus wie eine Welle über sie hinwegschwappt. Ich streichle sie weiter, küsse ihren Bauch und den Ansatz ihrer Brüste, während sie sich ganz dem Höhepunkt hingibt. Ihr Körper ist in das Licht der Flammen getaucht, und ein leichter Schweißfilm bedeckt ihr Gesicht.

Sie ist einfach atemberaubend.

„Wahnsinn", murmelt sie, als ihr Körper langsam wieder zur Ruhe kommt. „Du bist definitiv kein Spielverderber."

„Und das war noch lange nicht alles, Darling."

13. Kapitel

Kat

„Hi", sage ich, als ich den Anruf annehme. „Was ist los? Soll ich noch irgendetwas mitbringen?"

Addies Stimme klingt gedämpft, als sie kurz mit jemand anderem redet, dann ist sie wieder in der Leitung. „Nein, ich glaube, wir haben alles. Ich wollte nur mal hören, wann du hier bist."

Wir treffen uns heute alle bei unserer Freundin Cici zu einem netten Mädelstag. Cici und Addie kennen sich seit Addies Zeit als Model. Cici hat sich damals um ihre Haare und das Make-up gekümmert, und seitdem sind sie befreundet.

Das kommt uns allen zugute, denn Cici liebt es, wenn wir in ihren Salon einfallen, um uns von ihr verwöhnen zu lassen.

„Ich bin auf dem Weg", erwidere ich. „Bis gleich."

„Okay, gut. Beeil dich."

Sie beendet das Gespräch, und ich schüttele den Kopf. Addie hat schon immer gern den Ton angegeben, aber seit sie schwanger ist, ist es noch schlimmer geworden.

Mein Handy klingelt erneut, und ich antworte, ohne auf das Display zu schauen. „Soll ich jetzt doch was mitbringen?"

„Da fällt mir nichts ein", sagt Mac lachend.

„Entschuldige, ich dachte, du wärst Addie."

„Du bist auf dem Weg zu den Mädels? Zu eurem Tratsch-Tag?", fragt er. Das mag ich so an Mac, er nennt die Dinge beim Namen.

„Genau. Ich bin gerade vor ein paar Minuten bei deiner Mom weggefahren."

„Danke, dass du ihr hilfst", sagt er. „Ich wünschte, ich dürfte dich dafür bezahlen."

„Das ist eine Sache des Anstands", erwidere ich. „Theoretisch müsste ich ihr empfehlen, sich eine Therapeutin zu suchen, die nicht mit ihrem Sohn schläft, aber ich glaube nicht, dass sie mit jemand anderem reden würde."

„Sprecht ihr etwa darüber, dass wir miteinander schlafen?" Ich höre das Lächeln in seiner Stimme und wünschte, ich könnte ihn sehen.

„Haha."

„Wie geht es ihr?"

„Ganz gut." Ich schaue in die Rückspiegel und wechsele die Spur.

„Was hat sie dir erzählt?"

„Das darf ich dir nicht sagen." Ich verdrehe die Augen. Diese Unterhaltung führen wir jedes Mal, wenn ich mit seiner Mutter eine Sitzung hatte. „Nur so viel: Sie wird bestimmt wieder auf die Füße kommen."

Er atmet hörbar aus. „Das hoffe ich."

„Du traust ihr viel zu wenig zu. Sie ist stärker, als sie aussieht. Die Zeit wird Dinge heilen."

„Ich habe heute Morgen mit Dad gesprochen."

„Wirklich?" Stirnrunzelnd parke ich vor Cicis Haus ein und stelle den Motor aus. „Das ist ja ein Ding. Er hat nicht mal versucht, deine Mom anzurufen."

„Ich weiß. Ihm ist gerade erst aufgefallen, dass sie nicht zu Hause ist."

„Sie ist doch schon seit zwei Wochen weg." Ich starre ins Leere. Cici winkt mir aus ihrem Fenster zu, also hebe ich die

Hand, um anzudeuten, dass wir noch eine Minute brauchen.

„Er war die meiste Zeit weg. Im Kasino."

„Wow."

„Ja. Wie auch immer, er wollte Geld von mir, hat erzählt, dass irgendwelche Kredithaie hinter ihm her sind, aber ich habe ihn abblitzen lassen."

„Gut gemacht, Mac. Das war sicher nicht einfach."

„Nicht so hart, wie ich gedacht habe." Er scheint selbst überrascht zu sein. „Meine Mutter hat ihn vor zwei Wochen verlassen, und das merkt er erst jetzt? Vielleicht rüttelt ihn das endlich auf. Entweder das, oder er kriegt demnächst eine verpasst."

„Sag nicht so was", antworte ich und hoffe sehr, dass es nicht so weit kommt. „Aber ich stimme dir zu, dass dies für ihn vielleicht endlich der Wendepunkt ist."

„Okay, genug von meinem Familiendrama. Ich wünsche dir einen super Tag mit den Mädels."

„Danke, werden wir haben. Klappt das mit dem Essen heute Abend?"

„Auf jeden Fall. Viel Spaß, Babe. Bis später."

Ich beende den Anruf, nehme meine schwarze Wildledertasche mit dem Kirschenmuster und gehe ins Haus.

„Also echt, du siehst ihn doch nachher noch", schimpft Mia und beißt in ihren Cupcake.

„Cami schreibt Landon gerade eine Nachricht, während wir hier reden", stelle ich fest und zeige zu Cami, die den Kopf über das Smartphone gebeugt hat und hektisch mit den Daumen einen Text eingibt. „Die meckerst du auch nicht an."

„Doch, hat sie schon", sagt Cami, ohne von ihrem Display aufzuschauen.

„Hi", begrüßt mich Cici strahlend. „Willkommen in meinem neuen bescheidenen Salon."

„Er ist toll geworden." Ich drehe mich einmal im Kreis und sehe mich um. „Hast du dich schon eingewöhnt?"

„Ja, so sehr, dass ich abends gar nicht mehr nach Hause gehen will." Sie zwinkert und zeigt auf den freien Pediküre-Stuhl zwischen Riley und Addie. „Nimm Platz."

Die Pediküre-Stühle sind die reinsten Massagesessel, extrem angenehm zu sitzen, während die Füße einweichen. Cici hat den Salon einfach fantastisch eingerichtet. Eine Wand ist mit alten Holzlatten verkleidet, und große Holzbuchstaben verkünden DU BIST WIRKLICH SCHÖN. Auf dem Boden liegt Parkett, und alles wirkt rustikal, aber trotzdem schick.

„Ich komme mir vor wie in einem richtig exklusiven Schuppen", stelle ich fest, während ich meine Hosenbeine hochkremple und die Füße in das heiße Wasser tauche. „Oh, das tut so gut."

„Wahnsinn, oder?", fragt Addie, die Hände auf den Bauch gelegt.

„Ja. Wieso wolltet du den Salon eigentlich nicht mehr in deinem Haus haben?", frage ich Cici, während ich den Massagestuhl so einstelle, dass er meinen unteren Rücken bearbeitet.

„Ich habe einen ganzen Stall voller Kinder und einen Ehemann, der nicht nur Wissenschaftler, sondern auch noch selten zu Hause ist. Meine armen Kundinnen mussten es ertragen, dass meine Kinder uns den ganzen Tag lang gestört haben."

„Deine Kleinen sind doch gar nicht so schlimm." Cami lacht und schenkt mir ein Glas Sekt ein.

„Von wegen! Erst neulich sollten sie eigentlich alle ein Nickerchen halten, und ich hatte ausnahmsweise mal keine Kunden. Mein Liebster war zu Hause, also haben wir auf der Couch rumgemacht. Plötzlich, gerade als es richtig gut wurde, kommt mein Sechsjähriger ins Zimmer und singt ‚I'm sexy and I know it'."

Wir lachen schallend, doch Cici rollt nur mit den Augen.

„Ein Kindermädchen einzustellen und diesen Salon hier zu mieten war die beste Entscheidung, die ich je getroffen habe."

„Also mir gefällt's", stelle ich fest. „Der Laden passt zu dir."

„Danke." Cici grinst. „Wie ich hörte, bist du schwer verliebt?"

Ich runzle die Stirn. „Ich habe nichts von Liebe gesagt."

Addie verzieht das Gesicht, und ich werfe ihr einen bösen Blick zu.

„Sie ist rund um die Uhr mit ihm zusammen", erzählt Riley. „Und wenn man seinen Namen erwähnt, wird sie rot."

„Ich werde überhaupt nicht rot." Oh Gott, wie peinlich.

„Wirst du wohl", stimmt Mia Riley zu. „Es ist echt süß."

„Wie heißt er noch mal?", fragt Cici.

„Mac", antwortet Cami kichernd. „Siehst du? Schon wird sie rot."

„Liegt am heißen Wasser", murmele ich und trinke einen großen Schluck vom prickelnden Sekt.

„Okay, die anderen haben mir schon erzählt, wie und wo es losgegangen ist, aber ich will mehr wissen. Wie ist er im Bett?"

Ich verschlucke mich, Sekt spritzt mir aus Mund und Nase, und ich muss so heftig husten, dass ich schon fast fürchte, mir in die Hose zu machen. Meine angeblichen Freundinnen lachen schadenfroh.

„Ihr steht ab jetzt alle auf meiner roten Liste."

„Ach, komm schon, du bist auch immer gnadenlos bei solchen Fragen", erinnert Addie mich. „Jetzt ist es mal andersherum, und *wir* wollen Einzelheiten hören."

„Er ist unglaublich", gebe ich widerstrebend zu. „Ihr wisst schon: ‚Der beste Sex meines Lebens' und so."

„Oh, na dann wäre ich an deiner Stelle auch rund um die Uhr mit ihm zusammen." Cici beginnt, Mias Füße zu massieren. „Wie praktisch, dass ihr im selben Haus wohnt. Da ist der *Walk of Shame* am nächsten Tag nur kurz."

„Stimmt eigentlich", erwidere ich lachend. „Das muss ich Mac erzählen."

„Ich war einmal auf einer seiner Wein-Erlebnis-Touren", berichtet Cici. „Er ist echt ein ziemlicher heißer Typ, und mit Wein kennt er sich ziemlich gut aus."

„Das wusste ich ja gar nicht", sagt Addie. „Hat die Tour Spaß gemacht?"

„Total. Wir sollten das mal alle zusammen machen."

„Oh ja! Das wäre bestimmt richtig lustig!", ruft Cami aus. „Ich soll euch übrigens alle von Landon grüßen."

„Mach dein verdammtes Handy aus", schimpft Mia mit ihr. „Wir wollen heute einen schönen Tag miteinander verbringen. Wie soll das gehen, wenn du deinem Mann ständig irgendwelche sexy Nachrichten schickst?"

„Woher weißt du das?", fragt Cami mit großen Augen und leicht verlegen.

„Also bitte, ihr törnt euch doch ständig gegenseitig an. Das ist so widerlich", sagt Mia. „Schließlich ist er mein Bruder."

„Aber nicht meiner", entgegnet Cami zwinkernd. „Okay, ich lege es weg."

„Bei euch läuft immer noch alles gut?", frage ich sie.

„Ja, großartig. Ich denke, wir werden bald wieder versuchen, ein Baby zu bekommen."

Wir lächeln sie an. Cami wurde kurz vor ihrer Hochzeit

schwanger, hat das Kind aber leider verloren. Es war eine harte Zeit für die beiden.

„Das freut mich." Riley drückt Camis Hand fest.

„Kann sein, dass es eine Weile dauert", meint Cami. „Ich habe ziemlich viele Vernarbungen vom letzten Mal und auch nur noch einen Eileiter, aber wir werden auf jeden Fall Spaß dabei haben, es zu versuchen."

„Das ist das Beste an der ganzen Sache", erklärt Addie. „Dieser Teil hier ist es jedenfalls nicht." Sie reibt sich den runden Bauch. „Wobei ich mich nicht beschweren will. Aber verdammt, ich bin die reinste Tonne."

„Du bist keine Tonne."

„Ich bin eine Baby-Tonne."

„Und bald bist du Mama", sagt Riley lächelnd. „Das ist doch echt cool."

„Stimmt."

„Nächsten Sonntag steigt die Baby-Party bei Cami", verkündet Mia grinsend. „Ich bringe was richtig Leckeres zu essen mit."

„Das glaub ich dir aufs Wort", sagt Cici. „Keine zehn Pferde würden mich abhalten zu kommen. Hast du eine Geschenkeliste, Addie?"

„Keine Geschenke bitte", sagt sie hastig. „Ehrlich, kommt einfach."

„Ja, sicher." Ich verdrehe die Augen. „Aber zu einer Baby-Party gehört naturgemäß, dass wir unglaublich süße Sachen kaufen, bei jeder Kleinigkeit in *Ohs* und *Ahs* ausbrechen und dann schweigend dasitzen, während unsere Eierstöcke bersten."

„Meine Eierstöcke bersten jedes Mal, wenn ich Addie anschaue", meint Riley. „Und ich bin mir nicht einmal sicher, ob ich Kinder will. Aber sie ist echt die niedlichste Schwangere, die ich je gesehen habe."

„Ich habe geschwollene Knöchel", beklagt Addie sich. „Egal, was ich auch tue, sie schwellen immer an. Außerdem wachsen meine Haare und meine Nägel so schnell, dass ich sie doppelt so häufig machen lassen muss wie sonst. Und von gewissen anderen Problemen, meinen Hintern betreffend, will ich gar nicht erst reden."

„Du hast Probleme mit deinem Hintern?", hakt Mia mit großen Augen nach. „Was für Probleme?"

„Meistens Verstopfung. Und wenn ich doch mal kann, ist es, als würde der Satan höchstpersönlich aus meinem Hintern kommen. Ich habe Hämorriden."

„Igitt." Cami schüttelt sich und verzieht das Gesicht, als hätte sie in eine Zitrone gebissen.

„Stimmt", pflichtet Addie ihr bei. „Ich bin nicht im Geringsten sexy. Trotzdem will Jake mit mir Sex haben."

„Du bist sexy", informiere ich sie. „Sexy mit Hämorriden."

„So was gibt es nicht", beharrt Addie.

„Schadet Sex dem Baby?", will Mia wissen. „Vermutlich nicht, oder? Die Menschen haben schließlich schon seit Urzeiten Sex, und ich bin mir ziemlich sicher, dass sie es auch miteinander treiben, wenn die Frau schwanger ist. Aber trotzdem habe ich mich das schon immer gefragt."

„Ich glaube nicht", sagt Cici lachend. „Die sind da drinnen gut gepolstert."

„Das klingt alles irgendwie widerlich." Ich schaudere.

„Jake meint, ich hätte ein sexy Strahlen."

„Er ist ja auch der, der dich geschwängert hat, also soll er das ruhig glauben", meint Riley. „Es ist schon süß, wie er immer die Hände auf deinen Bauch legt."

„Neuerdings liest er dem Baby vor", sagt Addie mit weichem, liebeskrankem Lächeln. „Allerdings habe ich Nein zu *Fifty Shades of Grey* gesagt."

„Er wollte dem Baby allen Ernstes *Fifty Shades* vorlesen?", frage ich lachend.

„Er meinte, es sei egal, das Baby würde die Worte eh nicht verstehen und er könne daher genauso gut etwas Unterhaltsames lesen. Doch das habe ich abgelehnt. Nicht jugendfreie Bücher sind noch nichts für unser Kind."

„Und was liest er jetzt stattdessen?", will Riley wissen.

„Hauptsächlich Musiker-Zeitschriften. Neulich hat er eine Biografie über Johnny Cash vorgelesen."

„Das würde ich mir auch gern anhören", murmele ich. „Da wir gerade beim Thema sind: Mac liest mir auch häufig vor."

„Warum?", fragt Mia.

„Weil es mir gefällt." Ich zucke mit den Schultern. „Er liest mir sogar Liebesromane vor, echt unglaublich sexy. Die haben uns schon zu einigen sehr unterhaltsamen erotischen Spielchen inspiriert."

„Oh." Riley streicht sich mit dem Finger über die Lippen. „Nicht schlecht. Und du? Liest du ihm auch mal was vor?"

„Einmal bisher." Ich muss lächeln. „Als wir im Auto saßen und zum Meer gefahren sind. Ihr glaubt es nicht, das hat ihn so angetörnt, dass er mich durchgevögelt hat, kaum dass wir angekommen waren."

„Wow!" Addie klatscht sich mit mir ab. „Gut für dich."

„Ich sag's euch doch. Der beste Sex überhaupt."

„Dann weißt du, dass er der Richtige ist", klärt Cici mich auf. „Wenn es der beste Sex deines Lebens ist, dann halt den Kerl fest."

„Na, ob das mal stimmt?", fragt Mia zweifelnd. „Ich hatte

den besten Sex meines Lebens, werde den Kerl aber definitiv nicht heiraten."

„Warum nicht?", fragt Cici.

„Weil er mich sitzen gelassen und eine andere geheiratet hat", erwidert Mia. Sie gibt sich große Mühe, völlig unbeteiligt zu klingen, als wäre es schon lange vorbei und würde sie gar nicht mehr tangieren, aber wir alle wissen, dass es nicht so ist.

Camden hatte sich einfach davongemacht. Genau genommen war er ohne eine Erklärung abgehauen.

„Heiraten ist für mich auch noch kein Thema", stelle ich klar und seufze vor Wonne, als Cici beginnt, sich meinen Füßen zu widmen. „Wer weiß, was passiert? Im Augenblick genießen wir einfach die Zeit miteinander, und das reicht mir völlig."

„Okay", meint Cici zwinkernd. „Deine Füße sehen übrigens schlimm aus."

„Das kommt davon, wenn man jeden Tag mehr als zehn Stunden in High Heels herumläuft."

„Meinen Füßen macht das nichts aus, und ich trage genauso häufig High Heels", kontert Addie. „Jedenfalls früher. Bevor ich geschwollene Knöchel hatte."

„Du hast eben gute Fuß-Gene", sage ich. „Ich muss hart daran arbeiten, dass meine Füße gut aussehen."

„Nein", widerspricht Cici. „*Ich* muss hart daran arbeiten, dass deine Füße gut aussehen."

„Das meine ich ja."

„Ich bin auf dem Weg nach Hause", informiere ich Mac drei Stunden später. „Brauchst du noch was?"

„Nur dich, aber danke der Nachfrage", antwortet er. „Hattet ihr Spaß?"

„Wir haben immer Spaß."

Plötzlich gerät mein Wagen ins Schlingern, und ich sehe schwarze Gummiteile auf der Beifahrerseite herumfliegen. Ich umklammere das Lenkrad und kann gerade noch einem anderen Wagen ausweichen.

„Verdammte Scheiße!"

„Kat? Kat, was ist los?"

„Oh mein Gott."

Ein Wagen touchiert meine hintere Stoßstange und drängt mich auf den Seitenstreifen. Er bleibt nicht stehen, und ich habe keine Zeit und nicht den Kopf, mir das Nummernschild zu merken. Schließlich schaffe ich es, auf dem Seitenstreifen zum Halten zu kommen.

„Scheiße, Mac."

„Baby, was ist passiert?"

„Ich glaube, mir ist ein Reifen geplatzt. Und jemand hat meine Stoßstange gerammt."

„Haben sie angehalten? Wo bist du?"

Ich atme schwer, und mein Herz rast.

„Die haben nicht angehalten." Ich steige aus dem Wagen aus und gehe hinüber zur Beifahrerseite. „Der rechte Vorderreifen ist hin."

„Wo bist du?", fragt Mac noch einmal.

Ich finde ein Schild und gebe ihm durch, wie die nächste Ausfahrt heißt.

„Verfluchter Mist, du bist auf dem Freeway?"

Ich höre, wie er seinen Wagen anlässt.

„Ich wollte gerade abfahren."

„Okay, ich bin auf dem Weg. Steig ins Auto, und verriegele die Tür. Ich bin in circa fünfzehn Minuten da."

„Gut." Ich nicke, auch wenn er mich gar nicht sehen kann.

Meine Hände zittern vor Aufregung. „Okay, ich bin okay."

„Ich bin gleich bei dir. Soll ich am Telefon bleiben?"

„Nein, nein. Konzentrier dich lieber aufs Fahren."

Ich steige wieder ins Auto und schließe die Türen.

„Halte durch, Darling. Ich komme."

Kaum dass er aufgelegt hat, fange ich an zu weinen. Ich bin zwar nicht verletzt, aber, gütiger Himmel, was für ein Schreck. Es ging alles so schnell.

Und hätte noch viel schlimmer ausgehen können.

Ich versuche, nicht daran zu denken, und wische mir die Tränen ab. Im selben Moment klopft es an der Scheibe, und ich schreie erschrocken auf.

„Entschuldigung!" Der Mann hebt die Hände, als wolle er sich ergeben. „Ich wollte nur hören, ob Sie Hilfe brauchen."

„Mein Freund ist auf dem Weg", sage ich und lasse das Fenster ein paar Zentimeter hinunter, damit er mich hören kann.

„Ihnen ist ein Reifen geplatzt?"

„Ja."

„Ich schaue mir das mal an." Er lächelt mir aufmunternd zu und geht vorne um den Wagen herum. Er wirkt ziemlich normal. Er trägt ein weißes Hemd, eine Stoffhose und eine Krawatte. Wahrscheinlich ist er auf dem Weg von der Arbeit nach Hause.

Er kommt wieder zur Fahrerseite. „Der Reifen ist hin, aber die Felge ist noch okay. Wenn Sie einen Ersatzreifen dabeihaben, wechsele ich Ihnen den schnell, dann können Sie weiterfahren."

„Das müssen Sie nicht", erwidere ich, aber er lächelt nur.

„Es ist kein Problem."

Ob Ted Bundy, der Massenmörder, das auch zu seinen Opfern gesagt hatte, ehe er sie umgebracht hat?

Ich öffne den Kofferraum und steige aus, während der Fremde meinen Ersatzreifen herausholt.

„Ich bin Preston", sagt er.

„Kat", erwidere ich. Ich halte einen gewissen Sicherheitsabstand, als er den Reifen nach vorne hievt.

„Was machen Sie so, Kat?"

Er scheint zu wissen, was er tut, und wechselt den Reifen schnell und effizient.

„Ich betreibe eine Weinbar", verrate ich ihm, ohne zu viele Informationen preiszugeben. Schließlich ist er ein Fremder.

„Ehrlich? Wow! Ich kenne auch jemanden im Wein-Business, vielleicht kennen Sie ihn auch."

„Möglich." Ich zucke mit den Schultern. „So groß ist die Branche nicht."

Er zieht die letzte Schraube fest und steht auf, um das Werkzeug wieder in den Kofferraum zu legen. Anschließend holt er ein Taschentuch aus der Tasche und wischt sich die Hände ab.

„Er heißt Mac."

Was zum Teufel?

Ich bemühe mich, keine Emotionen zu zeigen, während ich so tue, als müsste ich überlegen. Preston hat nichts falsch gemacht, trotzdem hat er etwas an sich, was mich misstrauisch macht. Ich kann nicht genau sagen, was, aber ich habe schon vor langer Zeit gelernt, dass man seinen Gefühlen trauen soll.

„Ich glaube, der Name kommt mir bekannt vor."

„Dachte ich's mir doch. So, damit sollten Sie jetzt sicher nach Hause kommen."

Ich drehe mich um, als ein weiterer Wagen auf den Seitenstreifen fährt und anhält. Erleichtert sehe ich, dass es sich um Macs Auto handelt.

„Da ist er", sage ich, aber Preston ist bereits in seinen Wagen gestiegen und losgefahren.

„Hast du noch jemand anderes angerufen?", fragt Mac, als er zu mir kommt. „Ich habe dir doch gesagt, ich bin gleich bei dir."

„Habe ich gar nicht", erwidere ich leicht irritiert über seinen Tonfall. „Der Mann hat angehalten und mir seine Hilfe angeboten."

„Du bist nicht in deinem Auto geblieben?"

„Nein, weil ich eine erwachsene Frau bin, die selbst entscheiden kann, ob sie sich sicher fühlt oder nicht."

„Komm", sagt er und bedeutet mir, in seinen Wagen zu steigen.

„Mein Auto ist okay, es wird mich gut nach Hause bringen."

„Du bist völlig fertig", sagt er und zieht mich in seine Arme. „Du zitterst und stehst bestimmt unter Schock."

„Ich kann selber fahren."

Er presst seine Nase auf meine und sagt streng: „Steig in das verdammte Auto, *bitte*."

„Diese herrische Art mag ich nicht", beklage ich mich und setze mich in seinen Wagen.

„Ist mir egal", antwortet er mit gefährlich ruhiger Stimme. „Du bist nicht in der Verfassung, selber zu fahren. Und ich bin unfassbar wütend, weil du ausgestiegen bist."

„Er hat gesagt, dass er dich kennt", verteidige ich mich. „Er hat mich gefragt, was ich mache, und als ich ihm sagte, ich würde eine Bar leiten, hat er mir deinen Namen genannt."

„Wer war das?", fragt er stirnrunzelnd.

„Preston irgendwas."

Mac überlegt einen Moment und schüttelt dann den Kopf. „Ich kenne keinen Preston."

„Vielleicht hat er mal eine Tour bei dir gebucht."

Er zuckt mit den Schultern. „Weiß nicht." Er atmet tief aus und nimmt meine Hand. „Du hast mir einen ziemlichen Schrecken eingejagt."

„Ich habe mich selbst erschrocken. Warum streiten wir?"

„Weil wir beide mit Adrenalin vollgepumpt sind und Angst hatten", erwidert er und sieht mich mit seinen strahlend grünen Augen an. „Bist du okay?"

„Ja, ich bin okay. Und du?"

„Ich arbeite dran."

14. Kapitel

Mac

Ich kann es nicht fassen, ich gehe zu einer Baby-Party. Seit wann werden Männer zu so etwas eingeladen? Ich bin auf dem Weg zu Cami, um mich dort mit Kat zu treffen. Sie ist schon seit dem frühen Nachmittag dort. Anscheinend wurden die Männer zum Abendessen eingeladen. Kuchen soll es auch geben.

Und Spiele. Ich glaube, ich will gar nicht wissen, was für Spiele bei so einer Baby-Party angesagt sind.

Gerade als ich zu Camis und Landons Haus abbiege, klingelt mein Telefon. Nicht gerade begeistert sehe ich Dads Namen aufleuchten.

„Hallo."

„Hallo, Sohnemann." Allein diese beiden Worte lassen ihn müde klingen. Und alt.

„Was gibt es, Dad?"

„Ich wollte nur mal hören, wie es eurer Mom geht."

„Ihr geht es gut."

Er schweigt einen Moment. „Schön. Das ist schön."

„Ich werde dir nicht sagen, wo sie ist", erkläre ich und fühle mich richtig mies. Das hier ist mein Dad, er sollte wissen, wo seine Frau ist, aber ich kann das nicht. Zwei Wochen lang hat er nicht einmal bemerkt, dass sie weg ist.

Das geht mir noch immer nicht in den Kopf.

„Nein, sag es mir nicht", antwortet er hastig. „Je weniger ich weiß, desto besser."

Er hustet, ein tiefes, keuchendes Husten.

„Bist du krank?"

„Nein, mir geht's gut."

Ich parke vor Camis Haus und schalte den Motor aus. „Dad, du klingst nicht gesund."

„Das wird schon wieder. Aber ich muss dich um einen Gefallen bitten."

Ich verdrehe die Augen und fahre mir durch die Haare. *Jetzt kommt's.*

„Okay."

„Passt gut auf sie auf."

„Dad, was ist los?"

„Nichts, was ich nicht in den Griff kriegen kann, aber ich habe es mir mit ein paar fiesen Typen verdorben, Mac. Also, bitte, halte ein wachsames Auge auf deine Mom, und sorg dafür, dass sie in Sicherheit ist."

„Sie ist sicher."

„Danke."

„Dad, soll ich die Polizei anrufen? Oder können wir sonst etwas tun?"

„Ich kümmere mich selbst darum. Ich habe das ganze Chaos angerichtet, ich sorge dafür, dass ich da wieder rauskomme."

„Den Sturkopf hat Chase also von dir."

Er lacht. „Danke, Mac."

Nachdem er das Gespräch beendet hat, steige ich aus dem Wagen und geselle mich zu einem anderen Mann auf der Veranda.

„Hallo, ich bin Landon."

„Mac." Ich schüttele ihm die Hand. „Ich habe schon viel von dir gehört."

„Gleichfalls." Landon lächelt und starrt auf die Tür. „Ich muss gestehen, ich habe Angst davor, mein eigenes Haus zu betreten."

„Mir ist auch noch nie zu Ohren gekommen, dass Paare zu einer Baby-Party gehen", gebe ich zu und folge ihm zur Hollywood-Schaukel. Er setzt sich hinein, während ich mich ans Geländer lehne.

„Mir auch nicht", meint er kopfschüttelnd. „Ich würde lieber in irgendein feindliches Gebiet fliegen, als jetzt hier ins Haus zu gehen."

„Ach ja, Kat hat erzählt, dass du Pilot warst."

Er nickt. „Und das war sehr viel einfacher. Vorhin haben sie schon Eiswürfel in Babyform gemacht."

„Das klingt echt nicht normal." Wir lachen schallend, als Jake die Stufen zur Veranda hochkommt. „Willkommen."

„Habt ihr Angst reinzugehen?", rät er ganz richtig.

„Es gibt einen Grund, warum Männer normalerweise nicht zu solchen Sachen eingeladen werden", erklärt Landon ernst. „Da drinnen findet irgendein rätselhaftes weibliches Ritual statt. Männer sollten nicht daran teilnehmen."

„Ach, es gibt doch nur Kuchen und Geschenke", widerspricht Jake. „Wie auf einer Geburtstagsparty."

„Stimmt nicht." Landon schüttelt den Kopf. „Ich hatte noch nie auf einem Geburtstag Eiswürfel in Babyform. Außerdem haben sie vorhin, kurz bevor ich gegangen bin, über Fruchtwasser gesprochen und irgendetwas, was sich Schleimpfropf nannte. Auch das ist nicht das, was ich mir unter Party-Talk vorstelle."

„Na ja, wenn der Schleimpfropf abgeht …", beginnt Jake, doch ich unterbreche ihn.

„Nein. Ich muss wirklich nicht wissen, wie dieser Satz endet."

„Was treibt ihr hier draußen?" Cami kommt auf die Veranda.

„Wir wappnen uns für die Schlacht", erwidere ich, und die anderen lachen.

„Wie bitte?"

„Wir bereiten uns mental auf das vor, was da gleich passiert", erklärt Landon und zieht seine Frau neben sich auf die Schaukel. „Vielleicht sollten wir besser nicht reinkommen."

„Habt ihr etwa Angst?" Sie schnaubt, doch dann sieht sie uns genauer an. „Ihr habt tatsächlich Angst."

„Das haben wir nicht gesagt", verteidigt Jake sich und hebt die Hände. „Aber vielleicht sollten wir euch Mädels einfach euren Spaß lassen."

„Drei starke, gestandene Kerle haben Angst vor einer Baby-Party." Sie verzieht das Gesicht und steht auf. „Kommt, Jungs. Niemand von uns beißt."

„Wie schade", murmelt Landon und zwinkert Cami zu. „Okay, dann mal los."

Wir gehen ins Haus und bleiben alle drei abrupt im Foyer stehen.

„Das sieht hier aus, als wäre ein Baby explodiert", flüstert Jake.

Überall hängen rosa und blaue Luftschlangen. Mindestens ein Dutzend Kartons mit Windeln stehen an einer Wand, und der Tisch ist mit rosa und blauen Geschenketüten übersät.

„Da sind wirklich winzige Babys in den Drinks", stelle ich erstaunt fest, und Landon nickt.

„Hab ich doch gesagt. Das ist alles nicht normal."

„Du bist da!" Addie steht auf und watschelt auf Jake zu. „Wie schön. Ich bin hungrig."

„Du bist in letzter Zeit ständig hungrig." Jake küsst sie auf die Nasenspitze. „Habt ihr Spaß?"

Sie nickt glücklich, während ich mich nach Kat umsehe. Ich kann sie nirgends entdecken.

„Wo ist Kat?", frage ich daher.

„Mit Mia in der Küche. Vorsicht, Mia wird immer so ausfallend, sobald jemand ihre Küche betritt."

„Meine Schwester, wie sie leibt und lebt", meint Landon lachend. „Komm, ich gebe dir Geleitschutz."

Ich folge Landon in die Küche und bleibe erneut abrupt stehen. Kat hat ein Baby auf der Hüfte sitzen, schäkert und lacht mit ihm. Mia zieht gerade etwas aus dem Ofen, und Riley sitzt an der Kücheninsel und trinkt den Wein direkt aus der Flasche.

„Na, hier ist ja ordentlich was los." Ich lächele, als sich alle zu mir herumdrehen. „Hallo."

„Hallo." Kat schnappt sich das Kind und kommt zu mir. „Das ist Henry. Er ist Cicis Jüngster."

„Hallo, ich bin Cici", ruft eine zierliche Frau, die neben Riley sitzt. „Ich konnte keinen Babysitter für ihn finden, deshalb habe ich ihn mitgebracht. Er ist der Pflegeleichteste von meiner Bande."

„Bande?", frage ich entsetzt.

„Sie hat vier Kinder", erklärt Kat und küsst Henry auf die Wange. „Und ich hab mich in diesen kleinen Kerl verliebt."

Ich beuge mich vor und flüstere ihr ins Ohr: „Du magst doch keine Kinder, schon vergessen?"

„Ach, mit ihm ist das etwas anderes. Guck dir doch mal diese Wangen an!"

Henry klatscht seine kleinen Hände zusammen.

„Essen ist fertig", verkündet Mia.

„Bist du hungrig?", will Kat wissen. Ihre braunen Augen leuchten, und ihre Wangen sind gerötet von der Hitze in der Küche, und mit dem Baby auf dem Arm sieht sie irgendwie … herzerwärmend aus. Am liebsten würde ich sie mir schnappen und nach Hause bringen, damit ich sie die ganze Nacht lang lieben kann. Würde ihr sagen, dass sie zu mir gehört, und zwar für immer.

Zum ersten Mal in meinem Leben kann ich mir vorstellen, eine eigene Familie zu gründen.

Sie neigt den Kopf zur Seite. „Mac?"

„Am Verhungern", antworte ich schnell und streiche ihr eine Locke hinters Ohr. „Ich bin am Verhungern."

„Es ist mir egal, was du sagst, aber ich werde hier keinem Baby eine Windel anlegen, weder mit verbundenen Augen noch sonst wie", sagt Jake gerade, als wir uns zu den anderen an den Esstisch gesellen. Addie lacht, und Cami sieht genervt aus.

„Musst du aber", sagt sie. „Das gehört zu einer Baby-Party. Alle Männer müssen ein Baby wickeln."

„Ich bin raus", stellt Landon klar. „Ich werde mit Begeisterung Windeln wechseln, wenn wir irgendwann ein Baby bekommen, aber ich mache das nicht aus Jux."

„Da bin ich auch raus", pflichte ich ihm bei und nehme Kats Hand.

„Deshalb werden Kerle normalerweise nicht zu Baby-Partys eingeladen", stellt Riley fest. „Die verstehen einfach keinen Spaß."

„Also gut. Aber beim Schokoriegel-Raten müsst ihr mitmachen."

„Das ist kein Problem", meint Jake.

„Sie sind auf Windeln geschmolzen worden und sehen aus wie Kacke", fügt Mia hinzu. „Ziemlich eklig."

„Wieso müssen wir überhaupt irgendwas spielen? Ich dachte, das hättet ihr schon vorhin gemacht", wirft Jake ein. „Ich bin der Dad, ich finde, ich habe Mitspracherecht."

„Na schön", meint Cami seufzend. „Dann sprich."

„Sehr gern. Keine Spiele!"

Er klatscht sich mit Landon und mir ab, ehe er seine Frau anlächelt. „Dad zu sein ist cool."

„Typisch Mann." Riley verzieht das Gesicht. „Will alles kontrollieren und redet wirr daher." Sie trinkt noch einen Schluck aus ihrer Weinflasche.

„Sollten wir uns um Riley Sorgen machen?", frage ich Kat leise. Sie gibt mir einen Kuss auf die Wange.

„Wie süß von dir. Sie ist okay."

„Ich bin okay", ruft Riley, die mich gehört hat. „Aber Männer sind echt scheiße."

„Alle Männer, oder gibt es einen bestimmten Kerl, auf den wir sauer sind?", fragt Landon. „Muss ich jemanden verprügeln?"

„Ich will darüber nicht reden", antwortet Riley, aber Mia gibt gern Auskunft.

„Sie war mit einem Typen aus, der es nicht für nötig hielt zu erwähnen, dass er verheiratet ist."

„Was?", frage ich.

„Stimmt", erklärt Riley. „Ich hab diesen Idioten online kennengelernt, und wir haben uns auf einen Drink verabredet. Er hat mir am Telefon gesagt, er sei kürzlich geschieden worden, was ja an sich schon ein Warnsignal ist. Aber ich dachte mir, ich gehe mal wieder aus, damit ich nicht völlig aus der Übung komme, was Dates angeht."

„Gute Idee." Addie tätschelt Rileys Schulter.

„Und als wir gerade unsere Drinks bestellt hatten, meinte

er: ‚Also, ich muss dir ein Geständnis machen. Ich bin noch gar nicht geschieden.'"

„Und ich denke natürlich, dass er getrennt ist und gerade in Scheidung lebt … Klar, oder?"

Wir anderen nicken.

„Aber nein. Er hat ihr noch nicht einmal gesagt, dass er sich scheiden lassen will. Sie haben Kinder. *Kinder*. Und dann besitzt er die Frechheit zu sagen: ‚Ich hoffe, das ist jetzt kein Hinderungsgrund für weitere Treffen.'"

„Was für ein Arschloch." Cami schüttelt den Kopf.

„Also sage ich: ‚Doch, das ist ein Hinderungsgrund', und stehe auf, um zu gehen."

„Gut gemacht", rufe ich.

„Oh, das ist noch nicht alles!"

„Noch lange nicht", wirft Kat ein. „Möchtest du noch mehr Wein, Schätzchen?"

„Nein, ich spüre meine Füße schon nicht mehr", erwidert Riley. „Also, wie gesagt, ich stehe auf, um zu gehen, da sagt er: ‚Du hast deinen Drink noch gar nicht bezahlt.'"

„Wie bitte?", hakt Landon nach.

„Genau so ist es gewesen", meint Riley. „Also sage ich zu ihm: ‚Den kannst du bezahlen. Ich verschwinde.'"

„Sie ist noch nicht fertig", sagt Mia, als Landon etwas sagen will.

„Ja, da antwortet er doch glatt: ‚Meine Frau kontrolliert unsere Konten. Ich kann die Rechnung nicht bezahlen.'"

„Er wollte, dass du seinen Drink mitbezahlst?", will Cici wissen. „Das habe ich vorhin gar nicht mitbekommen."

„Bitte sag mir, dass du das nicht getan hast", sage ich.

„Natürlich nicht. Ich bin zur Bar gegangen, habe meine Rechnung beglichen und bin ohne ein weiteres Wort verschwunden."

„Sie ist immer noch nicht fertig", wirft Kat ein.

„Ich komme also nach Hause", fährt sie fort, „und da habe ich schon eine Nachricht von ihm." Sie greift nach ihrem Handy und scrollt, bis sie sie gefunden hat. „Ich zitiere: ‚Ich hätte dir nicht von meiner Frau erzählen sollen. Das hat dich offensichtlich aufgeregt. Können wir es nicht noch einmal versuchen und so tun, als wäre das nie passiert?'"

„Ach, du Scheiße", murmelt Landon.

„Also habe ich online ein bisschen nachgeforscht."

„Jetzt wird es richtig gut", freut sich Cami.

„*Jetzt* wird es gut?", fragt Jake ungläubig.

„Glaub mir", erwidert Cami.

„Er hatte mir seinen Nachnamen genannt, also habe ich ihn auf Facebook gefunden. Das war nicht weiter schwer." Sie wedelt mit der Hand, als wäre es nichts. „Und seine Frau habe ich auch gefunden."

„Oh Gott." Landon reibt sich die Augen.

„Ich bin richtig stolz auf dich, Riley", sagt Mia grinsend.

„Da habe ich ihr mal eine kleine Nachricht geschickt."

„Die arme Frau", murmelt Kat.

„Hat sie geantwortet?", will ich wissen. Die Geschichte ist echt faszinierend.

„Ja", sagt Riley und nimmt noch einen Schluck aus der Flasche, was mich zusammenzucken lässt. „Sie meinte, das Ganze würde sie nicht überraschen. Und ich sei auch nicht die Erste, die ihr solch eine Geschichte erzählen würde. Ich habe ihr versichert, dass ich absolut *nichts* mit ihrem Mann zu tun haben will, und sie hat sich bei mir bedankt. Das war's. Ich hoffe, sie verlässt ihn."

„Ich hoffe, sie schneidet ihm vorher im Schlaf den Schwanz ab", sagt Mia, was uns drei Männer aufschreien lässt. „Er hat es verdient."

„Also, die Moral von der Geschichte ist, dass ich durch bin. Ich bin durch mit Männern."

„Heißt das, du stehst jetzt auf Frauen?", will Jake wissen, was Addie mit einem Ellenbogenstoß in die Seite quittiert. „Was ist?"

„Nein, es heißt, dass ich jetzt Single bleibe. Mein Job, meine Freunde, meine Familie, das ist das Einzige, was zählt."

„Wir lieben dich", sagt Cami.

„Und die Männer können mich mal." Riley leert ihre Weinflasche und stellt sie zur Seite. „Ich habe noch gar nichts gegessen."

„Du warst ja auch zu beschäftigt damit, deine Geschichte zu erzählen", erwidere ich. „Aber du solltest was essen, um den Wein aufzusaugen."

„Ich frage mich, ob der Wein Hühnchen mag", überlegt Riley und nimmt einen Bissen.

„Sie ist witzig, wenn sie einen im Kahn hat", meint Kat. „Aber sie tut mir leid. Es war gestern ein schlimmer Abend für sie."

„Du weißt aber schon, dass nicht alle Männer Arschlöcher sind, oder?", fragt Landon.

„Ich glaube, Cami, Addie und Kat haben die einzig netten abbekommen", meint Mia. „Riley und ich haben immer so ein verdammtes Pech."

„Meiner ist auch ganz brauchbar", wirft Cici ein. „Ihr zwei werdet auch noch den Richtigen finden. Ihr müsst einfach nur einen Haufen Frösche küssen, ehe ein Prinz darunter ist."

„Mein Prinz hat sich verlaufen", jammert Riley.

„Und ist zu stur, um nach dem richtigen Weg zu fragen", fügt Mia hinzu.

„Das Essen schmeckt köstlich", sagt Mom am nächsten Abend. Nachdem ich Kat von meinem Telefonat mit Dad erzählt habe, hat sie vorgeschlagen, Mom und Chase zum Abendessen einzuladen, damit wir uns selbst davon überzeugen können, wie es ihr geht.

Offen gestanden hat sie seit Jahren nicht so gut ausgesehen.

Wir sitzen auf der Terrasse und genießen die Steaks, die ich gegrillt habe, zusammen mit den Salaten, die Kat zubereitet hat, und einer Flasche Oregon Pinot Noir.

„Das ist ein ausgesprochen guter Wein." Chase begutachtet das Etikett. „Wir sollten mal eine Tour zu dem Weingut organisieren."

„Es ist privat", sagt Kat. „Dort gibt es weder Weinverkostungen noch Touren."

„Hm", meint Chase. „Ich frage mich, ob sie vielleicht eine Ausnahme machen und etwas Besonderes veranstalten würden."

„Du könntest es versuchen", ermuntert Mom ihn. „Die Antwort ist immer Nein, wenn du nicht fragst."

„Das haben meine Eltern auch immer gesagt", sagt Kat.

„Leben deine Eltern hier in Portland?", fragt Mom.

„Ja, aber sie verbringen die meiste Zeit in Los Angeles. Sie arbeiten dort in einem Labor."

„Bist du mit ihnen nach L. A. gefahren, als du ein Kind warst?", will Chase wissen.

„Ich bin überall mit ihnen hingereist", antwortet sie lächelnd. „Meine Eltern waren sehr streng, wenn es ums Lernen und um Leistung ging, ansonsten hatten wir aber viel Spaß. Als ich zwölf war, wollten sie, dass ich das Polarlicht kennenlerne, also sind wir nach Alaska gefahren, damit ich es in natura erleben kann und nicht nur darüber lesen muss."

„Wow", meint Chase.

„Ich dachte, du wärst noch nie vorher geflogen?", hake ich nach.

„Bin ich auch nicht. Wir sind mit dem Auto gefahren." Sie zuckt mit den Schultern, als wäre das nichts Besonderes. „Wir sind überall hingefahren. Es gehörte zu meiner Ausbildung. Es war eine ungewöhnliche Art aufzuwachsen, aber ich habe viel gelernt."

„Das glaube ich gern", sagt Mom. „Chase und Mac waren auch immer gut in der Schule."

„Nur ich", widerspricht Chase. „Mac war eher Durchschnitt. Viel zu sehr damit beschäftigt, Basketball zu spielen."

„Man muss Prioritäten setzen."

„Sollte man nicht eher die richtige Balance finden?", fragt Kat.

„Ich finde, ihr beiden ergänzt euch richtig gut." Mom zwinkert mir zu.

„Wie war Mac als Kind?", fragt Kat und sieht mich glücklich an.

„Er hat mich ständig genervt", antwortet Chase.

„Er war ein lieber Junge", widerspricht Mom und wirft Chase einen tadelnden Blick zu. „Als er klein war, war er ziemlich still. Heute bedauere ich, dass ich nicht mehr mit ihm geredet und unternommen habe. Aber er war ganz zufrieden damit, allein zu spielen. Dann hat er das Basketballspielen entdeckt, und das hat ihn aus seinem Schneckenhaus herausgeholt."

Leicht nervös rutsche ich auf meinem Stuhl hin und her. Die Unterhaltung ist mir unangenehm.

„Er war ein richtig guter Sportler", fährt Mom fort.

„Er hatte sogar Stipendien", wirft Chase ein.

„Beeindruckend", sagt Kat.

„Nicht wirklich", entgegne ich. „Ich war ein guter Highschool- und College-Spieler, aber für eine Profikarriere hätte es niemals gereicht. Dafür bin ich zu klein. Ich war mittelmäßig."

„Trotzdem, ich war stolz auf dich", beharrt Mom.

„Hast du auch Sport gemacht, Kat?", will Chase von ihr wissen, und sofort schaut sie zu mir.

„Äh, nein."

„Na ja ...", beginne ich, doch sie unterbricht mich.

„Nein", wiederholt sie, und ich lehne mich zurück, nippe an meinem Wein und grinse sie an. Ich werde ihr Geheimnis heute Abend nicht verraten.

Kurz darauf sind wir mit dem Essen fertig, die Teller sind abgeräumt, und wir sitzen um den Kamin herum und trinken Wein.

„Was für eine wunderschöne Terrasse." Mom lächelt. „Ich würde ganz hier draußen leben."

„Ich finde sie auch fantastisch", sagt Kat. „Mac liest mir hier manchmal etwas vor."

„Moment ..." Chase hebt eine Hand und stellt sein Glas zur Seite. „Mac liest dir was vor?"

„Ja, öfter mal." Kat nickt. „Es ist romantisch."

„Das ist ja ein Ding!" Chase schüttelt den Kopf. Ich weiß, damit wird er mich jetzt noch jahrelang aufziehen.

„Hast du eine Freundin?", will Kat von Chase wissen.

Er hebt eine Augenbraue. „Zurzeit nicht."

„Na, dann lass dir raten: Wenn du einer Frau etwas vorliest, gewinnst du sie. Es ist sexy, süß und viel besser, als zusammen Sportübertragungen zu gucken."

„Sag nichts gegen Sportsendungen", wehrt sich Chase grinsend.

„Ich hätte nichts dagegen, wenn meine beiden Jungs eine Familie gründen würden", meint Mom. „Ich würde so gern ein paar Enkelkinder verwöhnen. Vor allem würde ich mich freuen, wenn die beiden ihr Glück fänden."

„Guck nicht mich an", sagt Chase sofort und hebt abwehrend beide Hände. „Ich bin glücklich ohne Kinder."

„Wie ist es mit dir, Mac?", hakt Mom nach.

Ich schaue zu der Frau, in die ich mich verliebt habe. „Wer weiß. Mit der richtigen Frau könnte ich mir alles vorstellen."

Kat reißt die Augen auf, springt auf und wechselt hastig das Thema: „Wer möchte noch einen Nachtisch?"

„Ich." Chase strahlt sie an, und Kate geht in die Wohnung hinunter, um den Erdbeerkuchen zu holen, den sie vorhin gemacht hat. „Ich mag sie."

„Sie ist großartig", sagt Mom voller Zuneigung. „Ich freue mich riesig, dass ihr euch gefunden habt."

„Ja, wehe du verkackst es", warnt Chase mich, erntet dafür aber einen tadelnden Blick von Mom. „Wir wissen doch alle, dass du immer davonläufst, sobald es ernst zu werden beginnt."

„Dieses Mal nicht", erwidere ich gerade in dem Moment, als Kat wieder auf die Terrasse kommt. „Dieses Mal bestimmt nicht."

„Wach auf", flüstert Kat mir direkt ins Ohr und reißt mich aus dem Schlaf. „Ich möchte dir etwas zeigen."

„So beginnen wir in letzter Zeit häufig den Tag", antworte ich und reibe mir übers Gesicht. „Aber normalerweise wecke ich dich."

„Ich habe gar nicht geschlafen", meint sie achselzuckend.

„Das passiert mir manchmal. Aber du musst dir diesen Sonnenaufgang ansehen."

Stirnrunzelnd komme ich hoch und ziehe mir ein Paar Shorts an. „Warum hast du nicht geschlafen?"

„Weil ich nicht abschalten konnte. Das habe ich öfter."

„Seit ich dich kenne, nicht."

Sie hält inne und kaut nachdenklich auf ihrer Unterlippe herum. „Stimmt. Neben dir schlafe ich eigentlich immer gut. Ich weiß nicht, ich hatte einfach so viel im Kopf letzte Nacht."

Ich ziehe sie an mich und schlinge die Arme um sie. „Alles okay?", flüstere ich.

„Mir geht es großartig", antwortet sie, aber sie entzieht sich mir nicht. Stattdessen schlingt sie die Arme um meine Mitte und presst den Kopf an meine Brust. Ein himmlisches Gefühl. „Aber ich möchte wirklich, dass du dir das anschaust, ehe es vorbei ist."

„Okay, dann lass uns gehen."

Sie nimmt meine Hand und tritt mit mir hinaus auf die Terrasse. Vom Geländer aus betrachten wir den Himmel, der in einer Farbenpracht aus Orange, Rot und Lila leuchtet.

„Dafür hat es sich gelohnt, geweckt zu werden." Ich gebe Kat einen Kuss und lächele sie an. „Warst du die ganze Nacht hier draußen?"

Sie nickt. „Ich habe gelesen."

„Dachte ich mir. Möchtest du jetzt ins Bett?"

Lächelnd schüttelt sie den Kopf. „Nein, ich möchte irgendwo einen Kaffee trinken gehen."

Sie scheint glücklich zu sein, und dafür, dass sie keinen Schlaf bekommen hat, wirkt sie ausgeschlafen und voller Energie. Es ist bezaubernd.

„Was immer du möchtest." Ich gebe ihr einen zärtlichen Kuss.

„Und dann möchte ich hierher zurückkommen und dich lieben."

„Perfekt."

15. Kapitel

Kat

„Was für ein höllischer Tag", stöhnt Mia, als sie sich an der Bar auf den Hocker neben Riley plumpsen lässt. Sie stützt die Ellenbogen auf dem glatten Holz der Theke ab. „Grauenvoll."

„Wem sagst du das." Riley nippt an ihrem Wein. „Wenn diese Woche noch ein einziges Arschloch versucht, die Zeche zu prellen, gehe ich ihm an die Gurgel."

„Das wäre nicht gerade gut für unser Image." Ich schüttele den Kopf. „Ich sehe die Schlagzeile schon vor mir: *Restaurantbesitzerin und Marketingmanagerin wegen tätlicher Attacke angeklagt.*"

„Hey, wahrscheinlich würden dann noch mehr Gäste zu uns kommen", behauptet Mia grinsend. „Kann ich bitte ein Glas Wein haben?"

„Natürlich." Als ich mich umdrehe, um Mia ein Glas einzuschenken, summt das Handy in meiner Tasche.

Wie war dein Tag?

Ich lächele und reiche Mia ihren Wein.
„Das war von Mac", informiert Riley uns alle.
„Woher weißt du das?", frage ich.
„Sieht man an deinem liebeskranken Grinsen."

Langer Tag. Bin froh, wenn er vorbei ist.

Hast du was dagegen, wenn ich ein bisschen in deine Wohnung gehe?

Ich zucke mit den Schultern. *Mach's dir gemütlich. Schlüssel liegt unter der Matte.*

Ich schicke die Nachricht ab, und da wir gerade Feierabend gemacht und abgeschlossen haben, schenke ich mir auch einen Wein ein und setze mich zu meinen Freundinnen. „Ich liebe meinen Job, das wisst ihr."

„Tun wir doch alle", sagt Mia.

„Aber heute war kein guter Tag."

„Zwei Zechpreller, ein Kellner, der betrunken zur Arbeit gekommen ist", klagt Riley. „Was noch?"

„Mir ist eine Souschefin davongelaufen." Mia runzelt die Stirn. „Sie war beleidigt, weil ich das Steak, das sie zu lange gebraten hatte, auf den Boden geworfen habe."

„Gordon Ramsay, dieser fiese Fernsehkoch, ist ja noch harmlos gegen dich", erkläre ich und schüttele den Kopf. „Sie hat geweint."

„Sie ist eine Idiotin", murmelt Mia. „Ich muss ja wohl von meinem Personal erwarten, dass es kompetent ist? Wir sind wirklich nicht billig, und die Leute kommen her, um das zu essen, was sie bestellt haben, und zwar so, *wie* sie es bestellt haben. Es wird teuer, wenn man es versaut."

„Da hast du sicher recht", sagt Riley. „Aber manchmal könntest du ein bisschen ... sanfter sein."

„Scheiß drauf."

„Oder auch nicht", werfe ich lachend ein.

„Was war bei dir heute los?", fragt Riley.

„Oh, weißt du das noch gar nicht?"

„Nein."

Ich tue etwas, was ich noch nie getan habe: Ich stürze meinen Wein auf ex herunter. Dann schaue ich meine Freundinnen an. „Grace ist schon wieder nicht aufgetaucht. Das ist jetzt das dritte Mal, wenn ich den Abend mitzähle, an dem sie sich wegen ihres kranken Kindes abgemeldet hat."

„Nimmt sie immer ihr Kind als Entschuldigung?", fragt Riley.

„Heute nicht. Sie ist einfach nicht gekommen."

„Unmöglich." Mia rollt mit den Augen. „Schmeiß sie raus."

„Sie ist alleinerziehende Mutter", werfe ich ein. „Ich kann sie nicht einfach rauswerfen."

„Mia hat recht, Kat. Sie meldet sich häufiger ab, als dass sie hier ist. Ich finde es edel, dass du ihr noch eine Chance geben willst, aber sie bemüht sich wirklich überhaupt nicht."

Ich seufze. „Ich weiß. Also gut, ich rufe sie morgen an und sag ihr, dass sie nicht mehr zu kommen braucht. Cami soll ihr einen Scheck für das noch ausstehende Geld zuschicken. Das bedeutet aber auch, dass ich jemand anderes einstellen muss, und solche Bewerbungsgespräche hasse ich noch mehr als Rosenkohl."

„Hey, was hast du gegen Rosenkohl?", beschwert sich Mia, was uns zum Lachen bringt. „Was ist noch passiert?"

„Reicht das nicht?"

„Um dich in solche Stimmung zu versetzen? Nein", stellt Riley fest.

„Sam war hier." Ich gehe hinter die Bar und schenke mir noch einen Wein ein. Dann fülle ich auch Mias und Rileys

Gläser wieder auf, während ich darauf warte, dass sie anfangen zu zetern.

Tun sie aber nicht. Sie starren mich nur an.

„Was ist?", frage ich schließlich.

„Was zum Teufel?", platzt Mia heraus. „Wen interessiert denn der? Du hast ihn seit zwei Jahren nicht gesehen."

„Und er war ein Arschloch."

„Ich weiß. Sam ist so was von egal."

Ehrlich, ich habe so gut wie gar nicht mehr an ihn gedacht, seit wir uns getrennt haben. Ich will ihn nicht. Ich lebe in einer glücklichen Beziehung. „Eigentlich gibt es keinen Grund, seinetwegen mies drauf zu sein, aber wenn man all den Mist von heute zusammenzählt ... tja, das hat mir echt die Laune verdorben."

„War er schon mal hier im Restaurant?", fragt Mia.

„Soweit ich weiß, nein."

„Was hat er gesagt?", will Riley wissen.

„Einfach nur: ‚Hallo, Kat. Nettes Lokal.' Und dann hat er sich mit seiner Tussi dort drüben an den Tisch gesetzt. Sie haben nichts gegessen, sondern nur was getrunken und sind dann wieder verschwunden. Ich sollte vermutlich den Tisch desinfizieren."

„Regst du dich ernsthaft wegen dieses Waschlappens auf?", fragt Mia entgeistert.

„Fuck, nein. Ich war nur so überrascht, als er hier reingeschlendert kam. Und da ich allein war, bin ich gerade wie verrückt durch die Bar gerast. Es war viel zu tun heute."

„Ich beschwere mich nie über zu viel Arbeit." Riley stößt mit mir an.

„Hat mich nur ein bisschen aus dem Gleichgewicht gebracht, das ist alles."

„Ich verstehe schon", meint Mia. „Wahrscheinlich ist Vollmond, oder die Venus steht in der Konstellation mit ... was weiß ich ..."

„Kann sein", pflichtet Riley ihr bei. „So, ich bin weg."

„Ich auch", sagt Mia. „Und auch wenn es euch total schocken wird: Ich denke, ich nehme mir morgen frei."

„Wie bitte?", frage ich überrascht.

„Ich brauche mal einen Tag für mich", sagt Mia achselzuckend. „Ich habe ja höchstens einen freien Tag pro Monat."

„Du solltest dir definitiv mehr Freizeit gönnen." Ich schalte auf dem Weg zur Eingangstür das Licht aus.

„Soll ich dich nach Hause fahren?", fragt Mia.

„Danke." Erfreut steige in ihren Wagen. „Normalerweise macht mir das Laufen nichts aus, aber heute bin ich echt fertig."

„Müde auch?", fragt sie.

„Nein, eigentlich nicht müde."

Während des kurzen Weges zu meiner Wohnung schweigen wir. Als sie parkt, dreht sie sich zu mir und zieht mich zu meiner Überraschung in die Arme. Das ist ungewohnt, Mia ist sonst nicht sonderlich gefühlsbetont.

„Alles okay mit dir, Mia?"

„Ich bin irgendwie komisch drauf." Sie lehnt sich wieder zurück. „Und manchmal brauchen sogar so kaltherzige Biester wie ich eine Umarmung."

„Du bist weder kaltherzig noch ein Biest", kontere ich sofort. „Du bist einfach unglaublich, auch wenn das nicht alle Menschen begreifen."

„Danke, dass du mich verstehst."

„Gern geschehen. Danke fürs Mitnehmen."

Ich winke ihr nach, als ich ins Haus gehe, und spüre, wie ich im Fahrstuhl die Schultern sacken lasse. Es war ein verdammt langer Tag. Erschöpft gehe ich den Flur entlang zu meiner Wohnung. Als ich eintrete, bleibe ich sofort abrupt stehen.

„Hallo, Rotschopf."

„Hallo."

Mac wartet mit einem Glas Wein in der Hand und einem Lächeln auf den Lippen auf mich. Er gibt mir einen zärtlichen Kuss und nimmt meine Hand.

„Komm mit."

Er führt mich ins Badezimmer.

„Oh mein Gott."

„Du brauchst dich nur noch auszuziehen und ins Wasser zu steigen."

Aber ich kann mich gar nicht rühren. Das Bad wird nur von Kerzen erleuchtet, ungefähr ein Dutzend, die überall verteilt sind. Die Badewanne ist mit heißem Wasser gefüllt, und ich rieche den Orangenölduft, den ich so gern mag.

Auf einem Hocker neben der Wanne liegt mein E-Reader. Mac stellt das Weinglas dazu und zieht mich in seine Arme.

„Gefällt es dir?"

„Nur einem Idioten würde das nicht gefallen." Ich schmiege mich eng an ihn. „Danke."

„Gern geschehen. Aber ich denke, du findest es noch schöner, wenn du erst in der Wanne liegst."

Er lächelt mich an, löst sich von mir und hilft mir, mich auszuziehen und in die Wanne zu steigen.

„Oh Gott, das ist himmlisch."

„Nicht zu heiß?"

„Es ist genau richtig." Ich lasse mich tiefer ins Wasser gleiten, schließe die Augen und spüre, wie der Stress von mir abgleitet. „Kann sein, dass ich gleich einschlafe."

„Hauptsache, du ertrinkst nicht." Mac dreht meine Haare zu einem Dutt zusammen, damit sie nicht nass werden.

„Du kannst das ja richtig."

„Es macht mir Spaß, dich hin und wieder zu verwöhnen. Du bist so unabhängig, dass diese Augenblicke ein besonderes Vergnügen darstellen."

Ich bin einen Moment lang still, während er das Badewannentablett mit dem Wein und dem Reader vor mich stellt und mich an der Stirn küsst.

„Danke", flüstere ich.

„Gerne. Ich bin im Wohnzimmer, wenn du noch was brauchst."

Lächelnd verlässt er das Zimmer, während ich einfach nur daliege und auf den Wein starre, dessen goldener Inhalt im Schein der Kerzen schimmert. Ich würde gern lesen, aber meine Arme sind müde, und das heiße Wasser ist wie ein Kokon. Ich will die Arme gar nicht rausnehmen.

Während ich das Wasser genieße, denke ich über den Abend nach. Warum hat es mich derart aus der Bahn geworfen, einen Ex-Freund zu treffen, an den ich ewig nicht mehr gedacht und den ich seit der Trennung nicht mehr gesehen habe?

Sam war nicht gerade das netteste Exemplar von Mann. Der Sex mit ihm hat Spaß gemacht, aber er war kritisch und launisch, und ihm gefiel mein Stil nicht. Es hat nicht lange gedauert, bis klar war, dass er nicht der Richtige für mich ist. Ihn zu verlassen fiel mir total leicht. Seitdem hatte ich keine feste Beziehung mehr ... bis jetzt.

„Und Mac ist alles, was Sam nicht war", flüstere ich, während ich das Wasser von meinen Händen tropfen lasse. „Sam hätte niemals etwas derart Nettes für mich getan."

Mac ist zärtlich und liebevoll. Himmel, seit ich ihn in diesem gottverdammten Flugzeug getroffen habe, hat er mich getröstet und beruhigt wie noch keiner vor ihm. Ich weiß nicht, wie er es schafft, aber er weiß immer, was ich brauche.

Er beruhigt mich.

Du lieber Himmel, wenn ich mit ihm zusammen bin, kann ich sogar schlafen.

„Manchmal weiß man erst, in was für einer lausigen Beziehung man gesteckt hat, wenn man sich in einer richtig guten befindet", überlege ich und muss lächeln. Zum ersten Mal in meinem Leben bin ich jemandem begegnet, der weiß, wie er mich besänftigen kann, ohne mich fragen zu müssen. Jemandem, der weiß, wie er meinen Geist zur Ruhe bringen kann.

Der weiß, wie er mich lieben kann.

Auch wenn er es mir noch nicht gesagt hat, zeigt er mir jeden Tag, dass er mich liebt. Und ich liebe ihn auch.

Ich liebe ihn so sehr, dass es schon fast wehtut.

Und ich will ihn. Jetzt sofort.

Ich schiebe das Tablett ans Ende der Wanne und stehe auf. Das Wasser rinnt an meinem Körper hinab, und mir wird ein wenig kalt, aber das ist mir egal. Ich steige aus der Wanne und gehe, ohne mich abzutrocknen, ins Wohnzimmer, auf der Suche nach Mac.

Wassertropfen laufen an mir hinab, ich bekomme eine Gänsehaut, und meine Brustwarzen richten sich auf. Es stört mich nicht im Geringsten, dass ich alles nass tropfe.

Ich will einfach nur Mac.

Er sitzt auf meinem Sessel und liest ein Buch. Als er mich kommen hört, schaut er auf, und seine Augen weiten sich, als er den Blick über meinen nackten, nassen Körper wandern lässt.

„Alles in Ordnung?"

Ohne ihm zu antworten, klettere ich auf seinen Schoß, schlinge die Arme um seinen Hals und küsse ihn. Ausgiebige, feuchte, leidenschaftliche Küsse, die uns beide atemlos machen.

„Kat?"

„Ich brauche dich", erwidere ich und setze mich rittlings auf ihn. „Ich brauche dich jetzt sofort."

„Ich gehöre dir, Baby." Er packt meinen Hintern, während ich den Reißverschluss seiner Hose aufziehe, seinen Schwanz umschließe und mich langsam auf ihn gleiten lasse. Uns beiden entfährt ein tiefer Seufzer. „Ich gehöre dir."

„Gott sei Dank, denn ich gehöre dir."

Zwei Tage später wünscht Mia mir eine gute Nacht, ehe sie mir zuwinkt und das Restaurant verlässt.

„Gute Nacht." Heute bin ich die Letzte, und auch ich werde gleich Feierabend machen. Es war zur Abwechslung ein guter Tag. Ich habe eine neue Barkeeperin eingestellt, viel schneller, als ich erwartet hätte. Sie fängt morgen an, und ich freue mich darauf, mit ihr zusammenzuarbeiten. Sie hat schon viel Erfahrung, und wenn der erste Eindruck nicht täuscht, werden wir viel Spaß miteinander haben.

Ich werfe den schmutzigen Lappen in den Wäschekorb unter der Spüle. Als ich mich wieder umdrehe, tritt Mac durch die Tür.

„Mia hat mich reingelassen", sagt er grinsend.

„Dachte ich mir."

Ich bin nicht im Geringsten überrascht, ihn hier zu sehen. Seit ich an jenem Abend aus der Badewanne gestiegen bin, hat er die Finger nicht mehr von mir lassen können.

Nicht, dass ich mich beschwere.

Und ich rede nicht nur von Sex, wobei es davon reichlich gegeben hat. Wann immer Mac in meiner Nähe ist, berührt er mich. Entweder hält er meine Hand, legt mir eine Hand auf den Rücken, auf den Schenkel, oder er spielt mit meinen Haaren.

Er ist ein sehr liebevoller Mann, und mir ist erst jetzt klar geworden, dass solche Art der Zuneigung in meinem Leben gefehlt hat.

„Wie war dein Tag heute?", fragt er und kommt um den Tresen herum. In seinen Augen blitzt Leidenschaft auf.

„Gut."

„Das freut mich zu hören." Er streckt die Arme nach mir aus, zieht mich an sich und umschlingt meine Taille, um seine Nase an meine zu stupsen. „Wie wäre es, wenn ich dir sage, er wird sogar noch besser?"

„Gewinne ich im Lotto?"

Er schüttelt den Kopf.

„Fahren wir wieder an den Strand?"

„Auch falsch geraten."

Mac schiebt die Hände unter mein T-Shirt und umschließt meine Brüste, bevor er sie durch den BH hindurch mit den Daumen neckt.

„Ich gebe auf. Was hast du vor?"

Er beugt sich näher zu mir, presst seine Lippen auf meine und flüstert: „Ich werde dich direkt hier in deiner Bar vögeln."

„Dagegen habe ich nichts einzuwenden!" Ich beiße in seine Unterlippe.

„Schön." Er dreht mich herum, zieht mir das Hemd über den Kopf und wirft es, zusammen mit meinem BH, auf den Tresen. „Stütz die Hände auf der Bar ab."

Gott, ich liebe es, wenn er mich so herumkommandiert. Sofort werde ich feucht, und ich spüre, wie mein Unterleib vor Verlangen pulsiert.

„Hattest du hier schon mal Sex, Kat?"

„Nein. Wir haben uns selbst die Regel gegeben, dass es verboten ist. Allerdings bin ich mir ziemlich sicher, dass die anderen sie bereits gebrochen haben."

„Wir werden es jetzt auf jeden Fall tun." Er lässt seine Hände über meinen nackten Rücken wandern, streicht meine Haare zur Seite und küsst mich am Nacken. Dann fährt er mir mit der Zunge über das Schulterblatt und beißt spielerisch zu. Gleichzeitig hebt er meinen Rock hoch, sodass er sich um meine Taille bauscht. „Hast du einen Slip an?"

„Nein", erwidere ich heiser. Mehr bringe ich nicht heraus. Himmel, das, was er bei mir anrichtet, müsste eigentlich verboten werden.

„Braves Mädchen", murmelt er, und als er meinen nackten Hintern vor sich hat, streichelt er erst beide Backen, ehe er mir einen Klaps versetzt, der gerade kräftig genug ist, um meine Aufmerksamkeit zu erregen.

„Brave Mädchen werden verhauen?" Ich blicke ihn über die Schulter an.

„Auf jeden Fall."

„Was für ein Glück für mich." Ich schnappe nach Luft, als er mir auch auf die andere Backe einen Schlag versetzt. Küsse wandern über meinem Rücken, Mac beißt mich in den Hintern und spreizt mir schließlich die Beine. Mit dem Gesicht in meinem Schoß vergraben treibt er mich leckend und saugend schier an den Rand des Wahnsinns.

Ich bin kurz davor zu kommen, als er aufhört und mich wieder herumwirbelt.

„Ich war so nahe dran."

„Wirst du gleich wieder sein." Er hebt mich auf den Tresen. „Ich werde dich jetzt hier nehmen."

„Gott sei Dank."

Seine Augen leuchten zufrieden auf. Er neckt mich, dringt mit den Fingern in mich ein, zieht sich zurück, reizt meine Klit und streicht über meine Lippen. Die Empfindungen, die er in mir auslöst, sind unglaublich. Ich habe das Gefühl, als würden kleine Stromstöße durch meinen gesamten Körper schießen.

Sogar meine Fingerspitzen kribbeln.

„Ich brauche dich, Mac."

Sein Blick wird noch leidenschaftlicher. „Sag das noch einmal."

„Ich brauche dich."

„Das hast du eben nicht gesagt."

Ich nehme sein Gesicht zwischen beide Hände. „Ich brauche dich, Mac."

„Jetzt?"

„Jetzt sofort. Bitte."

Er öffnet seine Hose, streift ein Kondom über und dringt tief und ungestüm in mich ein. Meine Beine hält er weit auseinander und sieht zu, wie er mich vögelt.

„Ich kann einfach nicht genug von dir bekommen", stöhnt er. „Ich will dich permanent. Das ist das Einzige, woran ich denken kann."

„Mac."

„Nicht nur das hier, sondern alles von dir. Ich kann einfach die Finger nicht von dir lassen."

Ich lächele und keuche im nächsten Moment auf, als er seinen Daumen auf meine Klit presst.

„Du gehörst mir, hast du verstanden?"

„Ja", erwidere ich. Ich kann nicht anders, ich muss irgendetwas beißen, weil er mich derartig erregt. Ich beuge mich über seine Schulter und grabe meine Zähne in sein Fleisch, so fest, dass kleine Abdrücke entstehen. „Dir."

„Mir", wiederholt er. „Fuck, ich komme gleich."

Auch ich bin kurz davor, spüre, wie sich meine Muskeln um ihn schließen, und stöhne auf, als Mac mit einem Schrei den Höhepunkt erklimmt.

Wir sind völlig verschwitzt, ringen nach Atem, doch wir sind mehr als befriedigt, als wir, noch immer fest umschlungen, langsam wieder in die Realität zurückkehren.

„Wollen wir nach Hause fahren?", fragt Mac.

„Nein. Ich bin hungrig." Ich küsse seinen Hals. „Versorge mich mit Essen."

„Dein Wunsch ist mir Befehl, Rotschopf."

„Was darf's sein?", fragt eine ältere Frau, deren Name laut Schildchen Flo ist. Wir sind in einem nahe gelegenen Diner, der rund um die Uhr geöffnet hat. Flo lässt eine Kaugummiblase platzen. Wie die Kellnerinnen in den Fernsehserien der Siebzigerjahre, denke ich schmunzelnd.

„Für mich bitte Pancakes, Schinken und einen heißen Kakao", antworte ich.

„Ich esse bei ihr mit." Mac reicht der Frau die Speisekarten.

„Bist du gar nicht hungrig?"

„Es ist Mitternacht", meint er. „Ein bisschen spät, um etwas zu essen."

„Ich hatte kein Abendessen", erkläre ich schlicht. „Und du hast dafür gesorgt, dass ich zusätzliche Kalorien verbrannt habe."

„Wir sollten dir ein paar Proteinriegel in die Handtasche stecken", sagt er. „Und ich könnte dir Smoothies bringen."

Ich schüttele kichernd den Kopf. „Mia kocht mir was, wenn ich sie darum bitte."

„Dann denk auch daran, sie darum zu bitten." Wir sitzen eng aneinandergeschmiegt auf der Bank. „War das heute Abend okay?"

„Ich glaube nicht, dass *okay* der richtige Ausdruck ist."

„Ich war nicht darauf aus, Lob einzuheimsen."

„Ich weiß." Ich verschränke meine Finger mit seinen. „Ich mache auch keine leeren Komplimente. Es war schön. Und sehr, sehr sexy."

„Gut." Er küsst mich an der Schläfe. „Du bist schön." Er fährt über die Tattoos auf meinem Arm.

„Ich schätze mal, dass du noch nie eine tätowierte Freundin hattest, oder?"

„Doch, ich war schon mit anderen tätowierten Frauen liiert", widerspricht er.

„Aber wahrscheinlich hatten die nicht solche Tattoos wie ich."

„Nein", gibt er zu. „Aber das liegt nicht daran, dass ich Probleme mit Tattoos habe. Überhaupt nicht."

„Na, da bin ich ja froh. Aber klar, wenn sie dich stören würden oder ein No-Go wären, hättest du sicher schon vor Wochen etwas gesagt."

Er verzieht das Gesicht und küsst die Rose auf meinem Unterarm. „Sie sind sehr schön."

„Danke."

„Was wäre für dich ein No-Go?", fragt er zu meiner Überraschung.

„Oh, jetzt willst du es aber wissen, was?"

„Ich glaube, darüber haben wir noch nie geredet. Aber jeder hat doch seine Prinzipien. Was wäre für dich nicht akzeptabel?"

„Ach, ich bin da ziemlich normal. Drogen. Untreue, ein Arschloch, das geht alles nicht."

„Das will ich doch hoffen", meint er. „Und da stimme ich mit dir überein."

„Wie ist es bei dir?"

„Schlangen."

„Schlangen?"

„Ja, ich könnte mit niemandem zusammen sein, der sich eine Schlange als Haustier hält."

„Mist, jetzt hast du meine Pläne durchkreuzt."

Er kneift mich lachend ins Ohrläppchen. „Wolltest du dir etwa eine Schlange anschaffen?"

„Nein, ich hasse die Viecher auch."

„Ach, ihr zwei Hübschen seid ja richtig süß", sagt Flo, als sie mein Essen bringt. „Wie lange seid ihr schon verheiratet?"

„Oh, wir sind nicht …", beginne ich, doch Mac unterbricht mich.

„So weit sind wir noch nicht", sagt er lächelnd.

„Frisch verliebt!" Flo seufzt gerührt. „Für Liebesgeschichten habe ich immer etwas übrig. Schön für euch beide. Lasst mich wissen, wenn ihr noch was braucht." Sie zwinkert uns zu, während ich über Macs Worte nachgrübele.

Noch nicht.

Eigentlich müsste ich jetzt in Panik geraten. Müsste ein paar Stunden allein verbringen, um mich selbst zu therapieren, aber zu meiner eigenen Überraschung brauche ich das gar nicht.

Ich gebe Mac lediglich einen Kuss und mache mich über die Pancakes her.

„Möchtest du probieren?" Ich halte ihm die Gabel hin. Er beißt ein Stück Pancake ab und küsst mich mit von Sirup klebrigen Lippen.

„Lecker."

„Mhm, sehr lecker."

Ich sollte ihm jetzt vielleicht sagen, dass ich ihn liebe, aber ich tue es nicht. Ich bin noch nicht so weit.

Noch nicht.

16. Kapitel

Mac

„Ich bin so froh, dass ich meine Tanzschuhe angezogen habe." Riley schaut auf ihre Füße.

„Diese Dinger haben meterhohe Absätze", erwidert Landon skeptisch. „Wie kannst du in denen überhaupt tanzen?"

„Sie sind wahnsinnig schön", verteidigt sie sich, als hätte er keine Ahnung. „Und meine Beine sehen darin fantastisch aus."

„Das stimmt", sagt Kat. Es ist Samstagabend, und wir feiern in Kats Geburtstag rein. Nur Jake und Addie fehlen. Sie haben lieber verzichtet, das Baby könnte jeden Moment kommen.

So ein Club ist wahrscheinlich nicht gerade der passende Ort für eine Hochschwangere, um einen draufzumachen.

„Addie sah heute großartig aus", meint Kat, als könnte sie meine Gedanken lesen. „Es war nett von ihr und Jake, uns alle zum Cupcake-Essen einzuladen."

„Cupcakes sind immer großartig", wirft Cami ein. „Und ich glaube, Addie lädt zurzeit ständig Leute ein, um eine Entschuldigung zu haben, Süßes zu essen."

„Außerdem ist es dein Geburtstagswochenende", mischt Mia sich lächelnd ein. „Da musste es doch Kuchen geben."

„Und Drinks", fügt Riley hinzu. „Aber nicht für unsere Schwangere."

„So, du arbeitest also mit Mac zusammen, Chase?", fragt Landon meinen Bruder, den ich überredet habe mitzukommen. Seit Mom bei ihm wohnt, wird er regelrecht zu einem alten Mann. Er musste mal wieder aus dem Haus.

„Ja, genau." Chase nickt. „Mac und ich haben schon diverse Firmen zusammen gehabt."

„Toll, dass das bei euch so gut klappt", meint Cami. „Ich glaube, ich könnte mit meinen Geschwistern nicht arbeiten. Wir würden uns gegenseitig umbringen."

„Wir haben auch unsere Schwierigkeiten, aber meistens läuft es ganz gut."

„Wie hast du es geschafft, uns hier im VIP-Bereich Plätze zu beschaffen?", will Kat von mir wissen, während wir an unseren Drinks nippen.

„Ich kenne den Eigentümer."

„Das hier ist eine gute Ecke." Riley blickt auf die Tanzfläche. „Wir können von hier aus alles überblicken, aber es ist nicht zu laut."

„Und die Bedienung ist sehr aufmerksam", bemerkt Kat. „Man braucht nicht eine Ewigkeit auf seine Drinks zu warten. Davor hatte ich Angst. Die Bar ist hier immer so unterbesetzt."

„Findest du?", fragt Chase. Wir tauschen einen Blick. Aktuell denken wir darüber nach, diesen Club zu kaufen. Er ist beliebt und, soweit wir das beurteilen können, ziemlich gut besucht. In den letzten drei Jahren hat er Gewinne erwirtschaftet.

„Früher waren wir häufig hier", sagt Mia. „Aber irgendwann hatten wir die Nase voll, weil man manchmal bis zu einer halben Stunde auf einen Drink warten musste. Daher ist es echt nett, jetzt mal im VIP-Bereich zu sitzen und eine persönliche Bedienung zu haben."

„Ich will tanzen", verkündet Riley plötzlich. „Kat, komm mit."

„Aber gerne doch." Sie kippen ihre Drinks runter, fassen

sich an den Händen und gehen hinüber zur Tanzfläche, wo sie anfangen, sich im Rhythmus der Musik zu bewegen.

„Die beiden haben schon immer gern getanzt", erzählt Cami grinsend. „Weißt du noch, Mia, damals auf dem College, als wir auf dieser Party waren, wo Kat und Riley auf dem Tisch getanzt haben?"

„Ich glaube, die haben an dem Abend fünfzig Dollar verdient", erinnert Mia sich lachend. „Und dafür brauchten sie sich noch nicht einmal auszuziehen."

„Es war köstlich." Cami lehnt die Stirn gegen Landons Schulter und lacht so heftig, dass sie zittert. „Natürlich hat Addie angeboten, einen Strip hinzulegen, aber sie hatte ja noch nie Probleme damit, sich auszuziehen."

„Ich wünschte, wir könnten alle so selbstsicher sein", seufzt Mia.

„Ihr solltet alle so selbstsicher sein", sagt Chase. „Jede Einzelne von euch ist hinreißend."

„Ich mag ihn", sagt Mia zu mir. „Du darfst ihn gern öfter mitbringen."

Im selben Moment kommt ein hochgewachsener Mann Anfang dreißig auf Mia zu und spricht sie an. Sie nickt und lässt sich von ihm zur Tanzfläche bringen.

„Oh, wow, ein heißer Typ, der heiß auf Mia ist", sagt Cami glücklich. „Der sieht attraktiv aus."

„Ja, das sagtest du schon", meint Landon und verdreht die Augen. „Und er sollte lieber aufpassen, wo er seine Hände auf meine Schwester legt, sonst kriegt er einen Tritt in den Arsch."

„Sie ist fast dreißig, Schätzchen", beruhigt Cami ihn und tätschelt seine Schulter. „Sie kann auf sich selbst aufpassen."

„Hey, was hast du denn eigentlich für Kat zum Geburtstag besorgt?", will Chase wissen.

„Noch gar nichts."

„Sie hat aber doch schon morgen", erinnert Cami mich.

„Ich weiß." Ich trinke einen Schluck Bier und beobachte meine Liebste, die auf der Tanzfläche mit dem Hintern wackelt. „Keine Angst, sie bekommt etwas ganz Besonderes."

„Seine Geschenke sind meist gar nicht schlecht", meint Chase.

„Es muss nichts Ausgefallenes sein; sie wird sich über alles freuen, allein schon deshalb, weil es von dir ist", wirft Cami ein. „Sie ist nicht sonderlich anspruchsvoll."

„Das kriege ich hin." Ich nicke und bestelle neue Drinks für Riley und Kat, als die Kellnerin wieder bei uns vorbeischaut.

„Seht ihr das?" Cami deutet zur Tanzfläche.

„Was?", fragt Landon.

„Diese Frauen da", erwidert sie. „Die da an der Seite stehen und Mia und den Typen, mit dem sie tanzt, beobachten."

„Ja", antworte ich. „Du meinst die Damen, die sich lieber etwas mehr anziehen sollten, oder?"

Cami schnaubt. „Ich dachte, Männer mögen es, wenn Frauen ihre Vorzüge zeigen."

„Es gibt eine Grenze zwischen sexy Outfit und nuttigen Klamotten." Chase schüttelt den Kopf. „Die Mädels da haben die Grenze eindeutig überschritten."

„Wie auch immer. Auf jeden Fall sehen sie nicht glücklich darüber aus, dass Mia mit dem Typen tanzt", fährt Cami fort.

„Sie will ihn ja nicht gleich heiraten." Landon mustert die Frauen eingehend. „Aber ich halte mal ein Auge auf sie."

Gerade als ich wieder zur Tanzfläche blicke, sehe ich, wie Riley und Kat Arm in Arm unseren Tisch ansteuern. Völlig außer Atem, aber strahlend kommen sie bei uns an.

„Oh, super, ihr habt für Nachschub gesorgt. Ich bin durstig", sagt Riley.

„Ich hätte euch wohl auch noch Wasser bestellen sollen", entgegne ich. „Das hilft gegen den Kater."

„Ich bekomme selten einen Kater." Riley zuckt die Achseln. „Ich weiß, es sieht aus, als würde ich viel trinken, weil ich mich auf der Baby-Party so abgeschossen habe und heute auch nicht gerade zurückhaltend bin, aber das stimmt nicht. Es war nur eine höllische Woche."

„Sie trinkt wirklich am wenigsten von uns allen." Cami nickt. „Du wirst jetzt also nicht zur Alkoholikerin?"

„Ne, ich muss nur ein bisschen Dampf ablassen." Riley lächelt, als Chase ihre Handtasche aufhebt, die auf den Boden gefallen war, und sie an ihre Stuhllehne hängt. „Danke, mein Schöner."

„Gern geschehen."

Sie lächeln sich an, und das Knistern zwischen ihnen ist nicht nur zu spüren, sondern scheint den ganzen Tisch zu erleuchten.

„Ich glaube, dein Bruder will sich an Riley ranmachen", sagt Kat nicht so leise, wie sie glaubt. „Guck doch, was er für Glupschaugen macht."

„Hey, ich mache keine Glupschaugen", widerspricht Chase lachend. „Aber ja, könnte sein, dass du recht hast."

„Lass es lieber", meint Riley. „Ehrlich, ich habe in letzter Zeit nicht gerade viel Glück, wenn es um das andere Geschlecht geht."

„Vielleicht ändert sich das ja", erwidert Chase.

„Wohl kaum." Riley zieht die Stirn in Falten und zerknüllt die Serviette zwischen ihren Händen. „Wenn ich du wäre, würde ich mich von mir fernhalten."

„Aber du bist ja nicht ich." Chase zuckt mit den Schultern. „Schauen wir einfach mal, was der Abend noch bringt."

„Hey, du, ich will mit dir reden!" Eine der spärlich bekleideten Frauen von der Tanzfläche baut sich auf einmal vor Mia auf. Flankiert wird sie von ihren beiden Freundinnen.

„Wo kommt ihr denn her?", fragt Kat, aber sie ignorieren sie.

„Was kann ich für euch tun?", fragt Mia.

„Du kannst deinen fetten Arsch von Carter fernhalten."

„Was hast du gerade gesagt?", hakt Kat nach und springt auf, um Schlampe Nummer eins entgegenzutreten.

„Ich hab ihr gesagt, sie soll ihren fetten Arsch von Carter fernhalten", wiederholt sie, die Hände in die Hüften gestemmt, während sie auf Kat herabblickt, die viel kleiner ist.

„Dein Ernst? Wer zum Teufel sagt das?", fragt Kat, als könnte sie nicht glauben, was sie da gerade gehört hat.

„Bist du behindert, oder was?", zischt die Schlampe. „Ich wiederhole mich nicht noch mal. Sag deiner fetten Freundin, sie soll von ihm wegbleiben. Er ist sowieso nicht an ihr interessiert."

„Halt du lieber deinen hässlichen Mund und verschwinde", sagt Kat ganz ruhig, die Arme vor der Brust verschränkt.

„Oder was?", fragt Schlampe Nummer zwei. „Willst du uns sonst etwa verprügeln?"

Die anderen Frauen wiegen mindestens dreißig Pfund mehr als Kat, hauptsächlich, weil sie größer sind, aber Kat weicht nicht zurück. Stattdessen beugt sie sich vor, als wolle sie den Frauen ein Geheimnis verraten.

„Ihr seid ein Haufen Scheiße und noch dazu potthässlich. Ich vermute mal, dass Carter die Schnauze voll hat, von euch verfolgt zu werden. Und jetzt verschwindet endlich."

Schlampe Nummer eins verpasst Kat eine schallende Ohrfeige, und noch bevor Chase, Landon und ich von unseren Stühlen aufspringen können, holt Kat aus und verpasst ihr einen präzisen Schlag auf die Nase. Er schleudert sie in die Arme ihrer überraschten Freundinnen.

„Ich habe euch gewarnt", sagt Kat, während die Frau versucht, sich wieder aufzurichten. Blut rinnt ihr über das Gesicht und auf ihr viel zu kurzes Kleid. „Ich mach euch alle fertig, wenn ihr euch jetzt nicht verdammt noch mal verzieht. Sofort!"

„Komm", sagt Schlampe Nummer drei und zieht die anderen beiden mit sich. „Das ist er nicht wert, Lydia."

„Ich liebe ihn!", schreit die, während ihre Freundinnen sie wegführen.

Kat dreht sich zu mir herum, um sich wieder zu setzen, und schüttelt ihre Hand. „Die blöde Kuh hat eine harte Nase."

„Du wolltest es echt mit allen drei aufnehmen?", stellt Chase erstaunt fest. „Das hätte einen ganz schönen Shitstorm ausgelöst."

„Um eins klarzustellen", sagt Kat, die nach diesem Adrenalinkick wieder nüchtern zu sein scheint. „Ich bin keine Jungfrau, die man aus einem Sturm retten muss. Ich bin der gottverdammte Sturm."

„Ja, das stimmt", sagt Cami. „Mit Kat sollte man sich besser nicht anlegen."

„Ich glaube dir", erwidert Chase und hebt ergeben die Hände.

Ich reibe meine eigene zitternde Hand über Kats Rücken. Ich weiß nicht, ob ich mich oder sie damit beruhigen will, aber ich weiß, dass ich bereit war, Kat zu verteidigen und der Frau einen Tritt in den Hintern zu verpassen. Dabei habe ich noch nie im Leben eine Frau geschlagen.

„Bist du okay?", frage ich Kat.

„Alles bestens." Sie blickt zu Mia, die an ihrem T-Shirt zupft und den Kopf gesenkt hält. Ich könnte vor Wut schreien.

„Bist *du* okay?", fragt Kat Mia, die nur nickt und dann mit den Achseln zuckt.

„Sie hat recht, er ist sowieso nicht an mir interessiert. Sie kann ihn haben."

„Ich begreife das nicht", mischt sich Landon ein. „Warum glaubst du so einen Scheiß? Das tust du schon dein Leben lang."

„Weil ich immer schon dieselbe Figur habe."

„Na und?", wirft Chase ein. „Ich bin nicht dein Bruder, also kann ich das ganz objektiv sagen. Ich sehe eine schöne, intelligente, erfolgreiche Frau vor mir. Du hast unglaublich tolles Haar. Deine Augen sind umwerfend und deine Kurven, offen gestanden, auch. Wir sind Männer, Schätzchen. Alle Frauen sind schön. Sicher, viele Menschen bevorzugen angeblich einen bestimmten Typ, aber ich glaube, selbst das ist Quatsch Der Kerl vorhin hat dich zum Tanzen aufgefordert, weil er dich heiß fand und weil er dich tanzen sehen wollte."

Mia starrt Chase mit offenem Mund an, als wäre ihm plötzlich ein zweiter Kopf gewachsen.

„Ich meine das ernst", fügt Chase hinzu.

„Ich mag ihn wirklich", sagt Mia schließlich. „Wenn Riley dich abblitzen lässt, darfst du es bei mir versuchen."

Chase zwinkert ihr zu, und Kat winkt die Kellnerin zu uns. „Darauf trinken wir!"

Sie schläft jetzt bereits seit zehn Stunden. Schon zweimal habe ich heute Morgen nach ihr gesehen, um mich davon zu überzeugen, dass sie noch atmet.

Kat schläft sonst nie so lange.

Ich sitze auf der Bettkante, halte ihre Hand und beobachte sie. Ich möchte, dass sie aufwacht, damit ich mit ihr reden und sie küssen kann.

Diese Frau schafft mich. Sie ist so unglaublich.

„Ich brauche Kaffee", sagt sie plötzlich, ohne die Augen zu öffnen.

„Den sollst du haben."

„Hör auf, so zu schreien", stöhnt sie. „Und zieh die Vorhänge zu. Es ist viel zu hell."

„Sie sind zu", flüstere ich und gebe ihr einen Kuss auf die Wange, bevor ich in die Küche husche und die Kaffeemaschine anstelle. Als ich mit einem Becher Kaffee zurückkomme, hat Kat das Gesicht in den Kissen vergraben. Ihr Haar ist ein einziges Durcheinander, völlig zerzaust und voller Haarnadeln, die sie heute Nacht nicht mehr rausgenommen hat. Sie war so betrunken, dass sie sofort eingeschlafen ist, als wir zu Hause waren.

Ihr Make-up ist verschmiert, Mascara klebt unter den Augen, und der rote Lippenstift ist auf der rechten Seite neben ihrem Mund verteilt.

Sie sieht total strubbelig und trotzdem heiß aus.

„Hör auf, so direkt über mir herumzulungern", stöhnt sie.

„Woher willst du wissen, dass ich das tue? Du hast die Augen zu." Ich stelle den Kaffeebecher auf den Nachtschrank und setze mich wieder.

„Warum schreist du so?" Sie öffnet ein Auge und sieht mich böse an. „Das ist nicht nett, und nötig ist es auch nicht."

„Ich schreie gar nicht." Ich lächele und beuge mich noch einmal vor, um ihr einen Kuss auf den Kopf zu geben.

„Oh Gott, lass mich in Ruhe." Sie dreht sich wieder auf

den Rücken und gibt merkwürdig schmatzende Geräusche von sich.

„Trockener Mund?"

„Hast du mir Wattebäuschchen zu essen gegeben?"

„Na klar, ich dachte, die magst du", erwidere ich scherzhaft und reiche ihr den Kaffeebecher. „Du musst dich schon hinsetzen, um zu trinken."

„Warum bist du so gemein?" Sie schiebt die Unterlippe zu einem Schmollmund vor, schafft es aber immerhin, sich aufzusetzen und sich gegen die Kissen zu lehnen. „Besser?"

„Besser." Ich gebe ihr den Becher und ziehe einen ihrer Füße unter der Decke hervor, damit ich ihn massieren kann.

„Oh, wie herrlich, das machst du wirklich gut."

„Hast du mir schon mal gesagt." Ich lächele und schaue ihr zu, wie sie an dem Kaffee nippt, die Fußmassage genießt und langsam aufwacht. Stirnrunzelnd öffnet und schließt sie die rechte Hand.

„Heilige Scheiße, habe ich gestern Abend tatsächlich ein Mädel geschlagen?"

„Ja, Rocky, hast du." Ich ziehe den anderen Fuß heraus und schenke ihm die gleiche Aufmerksamkeit.

„Sie hatte es verdient", murmelt Kat. „Aber verdammt, sie hatte wirklich eine harte Nase."

„Du hast mich mit deinem rechten Haken überrascht."

„Ist schon eine Weile her, dass ich den mal gebraucht habe", gibt sie zu und kneift die Augen zusammen, während sie ins Zimmer starrt. „Aber diese Tussi hat mich echt sauer gemacht."

„Na, das hoffe ich. Als freundliche Begrüßung wäre es nämlich ziemlich komisch gewesen."

„Ich verstehe Frauen nicht", sagt sie. „Und ich weiß, dass

du dich im Augenblick ziemlich obenauf fühlst, aber lass mich mal ausreden."

Meine Lippen zucken, doch ich halte den Mund und warte darauf, dass Kat fortfährt.

„Mia mag ja mega-taff aussehen und den Eindruck vermitteln, sie sei hart und ehrgeizig, aber sie hat das weichste Herz, das man sich vorstellen kann. Und wegen ihres Gewichts wird sie ihr Leben lang schon gehänselt."

Mit Tränen in den Augen sieht Kat mich an. „Frauen sind grässlich zueinander, und das beginnt schon ganz früh. Ich weiß, dass Jungs miteinander raufen, dass sie die anderen übertrumpfen wollen, aber Mädchen sind einfach nur schrecklich. Kritisch, gemein, schnell mit einem Urteil zur Hand ... einfach nur gehässig."

„Das ist so merkwürdig, denn wenn du zum Beispiel auf die Toilette in einem Club gehst, unterstützen sie dich, wo sie nur können. ‚Hier, da guckt ein Schild raus. Dein Lippenstift ist verschmiert.' Wir trösten einander, sagen: ‚Er ist es sowieso nicht wert'. Bewundern die Schuhe der anderen, halten einer Fremden die Haare zurück, wenn ihr der Tequila wieder hochkommt, teilen Kaugummi und Make-up. Da drinnen scheint jede Frau deine beste Freundin zu sein."

Sie trinkt einen Schluck Kaffee und schüttelt den Kopf.

„Aber kaum bist du draußen, ist es wie auf dem Schlachtfeld. Das Einzige, was Mia getan hat, war, mit einem Mann zu tanzen, der sie aufgefordert hat. Mehr nicht. Sie hat nicht mit ihm rumgeknutscht, hat sich nicht an ihn rangemacht oder sich sonst wie blöd benommen. Sie hatte einfach nur Spaß, und trotzdem glaubt diese Frau, sie dürfe an unseren Tisch kommen und Mia vor all ihren Freunden beleidigen, nur weil sie in diesen Typen verliebt und eifersüchtig ist."

Kat wischt sich eine Träne von der Wange und schüttelt noch einmal den Kopf. „Ich verstehe es nicht. Es war grausam und gezielt, und sie hat den Schlag auf die Nase, den ich ihr verpasst habe, wirklich verdient. Eigentlich hätte sie sogar noch mehr verdient."

„Ich begreife es auch nicht." Ich ziehe Kat in die Arme. „Aber ich war so stolz auf dich, dass du aufgestanden bist und Mia verteidigt hast."

„Ich möchte gern glauben, dass ich jede Frau verteidigt hätte, die man so behandelt. Aber es ging um Mia, und die habe ich nun mal furchtbar gern."

„Ich weiß."

„Und ich wollte nicht, dass Landon eine Frau schlägt, deshalb hab ich das übernommen."

„Du brauchst dich mir gegenüber nicht zu rechtfertigen. Die Frauen waren schrecklich. Kein Wunder, dass dieser Carter nichts mit ihnen zu tun haben will."

„Armer Carter." Sie lacht. „Wie lange sie wohl schon hinter ihm her ist?"

„Zu lange, vermute ich mal." Ich gebe ihr einen Kuss. „Bist du okay?"

„Na, so richtig gut geht es mir nicht." Sie löst sich aus der Umarmung und rutscht wieder unter die Bettdecke. „Früher konnte ich die ganze Nacht lang Party machen und hatte trotzdem am nächsten Tag keinen Kater."

„Ich weiß gar nicht, ob das so gut ist." Ich lege mich neben sie und streiche ihr eine Haarsträhne hinters Ohr.

„Tja, das hier ist auf jeden Fall auch nicht gut.", Sie schließt die Augen. „Ich werde definitiv nie mehr im Leben so viel trinken wie letzte Nacht. Diese Höllenqualen sind es nicht wert."

„Kann ich mir vorstellen."

„Hey, wieso hast du eigentlich keinen Kater?"

„Weil ich fast nichts getrunken habe. Ich habe dich schließlich nach Hause gefahren."

Sie küsst meinen Arm, ehe sie sich an ihn kuschelt. „Wie verantwortungsbewusst! Dafür liebe ich dich."

„Ich denke, wir sind beide ziemlich verantwortungsbewusst."

„Normalerweise vielleicht. Gestern Abend nicht. Ich habe mich gehen lassen, und die Shots haben mir den Rest gegeben."

„Es waren ganz schön viele."

„Hast du etwa mitgezählt?"

„Du hattest neun Shots, Rotschopf. Das ist ganz schön viel Alkohol für so ein kleines Persönchen wie dich."

Sie verzieht das Gesicht. „Kleines Persönchen, haha."

„Du bist klein."

„Das brauchst du nicht noch extra zu betonen." Sie schmiegt sich noch enger an mich. „Können wir den ganzen Tag so liegen bleiben?"

„Nein."

Böse funkelt sie mich aus einem Auge an. „Die Antwort gefällt mir nicht."

„Tja, das ist aber die Antwort, die du heute von mir bekommst." Ich küsse ihre Stirn und dann ihre Nase. „Aber ich verspreche dir, dass es sich lohnt aufzustehen."

„Wieso?"

„Du hast heute Geburtstag, mein Schatz. Herzlichen Glückwunsch."

„Oh, stimmt. Dann sollte ich vielleicht mal meine Eltern anrufen."

„Rufen sie nicht dich an?", frage ich erstaunt.

„Manchmal, aber meistens vergessen sie es."

Ich schlinge die Arme fester um sie. „Das tut mir leid."

„Ach, so sind sie nun mal. Es ist nicht böse gemeint." Sie legt den Kopf zurück, um mich anschauen zu können. „Wir haben meinen Geburtstag doch gestern schon gefeiert."

„Mit den anderen, ja, aber heute feiern wir zu zweit."

Ein Lächeln breitet sich auf ihrem verschmierten, wunderschönen Gesicht aus. „Oh."

„Du kannst jetzt noch eine Stunde schlafen. Danach aber reißt du dich zusammen, damit wir anständig feiern können."

„Habe ich schon mal erwähnt, dass ich deine herrische Art manchmal liebe?"

„Das eine oder andere Mal." Ich küsse sie noch einmal und gebe ihr einen Klaps auf den Hintern, ehe ich aufstehe. „Also, bis später."

„Fahren wir ans Meer?"

„Das siehst du dann, Kat."

„Ja, Sir."

17. Kapitel

Kat

Auf keinen Fall kann ich jetzt wieder schlafen. Da erzählt mir ein Mann, dass er mit mir feiern will, und erwartet gleichzeitig, dass ich wegdämmere? Wie soll das denn funktionieren?

Dieser Mann hat keine Ahnung.

Stattdessen verbringe ich bestimmt eine Viertelstunde unter der Dusche, rasiere und wasche mich und tue mein Möglichstes, um mich wieder menschlich zu fühlen. Ehrlich, ich habe nicht vor, mich je wieder so volllaufen zu lassen. Ich sollte meine Kunden warnen, wie sich das anfühlt, für den Fall, dass sie sich nicht erinnern. Wenn sie sich dem Punkt nähern, an dem es kein Zurück mehr gibt, sollte ich ihnen erklären, wie sie sich am nächsten Morgen fühlen werden, und ihnen das hier ersparen.

Andererseits ist das natürlich keine gute Methode, um Drinks zu verkaufen.

Ich trete aus der Dusche und wickele meine Haare in ein Handtuch. Nachdem ich reichlich Körperlotion aufgetragen habe, um meine ausgetrocknete Haut zu beruhigen, mache ich mich ans Make-up. Es ist schließlich mein Geburtstag, da will ich gut aussehen.

Außerdem habe ich keine Ahnung, was Mac für heute geplant hat, also muss ich auf alles vorbereitet sein.

Nachdem ich mit meinem Gesicht zufrieden bin, kümmere

ich mich um meine Haare und frisiere sie in weichen Wellen im Stil der 1950er.

Um den Look zu vervollständigen, entscheide ich mich für ein Rockabilly-Kleid mit schwarzen Punkten und rotem Gürtel, bevor ich in meine roten Lieblings-High-Heels schlüpfe.

Abschließend werfe ich mein Portemonnaie, einen Lippenstift, das Handy und noch ein paar Kleinigkeiten in eine gelbe Wildleder-Handtasche und mache mich auf die Suche nach Mac.

Er sitzt an der Frühstückstheke. „Genau eine Stunde", stellt er grinsend fest.

„Ich bin ein pünktlicher Mensch." Ich lache. „Und jetzt?"

„Jetzt sage ich dir, dass du einfach unglaublich aussiehst." Er fährt sich mit der Zunge über die Lippen und zieht mich an sich. „Dieses Kleid ist der Hammer."

„Hammergut oder hammerschlecht?", flüstere ich, während er mir sanft mit den Fingerknöcheln über die Wange und den Hals streicht.

„Es schmiegt sich perfekt um deine Figur, und ich sterbe fast vor Neugier, weil ich wissen will, was du darunter trägst."

„Also hammergut", fasse ich zusammen. „Wenn du nett zu mir bist, dann wirst du später noch herausfinden, was sich darunter befindet."

Seine Mundwinkel zucken. „Solche Herausforderungen gefallen mir."

„Ich weiß." Ich gebe ihm einen Kuss und löse mich von ihm. „Wohin fahren wir?"

„Wirst du schon noch sehen." Er klappt seinen Laptop zu.

„Verrätst du mir wenigstens, ob ich angemessen gekleidet bin?"

„Auf jeden Fall." Er selbst trägt eine Kakihose und ein

grünes Oberhemd. Die Ärmel sind bis zu den Ellenbogen hochgerollt, und seine Schultern und Arme füllen es perfekt aus, lassen mir im wahrsten Sinne des Wortes das Wasser im Mund zusammenlaufen.

„Woran denkst du?", fragt er, während wir den Gang entlang zum Fahrstuhl gehen.

„Dass es mir anscheinend besser geht, denn ich habe dich gerade schon zweimal im Geiste gevögelt."

Er hebt eine Augenbraue und drückt auf den Knopf am Aufzug.

„Tatsächlich?"

Ich nicke.

„Wenn du nett zu mir bist, vögele ich dich später, bis du nicht mehr weißt, wie du heißt. Und zwar nicht nur im Geiste."

„Die Herausforderung gefällt mir." Ich lächele ihn kokett an und muss dann mit ihm lachen, während wir zu seinem Wagen gehen.

Kurz darauf befinden wir uns auf dem Freeway in Richtung Norden, und Mac fummelt an der Stereoanlage herum, um Musik von seinem Handy abzuspielen.

„Oh, Adele! Lass uns das anhören. Ihr neues Album ist fantastisch."

„Gerne." Mac lächelt und hält meine Hand, während er fährt. Zehn Minuten halte ich durch, dann kann ich nicht mehr.

„Wohin fahren wir?"

„Nur über die Brücke nach Washington State", antwortet er ruhig. „Ich dachte, wir gehen dort direkt am Wasser schön essen."

„Ich bin tatsächlich richtig hungrig." Ich lege mir eine Hand auf den Bauch. Fühlt sich an, als hätte ich einen total leeren Magen.

„Garantiert, schließlich hast du dich übergeben, als wir heute Nacht nach Hause gekommen sind."

„Oh Gott." Ich vergrabe mein Gesicht in den Händen. Wie peinlich. „Es tut mir leid, dass du das mit ansehen musstest. So habe ich mich seit Jahren nicht mehr aufgeführt."

„Es war doch dein Geburtstag." Er zuckt die Achseln. „Du warst eigentlich ziemlich witzig."

„Oh Gott."

„Das Video auf YouTube hat schon eine halbe Million Klicks."

„WAS?" Abrupt drehe ich mich zu ihm herum und starre ihn entsetzt an, woraufhin er sich kaputtlacht.

„War nur ein Scherz."

„Blödmann."

„Ich behalte das Video nur für mich."

„Es gibt gar kein Video", brumme ich und verpasse ihm einen Schlag gegen die Schulter, was allerdings vor allem meiner Hand wehtut. „Autsch."

„Oh, armes Baby." Er nimmt meine Hand und küsst sie. „Ich wusste gar nicht, dass du so gewalttätig bist. In den letzten beiden Tagen habe ich eine Menge über dich erfahren."

„Ich bin überhaupt nicht gewalttätig", wehre ich mich. „Nur am Verhungern."

„Das ist gut." Er küsst meine Hand noch einmal und nimmt die erste Ausfahrt nach der Brücke in Washington, in die Stadt Vancouver. Geschickt lenkt er den Wagen durch eine hübsche Wohngegend mit Eigenheimen und netten kleinen Läden, ehe er auf den Parkplatz eines Restaurants fährt, das den besten Ausblick auf den Columbia River bietet, den ich je gesehen habe.

„Ich fasse es nicht, dass ich hier noch nie war", sage ich, als ich Mac zum Eingang folge. „Da gibt es ja sogar einen Spazierweg am Fluss entlang."

„Ja. Wir können nach dem Essen noch ein Stück laufen, wenn du möchtest, aber dafür hast du eigentlich nicht die richtigen Schuhe an."

„Mal sehen, notfalls gehe ich barfuß."

Im nächsten Moment schockiert mich Mac. Er sagt zu der Empfangsdame: „Wir sind noch mit zwei anderen Herrschaften verabredet."

„Die beiden sind bereits da", erwidert die junge Frau. „Ich bringe Sie zu Ihrem Tisch."

„Um wen geht es?", frage ich leicht irritiert. Ich dachte, der heutige Tag sei nur für uns. Aber als wir an den Tisch kommen, bleibt mir regelrecht der Mund offen stehen. „Ach du meine Güte."

„Hallo, Liebling", sagt mein Dad und steht auf, um mir einen Kuss auf die Wange zu geben. „Herzlichen Glückwunsch."

„Herzlichen Glückwunsch, meine Süße." Meine Mom lächelt mich an, als ich mich ihr gegenübersetze. Mac nimmt neben mir Platz und tätschelt unter dem Tisch meinen Oberschenkel.

„Wie hast du das geschafft?", frage ich ihn.

„Ich habe Mia nach der Telefonnummer deiner Eltern gefragt und sie angerufen", erklärt er, als wäre es die einfachste Sache der Welt.

„Es ist so schön, dich zu sehen, Katrina." Mom greift über den Tisch nach meiner Hand. „Wie geht es dir?"

„Großartig."

„Die Bar läuft gut?", will Dad wissen und studiert die Speisekarte.

„Großartig."

Dad blickt auf. „Alles okay?"

„Ich bin einfach total geschockt. Ich kann mich gar nicht erinnern, wann ich euch das letzte Mal an meinem Geburtstag gesehen habe. Oh, und ich muss euch noch Mac vorstellen."

„Wir haben ja schon telefoniert." Mac nickt meinen Eltern zu. „Schön, Sie persönlich kennenzulernen."

„Ebenfalls", antwortet Dad. „So, und jetzt erzähl doch, wie es so bei dir läuft. Hast du gehört, dass im nächsten Monat die ägyptische Ausstellung von König Tut in Portland zu sehen ist, Kat? Das alte Ägypten hat dich doch schon immer interessiert."

„Nein, das habe ich nicht mitbekommen. Aber die muss ich mir unbedingt anschauen. Wie lange seid ihr denn schon in der Stadt?"

„Erst seit heute Morgen." Mom lächelt. „Und wir bleiben übers Wochenende."

„Wirklich? Was habt ihr denn hier noch vor?"

„Nichts", sagt Dad. „Wir sind in Portland, weil unsere Tochter Geburtstag hat."

Ich starre sie sprachlos an. Meine Eltern sind noch nie extra hergeflogen, um mich am Geburtstag zu besuchen. Allerdings habe ich sie auch nie darum gebeten.

„Und was machen Sie so, Mac?", fragt Mom, nachdem wir unsere Bestellung aufgegeben und die Getränke bekommen haben.

„Ich leite eine Firma, die Wein-Erlebnistouren organisiert", erzählt Mac. „Mein Bruder und ich haben sie vor gut einem Jahr gegründet, nachdem wir unsere frühere Firma verkauft hatten."

„Haben Sie noch mehr Geschwister?", fragt Mom.

„Nein, nur Chase."

„Ich bin eins von acht Kindern", erzählt Dad lachend. „Und Sue eins von sieben. Wir wussten beide schon früh, dass wir nur ein Kind wollten, auf das wir uns konzentrieren konnten. Und Kat war immer eine große Freude für uns. Aber natürlich gab es Momente, da wünschte ich, wir hätten ihr noch eine Schwester oder einen Bruder geschenkt."

„Wirklich?", frage ich erstaunt. „Das wusste ich gar nicht."

„Es kam nicht oft vor", meint Mom. „Du hast dich immer gut allein beschäftigt."

„Stimmt, gelangweilt habe ich mich nie."

Den Rest des Essens unterhalten wir uns über Politik und das Tagesgeschehen. Und meine Eltern erzählen, womit sie sich während der vergangenen drei Jahre im Labor in L.A. beschäftigt haben.

„Ich freue mich so, dass ihr da seid", sage ich und meine das auch so. „Ich vergesse immer, wie sehr ich euch vermisse, bis ich euch sehe."

„Du solltest mal nach L.A. kommen, Kat", meint Mom. „Du bist immer herzlich willkommen. Ich weiß, dass wir zu den verrücktesten Zeiten ins Labor müssen, aber vielleicht würde es dir auch Spaß machen, dort mal wieder vorbeizuschauen. Es arbeiten immer noch einige der Leute im Labor, die dich schon als Kind kannten."

„Das wäre bestimmt nett", sage ich. „Danke für die Einladung. Nur leider habe ich nicht die Absicht, jemals wieder in ein Flugzeug zu steigen."

„Ich verstehe wirklich nicht, woher du diese Phobie hast", meint Dad stirnrunzelnd.

„Kat hat mir erzählt, dass Sie immer mit dem Auto unterwegs waren, als sie klein war", meint Mac.

„Stimmt", antwortet Dad. „Es ist eine tolle Art, das Land kennenzulernen."

„Und es war nicht so teuer", wirft Mom ein. „Ich habe diese Fahrten immer sehr genossen."

„Flugangst war also nicht der Grund?", hakt Mac nach.

„Absolut nicht", sagt Dad.

„Es hat da mal einen Flugzeugabsturz gegeben", sage ich leise.

„Wann?", fragt Mac.

„Wir waren auf dem Weg von Portland nach Alaska, um das Nordlicht zu sehen." Ich zerknülle die Serviette in meiner Hand. „Es war eine wirklich lange Fahrt, aber schön."

„Nach dieser Fahrt hatten wir uns entschieden, nicht mehr solche weiten Autoreisen zu unternehmen. Es war einfach zu lang", erinnert sich Mom und schüttelt den Kopf.

„Eines Nachts sind wir mit einer Gruppe von Leuten in einem Boot auf den See hinausgefahren, damit wir die Polarlichter besser sehen konnten."

„Ganz genau", meint Dad.

„Da flog dieses Flugzeug über uns, es wollte wohl auf dem See landen."

„Ein Wasserflugzeug." Dad nickt.

„Es verfehlte das Wasser und krachte gegen die Berge", fügt Mom hinzu. „Und deshalb hast du solche Angst vor dem Fliegen?"

„Ja", antworte ich, während Mac mir beruhigend über den Rücken streicht. „Direkt vor meiner Nase ist ein Flugzeug zerschellt. Ist doch klar, dass mir das Angst gemacht hat."

„Das tut mir so leid, Darling", sagt Dad. „Aber die Wahrscheinlichkeit eines Flugzeugabsturzes ist verschwindend gering."

„Ich weiß, Landon hat mir alle Statistiken präsentiert, aber ich habe trotzdem Angst und bin nicht gut darin, sie zu verdrängen. Ein einziges Mal bin ich geflogen, erst vor Kurzem. Dabei habe ich übrigens Mac kennengelernt."

„Ich saß neben ihr", fügt er lächelnd hinzu. „Sie war ein Wrack. Und das sollte jetzt kein Wortspiel sein."

„Ich bin total ausgeflippt." Ich schüttele den Kopf. „Ein Wunder, dass er nicht schreiend weggelaufen ist."

„Du hattest Angst." Mac küsst mich auf die Wange.

Mom beobachtet uns mit einem breiten Lächeln, während Dad eher nachdenklich aussieht.

„Na ja", meint er schließlich, „es führt auch noch der Freeway nach L. A."

„Stimmt." Mac lächelt mich an. „Das wäre vielleicht der richtige Roadtrip für uns."

„Was für eine Überraschung", sage ich Stunden später, als wir wieder zurück nach Portland fahren. Das Mittagessen hatte sich zu einer stundenlangen Unterhaltung mit meinen Eltern entwickelt, bei der wir alle viel Spaß hatten. „Das war das beste Geburtstagsgeschenk, das ich je bekommen habe. Vielen Dank."

„Das ist noch nicht alles." Mac grinst. „Aber trotzdem, gern geschehen."

„Du brauchst mir nichts weiter zu schenken. Ernsthaft, das war großartig. Ich habe sie vermisst."

„Weißt du", Mac wechselt die Fahrspur, „ich hatte kein besonders schmeichelhaftes Bild von deinen Eltern im Kopf. Ich dachte, sie seien völlig mit sich beschäftigt und würden dich vernachlässigen. Aber jetzt ergibt alles einen Sinn. Sie sind wie Sheldon in *The Big Bang Theory*. Sie gehen einfach nur völlig in ihrer Arbeit auf und sind daher ein bisschen weltfremd."

„So kann man es wohl ausdrücken. Ich bin sicher, dass sie mich lieben und mir niemals wehtun wollen. Aber ihr Job bedeutet ihnen alles."

„Du siehst deiner Mom so ähnlich." Mac lächelt. „Jetzt weiß ich, wie du in dreißig Jahren aussehen wirst."

„Und?"

„Nicht schlecht, gar nicht schlecht." Er dreht das Radio wieder an, und ein weiteres Lied von Adele ertönt. Es ist „Hello", und ich singe laut mit. Ich liebe dieses Lied. Es ist wunderbar, ein wenig traurig, aber gleichzeitig hoffnungsvoll.

„Ein tolles Lied", sage ich.

„Wie das wohl live klingen würde?"

„Wahrscheinlich ziemlich ähnlich."

„Hm. Vielleicht sollten wir das herausfinden."

Zum zweiten Mal drehe ich mich heute abrupt zu ihm herum und starre ihn an. „Was?"

Er grinst. „Das ist der zweite Teil deines Geschenks. Heute Abend ist Adele in Portland, und wir gehen hin."

„Heilige Scheiße!" Ich hüpfe auf meinem Sitz herum und beuge mich dann zu Mac, um ihn wieder und wieder zu küssen. „Wie bist du an die Tickets gekommen? Ich dachte, ihre Konzerte seien schon seit Monaten ausverkauft."

„Ich kenne da ein paar Leute." Er grinst. „Schön, dass du so aus dem Häuschen bist."

„Unglaublich, ich fasse es nicht. Fahren wir direkt dorthin?"

„Ich denke ja." Er blickt auf die Uhr. „Wir waren viel länger mit deinen Eltern zusammen, als ich gedacht habe, jetzt können wir gleich los. Ich muss sowieso noch an der Halle die Tickets abholen."

„Wahnsinn."

„Bist du nicht neugierig, wo unsere Plätze sind?"

„Ist mir egal. Du gehst mit mir in ein ausverkauftes Adele-Konzert. Da würde ich auch in der Lobby sitzen, wenn es sein muss."

„Du bist echt süß."

„Ich habe so meine Momente", sage ich lachend. „Aber danke."

Schon kurz darauf parken wir in der Tiefgarage.

„Die Garage ist schon fast voll", stelle ich erstaunt fest. „Und dabei dauert es noch eine Stunde, bis das Konzert anfängt."

„Es ist Adele", erwidert er. „Man muss früh da sein, um noch einen Parkplatz zu ergattern."

„Vermutlich."

Ohne Probleme holen wir unsere Tickets ab, und ehe ich mich's versehe, sitzen wir rechts im Parkett, mit ausgezeichnetem Blick auf die gesamte Bühne und den Bildschirm darüber.

„Wow, Mac, die Plätze sind fantastisch. Die müssen dich ja ein Vermögen gekostet haben."

„Egal", winkt er strahlend ab. „Dein glücklicher Gesichtsausdruck ist es mehr als wert."

„Du sagst echt die süßesten Sachen." Ich gebe ihm einen Kuss. „Wie viel Zeit haben wir noch, ehe es losgeht?"

„Ungefähr eine halbe Stunde."

„Okay, dann verschwinde ich noch mal schnell, falls vor den Toiletten eine lange Schlange ist. Ich will die Show ja nicht verpassen. Kann einen Moment dauern."

„Ich warte hier", sagt er nur und steht auf, um mich durchzulassen. Vor den Toiletten ist tatsächlich eine lange Schlange.

Ich bin auf einem Adele-Konzert! Ich kann es immer noch nicht fassen. Das muss ich den Mädels erzählen.

Schnell hole ich mein Handy aus der Handtasche, gehe auf unsere Gruppe und beginne zu schreiben.

Hey, Mädels! Mac hat meine Eltern zu meinem Geburtstag einfliegen lassen. Wir haben den Nachmittag mit ihnen verbracht. Und ihr glaubt gar nicht, wo wir jetzt sind. Wir sind auf dem Ad

Plötzlich stehen rechts und links von mir zwei Männer und packen mich an den Armen. Sie ziehen mich aus der Schlange, sodass ich vor Schreck mein Handy fallen lasse.

„Hey! Was soll …"

„Wir müssen nur kurz mit Ihnen reden", sagt der Mann an meiner rechten Seite, während sie mich um eine Ecke ziehen und mich einkesseln. Er kommt mir irgendwie bekannt vor

„Preston?", frage ich schockiert, als ich endlich einen genaueren Blick auf die Männer werfen kann.

„Hallo, Kat", sagt er. „Wie geht's?"

„Eigentlich gut, aber mein Handy ist …"

„Das wirst du nicht brauchen", meint der andere Typ grinsend.

„Was zur Hölle soll das alles?"

„Hören Sie, Kat", sagt Preston. Die Männer halten mich nicht fest, aber ich bin trotzdem wie gefangen. Von außen sieht es wahrscheinlich aus, als wären sie nur zwei Typen, die sich mit einer Frau unterhalten. Mein Fluchtinstinkt ist in Alarmbereitschaft. Aber ich kann ihnen nicht entkommen, sie würden mich sofort wieder kriegen.

Allerdings kann ich ziemlich viel Lärm machen.

„Schön ruhig", fährt Preston fort, als könnte er meine verdammten Gedanken lesen. „Wenn Sie Schwierigkeiten machen, werden wir Ihre Eltern und Ihre vier echt scharfen Freundinnen aufspüren und ihnen das Leben zur Hölle machen."

„Genauer gesagt, wir werden sie umbringen", sagt der andere Typ. „Eine nach der anderen, auf schreckliche, sehr schmerzhafte Art und Weise."

„Was wollt ihr?", frage ich. *Warum habe ich bloß mein Handy fallen gelassen? Ich muss Mac benachrichtigen. Himmel, was zum Teufel geht hier vor?*

„Nur dich", sagt Preston. „Und zwar bis mein Boss seine Kohle hat. Aber dazu später. Jetzt werden wir hier mit Ihnen rausgehen, und Sie werden nett und schön ruhig bleiben. Ohne Geschrei, ohne jemanden auf uns aufmerksam zu machen."

„Wieso sollten Sie meiner Familie etwas antun?", frage ich. „Sie wissen nicht einmal, wer meine Eltern sind."

„Sue und Stu sind ein hübsches Paar", sagt Preston mit kaltem Lächeln. „Ihre Mutter sah in ihrem blauen Kleid ziemlich hübsch aus. Was wurde gefeiert?"

„Sie wissen doch gar nicht, wo sie sind."

Ohne ein Wort streicht Preston über sein Smartphone und zeigt mir ein Foto von meinen Eltern, die gerade einen Wohnkomplex betreten.

„Das war vor ungefähr einer halben Stunde", sagt er.

Ich starre ihn fassungslos an, während sich die beiden wieder rechts und links von mir aufbauen, mich an den Armen packen und mit mir zum Ausgang gehen.

Ich kenne die Regeln: niemals mit dem Kidnapper mitgehen. Niemals. Stattdessen Lärm machen. Weglaufen.

Sei nicht dumm.

Aber sie haben gedroht, meinen Eltern wehzutun. Meinen Freundinnen. Das kann ich nicht zulassen. Ich muss ruhig bleiben und sie austricksen.

Schnell gehen wir in die Tiefgarage, die jetzt zwar voller Autos, dafür aber menschenleer ist.

„Machen Sie keine Dummheiten", warnt Preston mich. „Sie können uns nicht entkommen, und selbst wenn Sie es schaffen, braucht unser Kumpel nur zwei Minuten, um zu Ihren Eltern zu gelangen und ein wenig Chaos anzurichten."

„Aber warum?", fahre ich ihn an. „War das neulich auf der Straße etwa kein Zufall, dass Sie mir geholfen haben?"

Er reagiert nicht, und sein Partner grinst nur gehässig.

„Sie sind mir gefolgt."

Wieder bekomme ich keine Antwort. Haben die mich tatsächlich verfolgt? Wie lange schon? Und warum?

„Was das soll? Sagen Sie es mir", fordere ich sie auf, aber die beiden ignorieren mich.

Ich hasse es, ignoriert zu werden.

„Wisst ihr, ich kenne euren Plan zwar nicht, aber ich wette, dass es kein besonders guter ist. Wenn ihr mir erzählt, was los ist, kann ich euch vielleicht helfen."

„Du meine Güte, die nervt echt", stöhnt Gangster Nummer zwei.

„Halt die Klappe, Kat", fährt Preston mich an. „Halt verdammt noch mal die Klappe."

Im Leben nicht, du Arschloch.

„Ich bin ein ziemlich cleveres Mädchen", erwidere ich. „Und ziemlich praktisch veranlagt."

„Grundgütiger", flüstert Preston. „Ich wollte das wirklich nicht, aber verdammt, Kat, du willst ja einfach nicht die Fresse halten."

Er zieht seine Hand zurück, und voller Panik sehe ich, dass er eine Pistole herausholt.

„Nein, nicht ..."

Aber schon wird alles um mich herum schwarz.

18. Kapitel

Mac

Zum fünfzigsten Mal seit Kat in Richtung Toiletten verschwunden ist, schaue ich auf mein Handy. Sie ist jetzt schon fast dreißig Minuten lang weg, und das Konzert wird jeden Moment beginnen.

Ist die Schlange wirklich so lang?
Ich entscheide mich, ihr eine Nachricht zu schicken.

Die Schlange muss ja endlos sein.

Gehen die Leute nicht aufs Klo, ehe sie von zu Hause aufbrechen? Der Saal wird dunkel, und noch immer ist nichts von Kat zu sehen. Also stehe ich auf und gehe die Treppe hoch. Das Foyer vor dem Konzertsaal ist ziemlich leer, da sich inzwischen wohl alle Konzertbesucher auf ihren Plätzen befinden. Direkt gegenüber von unserem Zugang ist eine Toilette, vor der noch einige Frauen warten.

Kat gehört nicht dazu.

Stirnrunzelnd blicke ich den Gang in beide Richtungen entlang, aber ich kann sie nirgends entdecken. Vielleicht ist sie drin?

„Entschuldigen Sie", sage ich zu einer Frau, die gerade herauskommt. „Haben Sie gerade diese Frau auf dem Klo gesehen?" Ich suche schnell ein Foto von Kat auf meinem Handy heraus. Sie schüttelt langsam den Kopf.

„Nein, ich glaube nicht."

„Okay, danke."

Auf einmal sehe ich ein Handy auf dem Boden liegen.

Kats Handy.

„Entschuldigen Sie bitte", sage ich, drängele mich durch die Schlange hindurch und hebe es auf. Ist es ihr aus der Jacken- oder Handtasche gefallen? Ich wende mich an die Frau, die als Nächste an der Reihe ist. „Würde es Ihnen etwas ausmachen, hineinzugehen und nach Kat zu rufen? Sie ist schon seit Ewigkeiten weg, und ich kann sie nicht finden."

„Sie sind aber kein Stalker, oder?" Sie kneift die Augen zusammen.

„Nein, ich bin ihr Freund."

„Okay." Sie tritt in den Raum und brüllt: „Kat? Sind Sie hier?"

Keine Reaktion.

„Tut mir leid, ich glaube nicht, dass sie hier ist."

Ich bedanke mich und eile weiter durch das Foyer zu den nächsten Toiletten. Dort bitte ich noch einmal eine Frau, nach Kat zu rufen.

Wieder keine Antwort.

Was zum Teufel ist hier los?

Ich drücke auf Kats Handy, gebe die Pin ein, die sie mir zum Glück mal verraten hat, und scrolle hindurch. Dabei entdecke ich nicht nur meine letzte Nachricht, sondern auch noch ungefähr zehn von ihren Freundinnen. Es ist mir unangenehm, in Kats Privatsphäre einzudringen, aber verdammt, vielleicht hat sie mich sitzen lassen.

Unwahrscheinlich, aber durchaus möglich.

Die erste Nachricht ist von Kat an die Mädels.

Hey, Mädels! Mac hat meine Eltern zu meinem Geburtstag

einfliegen lassen. Wir haben den Nachmittag mit ihnen verbracht. Und ihr glaubt gar nicht, wo wir jetzt sind. Wir sind auf dem Ad

Sie hat die Nachricht nicht zu Ende geschrieben, ehe sie abgeschickt wurde. Als Nächstes folgt eine Reihe von Fragen von Mia und Riley.

Wo bist du?

Hast du was getrunken? Dein Text ist nicht vollständig.

Und dann fangen sie an, sich Sorgen zu machen.

Hey, ernsthaft, was ist los? Du kannst uns doch nicht so hängen lassen.

Noch während ich durch die Nachrichten scrolle, klingt das Telefon, und Mias Name leuchtet auf.

„Hallo, Mia."

„Mac? Was ist los? Wir haben eine Nachricht von Kat bekommen, und jetzt können wir sie nicht erreichen."

„Ich weiß auch nicht", antworte ich und fahre mir übers Gesicht. So langsam gerate ich in Panik, aber ich muss Ruhe bewahren. „Ich habe Kat mit ins Adele-Konzert genommen, und sie wollte nur kurz zur Toilette. Als sie nicht wiedergekommen ist, habe ich mich auf die Suche gemacht. Dabei habe ich ihr Handy auf dem Fußboden vor den Klos gefunden. Sie ist hier nirgends zu sehen. Hast du eine Ahnung, wo sie sein könnte?"

„Sie sollte bei dir sein, Mac." Mia klingt äußerst besorgt. „Sie ist verrückt nach dir, und Adele ist ihre Lieblingssängerin. Sie wäre sofort wieder auf ihren Platz zurückgekehrt."

„Verdammt", murmele ich und schaue mich immer wieder um. Das Konzert hat angefangen, nur noch wenige Leute laufen hier herum. „Ich weiß nicht, was ich tun soll."

„Geh zu deinem Platz und check, ob sie inzwischen dort ist. Wenn nicht, sprich einen der Ordner an und frag, ob sie ihre Leute in die Toiletten schicken können, um Kat zu suchen. Das geht schneller, als wenn du alle allein abklapperst."

„Gute Idee. Und wenn sie nicht hier ist?"

Sie schweigt einen Moment. „Wir finden sie."

Ich mache mich auf den Weg zu unseren Plätzen. „Danke, Mia."

Als ich den Saal betrete, singt Adele gerade „Someone Like You". Die Zuschauer reagieren begeistert und saugen jeden Ton, jedes Wort von ihr auf.

Ich dagegen kann nur an Kat denken und daran, wie ich sie finden kann. Ich will sie in den Armen halten und mich vergewissern, dass es ihr gut geht.

Entgegen aller Hoffnung sitzt sie nicht auf ihrem Platz. Also steige ich die Treppe wieder hinauf und wende mich an einen der Ordner.

„Entschuldigen Sie bitte."

Der große Mann dreht sich zu mir herum. Auf seinem Namensschild steht TIBBLE. „Ja?"

„Ich bin auf der Suche nach meiner Freundin." Ich erkläre ihm die Situation, erstaunt darüber, wie ruhig ich klinge, denn am liebsten würde ich vor Frust schreien.

Wo zum Teufel steckt sie?

„Haben Sie ein Foto von ihr?", fragt er.

„Ja." Ich zeige ihm das Foto auf dem Handy. „Soll ich Ihnen das schicken?"

„Das wäre hilfreich. Ich leite es an meine Kollegen weiter, und dann suchen wir die Toiletten ab, um sicherzugehen, dass sie nicht irgendwo hingegangen ist, wo die Schlange vielleicht kürzer war."

„Das wäre großartig", antworte ich erleichtert und schicke ihm das Foto. „Kann ich bei Ihnen bleiben, solange wir auf Antwort warten?"

„Klar doch." Er schickt die Nachricht per Handy weiter und spricht dann in sein Funkgerät. „Achtung. Ich habe gerade das Foto einer vermissten Frau an euch geschickt. Sie heißt Kat. Bitte kontrolliert die Toiletten und die Schlangen vor den Imbissständen. Und meldet euch so schnell wie möglich zurück."

Es kommt mir wie eine Ewigkeit vor, bis ein Kollege nach dem anderen berichtet, dass sie nicht da ist.

Sie ist nicht hier.

Mir wird ganz schlecht.

„Wo kann sie nur stecken?", murmele ich und laufe auf und ab. „Ich rufe die Polizei."

„Die können nicht viel tun", erwidert Tibble. „Sie ist noch keine vierundzwanzig Stunden lang verschwunden, und es gibt keinen Hinweis auf eine Straftat."

„Sie würde nicht einfach weglaufen", brumme ich frustriert.

„Versuchen Sie es ruhig, aber ich war mal Cop und kann Ihnen sagen, dass die nicht viel tun können."

Ich wähle trotzdem die 911 und lande in der Zentrale, wo ich meine Geschichte wiederhole.

„Es tut mir leid, Sir, wenn sie noch nicht länger als vierundzwanzig Stunden vermisst wird, können wir Ihnen nicht helfen."

„Scheiße." Ich reibe mir die Augen. „Trotzdem danke."

„Ich schlage vor, Sie fahren nach Hause", meint Tibble. „Wir halten hier die Augen offen, und wenn wir das Mädchen finden, rufe ich Sie sofort an. In der Zwischenzeit sollten Sie ihre Familie und Freunde durchklingeln, vielleicht haben die von ihr gehört."

„Ich habe ihr Handy gefunden", erinnere ich ihn. „Sie muss es fallen gelassen haben."

„Wir kümmern uns hier um den Fall", wiederholt er. „Sie sollten sich an die Freunde und Familie wenden, damit die Ihnen helfen. Sie taucht schon wieder auf. Sind Sie sicher, dass Sie nicht irgendwas gesagt haben, worüber sie sauer war? Ist die Kleine vielleicht doch einfach nur abgehauen? Frauen können ganz schön empfindlich sein."

Ich schüttele den Kopf. Ich weiß, dass er versuchen will, die Situation erträglicher zu machen, aber es funktioniert nicht.

„Sie war bester Laune, sie hat heute Geburtstag. Wir hatten einen wunderbaren Tag zusammen."

„Verdammt." Tibble schüttelt den Kopf. „Wenn sie hier irgendwo ist, dann finden wir sie."

Ich mache mich auf den Weg zum Auto, obwohl ich innerlich total zerrissen bin. Einerseits möchte ich hierbleiben und sie weiter suchen. Hier habe ich sie schließlich zuletzt gesehen. Aber Tibble hat recht.

Bitte, lieber Gott, lass sie zu Hause sein.

Statt in meine Wohnung gehe ich direkt in Kats. Wenn sie nach Hause gegangen ist, dann hierher. Gerade als ich durch die Tür gehe, klingelt mein Handy. Mein Herz macht einen Satz, weil ich hoffe, dass Tibble sie gefunden hat, aber er ist es nicht. Es ist mein Dad.

„Hallo, Dad", melde ich mich ungeduldig.

„Hallo, Junge. Passt es gerade nicht?"

„Offen gestanden, nein. Tut mir leid, ich habe im Augenblick wirklich keine Zeit zum Plaudern. Kann ich dich morgen zurückrufen?"

„Sicher, sicher. Ich wollte mich nur kurz vergewissern, dass es dir und deiner Mutter gut geht."

Verwirrt schüttele ich den Kopf „Uns geht es gut. Wir sprechen morgen, okay?"

Ich beende das Gespräch. Ich habe genug andere Sorgen, da muss ich mir jetzt nicht auch noch Gedanken um meinen Dad machen.

Wen rufe ich als Erstes an?

Mia reißt mir den Kopf ab, wenn ich sie nicht sofort über den neuesten Stand unterrichte, also wähle ich ihre Nummer.

„Sag mir, dass du sie gefunden hast", meldet sie sich.

„Leider nicht." Ich berichte von der Suche im Konzerthaus. „Jetzt bin ich in ihrer Wohnung. Ich weiß nicht, wo ich noch schauen soll."

„Bleib, wo du bist", sagt Mia. „Wir sind alle auf dem Weg. Wir werden das Rätsel lösen."

„Danke, Mia."

Ich drücke sie weg und rufe meinen Bruder an.

„Hallo", sagt er. „Hey, Moment mal, müsstest du nicht eigentlich mit deiner Liebsten auf dem Konzert sein?"

„Chase, ich brauche deine Hilfe."

„Sie ist jetzt schon seit fast drei Stunden weg." Verzweifelt tigere ich in Kats Wohnung auf und ab. „Wo zum Teufel ist sie nur?"

„Ich habe schon ein paar Anrufe getätigt. Es gibt da Leute, die uns vielleicht helfen können." Jake streichelt beruhigend Addies Rücken. „Die haben früher, wenn ich auf Tournee war, für mich die Security übernommen, und einer der Jungs lebt hier. Er telefoniert mal rum."

„Danke", sage ich.

„Das Schlimmste ist, dass sie ihr Handy nicht bei sich hat", meint Cami. Sie sitzt mit angezogenen Knien neben Landon und wischt sich eine Träne von der Wange. „Sie kann uns nicht mal anrufen, wenn ihr etwas zugestoßen ist."

„Warum lag es auf dem Boden?", fragt Riley.

„Ich nehme an, es ist ihr aus der Tasche gefallen, als sie in der Schlange stand", antworte ich. „Außerdem ist es ja kein Geheimnis, dass Kat nicht so mit ihrem Handy verwachsen ist wie der Rest der Welt."

„Nicht, wenn sie arbeitet oder mit einer von uns zusammen ist, aber wenn sie allein ist, passt sie normalerweise schon gut darauf auf. Sie weiß, wie man für die eigene Sicherheit sorgt, Mac." Riley steht auf und beginnt ebenfalls durchs Zimmer zu laufen. Kats Eltern sitzen in der Küche und unterhalten sich mit Mia, meiner Mom und Chase. Alle, die sich hier eingefunden haben, werden langsam verrückt vor Sorge.

Ich bin ehrlich gesagt auch ziemlich sauer. Aber vielleicht ist es einfacher, wütend zu sein, als Angst zu haben. Verdammt, wo zum Henker ist sie?

„Wie geht es dir?", fragt Jake, als er sich am Fenster zu mir gesellt.

„Ich bin völlig durch den Wind", erwidere ich ehrlich. „Wo könnte sie nur sein?"

„Ich weiß es nicht." Er seufzt. „Das passt so gar nicht zu ihr. Sie gehört nicht zu den Frauen, die einfach abhauen, und sie ist verrückt nach dir."

„Ich liebe sie." Es ist mir inzwischen sogar egal, dass ich Tränen in den Augen habe. „Sie ist mein Leben, Jake. Es kommt mir vor, als wäre ich wie in einem Nebel durchs Leben getapst, bevor ich sie getroffen habe. Und seitdem sehe ich auf einmal ganz klar. Sie hat für mich alles ins rechte Licht gerückt.

Ohne sie kann ich mir mein Leben nicht mehr vorstellen."

„Hast du ihr das schon gesagt?", fragt er.

„Nein." Bestürzt über mich selbst schüttele ich den Kopf und wende mich ab, gehe ein paar Schritte, ehe ich wieder zurückkomme. „Immer wieder wollte ich ihr schon sagen, dass ich sie liebe."

„Warum hast du es denn nicht getan?", fragt Addie, die sich zu uns gesellt hat.

„Weil ich verkorkst bin. Weil ich Schiss habe, mich auf eine feste Beziehung einzulassen. Aber wenn ich mir vorstelle, Kat wäre nicht für immer an meiner Seite, gerate ich erst recht in Panik."

„Das hast du nett gesagt." Addie legt ihren Kopf an Jakes Schulter und eine Hand auf ihren Bauch. „Kat war eigentlich immer genauso drauf. Vielleicht hatte sie aber auch einfach noch nie jemanden getroffen, der es wert gewesen wäre, sich zu verlieben. Seit Kat mit dir zusammen ist, hat sie sich ganz schön verändert."

„Ist mir auch aufgefallen", sagt Mia. Ich blicke auf und stelle fest, dass uns alle beobachten und zuhören. „Sie ist weicher geworden. Versteh mich nicht falsch, sie ist immer noch eine taffe Frau. Sie ist immer noch Kat. Ich weiß nicht, wie ich es beschreiben soll."

„Sie ist verliebt", wirft Cami ein. „Sie ist nicht mehr so zynisch. Sie ist glücklich und ausgeglichen. Du machst sie glücklich."

„Das haben wir vorhin nach dem Mittagessen auch festgestellt", sagt Sue mit traurigem Lächeln. „Sie hat endlich jemanden gefunden, mit dem sie wirklich reden kann, jemanden, der sich von ihrer Intelligenz und ihrem Erfolg nicht einschüchtern lässt."

„Sie ist einfach großartig", sage ich heiser. Ich muss schlucken und fahre mir mit der Hand übers Gesicht. „Sie ist alles, was ich mir je erträumt habe, und ich schwöre, ein Teil von mir wusste das bereits, als sie sich im Flugzeug neben mich gesetzt hat. Sie hatte solch eine Angst, aber sie hat sich trotzdem zusammengerissen. Obwohl ich sie gar nicht kannte, war ich stolz auf sie."

„Sie ist eine tolle Frau." Riley nickt. „Und wir werden sie finden, Mac. Ihr geht es bestimmt gut, und du kannst ihr dann all das sagen, was du eben uns gesagt hast."

„Ich hoffe inständig, dass du recht behältst."

„Natürlich habe ich recht." Sie stemmt die Hände in die Hüften. „Ich bin es gewohnt, mich durchzusetzen, und ich habe nicht vor, meine beste Freundin zu verlieren. Sie muss sich irgendwie verlaufen haben. Vielleicht ist sie verletzt oder ... irgendwas."

„Das ist es!", ruft Cami. „Vielleicht hat sie ihren Platz nicht wiedergefunden und hat sich irgendwo anders hingesetzt, um sich das Konzert anzuschauen. Und weil sie ihr Handy verloren hatte, konnte sie dich nicht anrufen."

„Das Konzert ist seit einer Stunde vorbei", erwidere ich.

„Vielleicht wartet sie noch auf ein Taxi", überlegt Landon. „Als ich mal auf einem Konzert war, hat es nach der Show zwei Stunden gedauert, ehe ich ein Taxi ergattern konnte. Und ich kann euch sagen, das war keine gute Gegend dort. Ich dachte echt, ich würde von irgendeinem Vorbeifahrenden um die Ecke gebracht werden."

„Das ist die Erklärung." Addie nickt. „Und ohne Handy kann sie niemanden anrufen und keinem eine Nachricht schicken. Sie ist vermutlich genauso besorgt wie wir."

„Vielleicht", sage ich und verspüre wieder ein Fünkchen Hoffnung. Ich hole tief Luft. „Das könnte durchaus Sinn ergeben. Das Konzert war ausverkauft, also dauert es bestimmt eine Weile, ehe sie ein Taxi bekommt."

„Und außerdem", fügt Cami hinzu, „hat sie sicher auch noch versucht, dich zu finden, sodass es noch länger dauert, ehe sie in der Schlange für die Taxis dran ist."

„Vielleicht sollten wir hinfahren und dort nach ihr suchen", schlägt Stu vor. „Ich könnte das machen. Wenn sie dann doch hier auftauchen sollte, ruft ihr mich an, und ich kehre um."

„Ich komme mit", bietet Mia an. „Ich kenne die Konzerthalle wie meine Westentasche. Ich bin dort ziemlich oft in irgendwelchen Shows."

Könnte es wirklich so einfach sein? Hat Kat sich einfach nur verlaufen und konnte mich nicht finden? Du meine Güte, dann wäre all die Sorge völlig umsonst gewesen.

„Wenn es euch nichts ausmacht? Ich fände die Idee sehr gut", sage ich. „Ich bleibe hier, falls sie nach Hause kommt."

„Wir warten alle mit dir", erklärt Riley. „Wir lassen dich nicht allein."

„Kat hat eine tolle Familie." Ich blicke mich um und empfinde eine unglaubliche Dankbarkeit und Zuneigung. „Ich danke euch allen."

„Wir gehören also jetzt auch zu deiner Familie?", fragt Addie und zwinkert mir zu. „Das kann Fluch und Segen zugleich sein ... bei dieser verrückten Truppe."

„Ergreif die Flucht, solange du noch kannst", wirft Jake grinsend ein, wird dann aber sofort wieder ernst, als er nach Addies Hand greift. „Ganz ehrlich, ich kann mir niemanden vorstellen, den ich lieber an meiner Seite hätte, wenn irgendetwas mit Addie wäre. Wir schaffen das schon."

In dem Moment klingelt Jakes Handy. „Ah, das ist der Typ, von dem ich erzählt habe. Hallo?"

Er geht ein paar Schritte zur Seite, um zu telefonieren, ehe er mit einem nicht gerade begeistert wirkenden Gesichtsausdruck wieder zu uns kommt. „Er meint, solange sie sich nicht gemeldet hat, können sie nicht viel tun, um sie zu orten, weil sie ihr Handy nicht bei sich hat. Aber wenn sie anruft, dann können sie sie aufspüren."

„Scheiße, wir stecken in einer Sackgasse."

„Wir können nur hoffen, dass ihr nichts passiert ist", sagt Sue. Sie ringt die Hände und beißt sich auf die Lippen, genau wie Kat es immer tut.

Ich gehe zu ihr und lege ihr einen Arm um die Schultern. „Sie ist bestimmt okay."

„Hoffen wir's", seufzt sie. Da klingelt mein Handy. „Vielleicht ist sie das!"

Ich blicke auf das Display und verdrehe die Augen, ehe ich den Anruf wegdrücke. „Nein, das ist mein Dad. Jahrelang höre ich so gut wie nichts von ihm, und plötzlich ruft er ständig an."

„Mich hat er auch schon ein paarmal angerufen." Chase runzelt die Stirn.

„Ich glaube, er ist einsam", stellt Mom fest. „Aber das ist nicht meine Schuld."

Chase und ich lächeln sie an und nicken. „Nein, das ist es nicht", bestätige ich.

„Das ist er schon wieder", sagt Chase, als jetzt sein Handy klingelt. „Hallo, Dad."

Ich beobachte Chase' Gesicht, während Dad redet. Ich wünschte, ich könnte hören, was er sagt.

„Nein, Dad, ich habe im Augenblick wirklich keine Zeit. Kat wird vermisst, und wir versuchen herauszufinden, wo sie sein könnte."

Chase verdreht die Augen.

„Kat ist Macs Freundin. Nein, ich bin sicher, dass du noch nichts von ihr gehört hast. Wir machen uns alle viel zu viele Gedanken um dich, als dass wir dir von unserem Leben erzählen."

„Schimpf nicht mit ihm", mischt Mom sich ein, doch Chase macht eine abwehrende Handbewegung.

„Wir wissen es nicht", fährt Chase fort. „Mac war heute Abend mit ihr zu einem Konzert, und als sie zur Toilette war, ist sie nicht wiedergekommen. Wir können sie nicht finden."

Ich gehe weg, weil ich das Gespräch nicht weiter mit anhören will. Ich will niemanden mehr hören, es sei denn Kat, die sagt: „Ich bin wieder zu Hause."

Ich gehe ins Schlafzimmer, bleibe mitten im Raum stehen und sehe mich um. Die Einrichtung wirkt feminin, ohne dass es übertrieben ist. Es riecht nach Kats Parfüm. Die Schuhe, die sie gestern Abend getragen hat, liegen achtlos auf dem Boden vor dem Bett. Auf dem Stuhl vor dem Fenster liegen getragene Klamotten.

Es sieht so aus, als könne Kat jeden Moment aus dem Bad kommen, mich anlächeln und mir einen Blick zuwerfen, der besagt, dass sie sich schon darauf freut, flachgelegt zu werden.

Ich liebe diesen Blick.

Ich liebe sie.

Ich muss sie finden. Scheiße, ich bin total am Ende. Als ich wieder ins Wohnzimmer zurückkehre, sehe ich gerade noch, wie Chase das Gesicht zusammenzieht und entsetzt sagt: „Was? Mein Gott, Dad, was zum Teufel hast du getan?"

19. Kapitel

Kat

Was für ein widerlicher Geruch.

Langsam wache ich auf. Verdammt, ich muss gestern wirklich heftig gefeiert haben, mein Kopf fühlt sich an, als hätte ich ein, zwei Runden geboxt. Mein Mund ist total ausgetrocknet.

Ich fühle mich einfach ... grässlich.

Mühsam öffne ich ein Auge und runzle die Stirn. Ich bin nicht in meiner Wohnung. Ich bin nicht in meinem Bett.

Wo zum Teufel bin ich?

Und dann kommen die Erinnerungen auf einmal zurück. Das Treffen mit meinen Eltern zum Mittagessen und das Konzert. Preston und sein Kumpel, die mich mitgeschleppt haben.

Oh, Mist, ich bin entführt worden.

„Gerate jetzt nicht in Panik", flüstere ich mir selbst beschwichtigend zu und blicke mich im Zimmer um. Ich bin allein. „Da sitzt du ja richtig schön in der Scheiße, Kat. Wie willst du hier wieder rauskommen?"

Ich weiß nicht, warum ich hier bin. Ich habe nicht die leiseste Ahnung, was sie wollen. Sie haben sich geweigert, mir das zu sagen, als sie mich zu ihrem Wagen gezerrt und schließlich bewusstlos geschlagen haben.

Ich reibe über meinen schmerzenden Hinterkopf und setze mich auf der alten Couch, auf der sie mich abgelegt haben, auf.

Die ist ganz schön durchgesessen und vermutlich mit Dingen infiziert, über die ich lieber nichts Genaueres wissen will.

Schaudernd ziehe ich die Knie an die Brust. Im selben Moment wird die Tür geöffnet, und Preston kommt herein. Ihm folgen der Typ, der ihm bei meiner Entführung geholfen hat, sowie ein Mann, den ich noch nie gesehen habe.

„Ah, sie ist wach", sagt der Fremde.

„Wo bin ich?"

Er schüttelt nur den Kopf und setzt sich hinter den alten Metallschreibtisch, ehe er die Hände über seinem dicken Bauch verschränkt. „Hier stelle ich die Fragen, Schätzchen, nicht du."

„Hab ich doch gesagt, dass sie ununterbrochen redet", wirft Preston ein.

Ich beiße mir auf die Lippen und funkele die drei wütend an. Das muss alles ein Irrtum sein. Was auch immer sie wollen, ich kann ihnen keinerlei Informationen bieten.

„Ich beantworte Ihre Fragen", sage ich schließlich.

„Wunderbar." Der Fremde lächelt und entblößt dabei einen Goldzahn. Sein Haar ist nach hinten gegelt, und an fast allen Fingern funkeln Goldringe.

Er wirkt wie ein schmieriger Gangster aus dem Lehrbuch.

Wenn ich nicht solche Angst hätte, würde ich lachen.

„Man schuldet mir eine ziemlich große Summe Geld", sagt er und beugt sich vor. „Und ich war bisher ziemlich geduldig, Kat."

„Ich schulde Ihnen garantiert nichts", erwidere ich und spüre, wie sich mir die Nackenhaare sträuben.

Macs Dad.

„Stimmt. Aber der Vater von deinem Lover schuldet mir jede Menge. Er hat einfach seine Raten nicht mehr gezahlt.

Und er geht auch nicht mehr dran, wenn ich anrufe."

Das würde ich auch nicht machen.

„Warum ...", beginne ich, doch er unterbricht mich sofort.

„Halt den Mund." Er sieht mich böse an, und ich beiße mir wieder auf die Lippen. „Sein Sohn hat ihm den Geldhahn zugedreht."

Gut so.

„Aber er wird bestimmt zahlen, wenn er erfährt, dass ich dich habe."

„Sie müssen das nicht tun."

„Du hast es wohl nicht so mit Anordnungen, Prinzessin?"

Fast hätte ich bei dem Wort *Prinzessin* gelacht, kann mich aber zum Glück zurückhalten. Der Typ scheint mir nicht gerade mit Sinn für Humor gesegnet zu sein.

Außerdem habe ich Angst. Er hält mich hier fest, weil er Geld will.

Ernsthaft? Ich wurde gekidnappt, um Lösegeld zu erpressen? Bin ich im falschen Film gelandet? Mir war nicht klar, dass so etwas tatsächlich im echten Leben passiert.

„Ich denke", fährt er fort, „dass ich ihn jetzt mal anrufe."

Kurz schließe ich die Augen. Auch wenn mir der Angstschweiß ausbricht, will ich verdammt sein, wenn ich dem Typen zeige, dass ich Schiss habe. Diese Befriedigung gönne ich ihm nicht.

Stattdessen sehe ich ganz ruhig zu, wie er die Nummer ins Handy eingibt. Aus seinen dunklen, bösen Augen blickt er mich an, während er darauf wartet, dass Mac ans Telefon geht.

„Ich habe sie", sagt er schlicht, als Mac sich meldet. „Und wenn du nicht willst, dass ich ihr wehtue, zahlst du die Viertelmillion, die mir dein Vater schuldet."

Was?!

„Wenn nicht", fährt er fort, „wird sie die Kohle abarbeiten. Komplett."

Mir wird schlecht. Ich schlucke, kann aber nichts dagegen unternehmen, dass sich mir der Magen umdreht. Abarbeiten? Wie stellt er sich das denn vor?

Ich glaube, ich will es gar nicht wissen.

„Nein, du kannst nicht mit ihr reden."

„Bitte", flüstere ich.

„Zehn Sekunden", brummt er und reicht mir das Telefon.

„Mac."

„Kat, bist du verletzt? Kannst du mir sagen, wo du bist?"

„Ich bin nicht verletzt", erwidere ich. Oh Gott, ich würde ihm so gern sagen, dass ich ihn liebe. Vielleicht bekomme ich niemals mehr eine Chance dazu. Aber ich will es nicht übers verdammte Telefon tun. „Bitte, hol mich hier raus."

„Halte durch, Baby. Wir werden dich finden."

„Das reicht." Das Telefon wird mir aus der Hand gerissen. „Du hast drei Stunden, um das Geld zusammenzukratzen. Und es ist mir scheißegal, dass es mitten in der Nacht ist. Besorg das verdammte Geld."

Er beendet das Telefonat und sieht mich mit gehässigem Blick an. „Wenn du versuchst abzuhauen, bringe ich dich um. Wenn du versuchst, das Telefon zu benutzen", er deutet zu dem Festnetzanschluss auf dem Schreibtisch, „bringe ich dich um. Du bleibst auf der Couch, bis ich dir sage, dass du dich bewegen sollst."

Ich erwidere nichts.

„Verdammt, hast du mich verstanden?"

Ich nicke einmal, bevor die drei Männer verschwinden und die Tür von außen verschließen. Einatmen, ausatmen. Ich hole tief Luft und bemühe mich, die Tränen zurückzuhalten. Ich darf jetzt nicht die Nerven verlieren. Noch einmal schaue ich mich prüfend um. Vermutlich haben sie mich in ein Lagerhaus gebracht. Vielleicht im Pearl District?

Ehrlich gesagt könnte ich überall sein. Überall in Portland gibt es Lagerhäuser.

„Okay, Kat, denk nach", flüstere ich. „Es muss einen Weg geben, hier rauszukommen. Er kann dich nicht umbringen, wenn er dich nicht findet. Mac ist bestimmt schon ganz krank vor Sorge. Ich will mir gar nicht vorstellen, was er gedacht hat, als ich nicht wieder aufgetaucht bin."

„Außerdem habe ich Adele verpasst, und das macht mich richtig wütend. Ihr Scheißkerle."

Auch wenn sie mich nicht sehen können, blitze ich die Männer hinter der Tür böse an.

„Was hat er gemeint, als er gesagt hat, ich müsse das Geld abarbeiten? Will er mich anschaffen schicken? Oh, verdammt, nein." Ich schüttele den Kopf und spüre, dass ich wieder in Panik gerate. Ich weiß nicht, ob ich noch lange dagegen ankämpfen kann.

Stunde um Stunde vergehen. Das Nichtstun bringt mich um, die Unruhe frisst mich auf.

Also stehe ich auf und gehe zu der verschlossenen Tür, um das Ohr dagegenzupressen und zu lauschen. Einen Moment lang ist es still, doch dann fangen die Männer an zu reden. Ich kann leider nicht alles verstehen.

„… habe versucht, Sie zu erreichen."

„… schlimm genug. Du bist ein Haufen Scheiße."

Anscheinend laufen sie dort draußen herum, denn die Stimmen werden mal lauter, mal leiser.

„… bis zum Ende …"

„… scheiß drauf …"

Plötzlich hört es sich so an, als würde es ein Handgemenge geben, ehe ein lauter Knall ertönt. Erschrocken laufe ich zur Couch und verstecke mich dahinter. Im gleichen Moment ertönt ein: „Hände hoch! Sie sind alle verhaftet!"

Gott sei Dank!

Ich bleibe in meiner Ecke, falls es noch weitere Schusswechsel gibt. Es kommt mir vor, als würde alles in Zeitlupe passieren. Der Lärm, die Stimmen, schließlich wird die Tür zum Büro aufgestoßen, und eine ältere Version von Mac stürmt herein.

„Sie müssen Kat sein", sagt er. Sein Blick ist freundlich, aber voller Sorge. „Ich bin Macs Vater, Eric. Sie sind jetzt in Sicherheit. Es tut mir so leid."

„Oh mein Gott", bringe ich nur heraus. Er zieht mich an sich und nimmt mich in den Arm. „Wo ist Mac?"

„Er ist hier. Ich bringe Sie zu ihm."

„Mr. MacKenzie, Sie müssten mit uns kommen", sagt ein Mann in Uniform, der in der Tür steht. „Wir brauchen noch Ihre offizielle Aussage."

„Kann ich das Mädchen erst noch zu meinem Sohn bringen? Ich bin sofort zurück."

„Von Ihnen brauchen wir auch eine Aussage, Miss." Der Polizist nickt. „Aber zuerst sollten Sie ins Krankenhaus, für alle Fälle. Wir haben die Männer verhaftet. Sie sind in Sicherheit."

Eric schlingt einen Arm um meine Schultern und bringt mich nach draußen. Mac läuft auf dem Bürgersteig auf und ab und diskutiert mit den Polizisten, die ihn daran hindern, ins Gebäude zu gelangen.

Ich löse mich von Eric und laufe auf Mac zu. Ich kann es nicht erwarten, in seinen Armen zu liegen.

Verdammt, ich brauche ihn.

„Kat!" Er fängt mich auf, zieht mich an sich und küsst mich an Gesicht und Wangen. „Bist du verletzt? Haben Sie dich angefasst?"

„Mir geht es gut", erwidere ich und vergrabe mein Gesicht an seinem Hals. Er riecht so verdammt gut. „Jetzt schon."

„Verdammt, Kat."

„Ich weiß." Wir klammern uns aneinander, keiner von uns will den anderen loslassen, obwohl um uns herum so viele Menschen herumschwirren. Jetzt, wo die Anspannung nachlässt, verliere ich völlig die Beherrschung, heule und klammere mich an Mac, als ginge es um mein Leben. Polizisten versuchen, mir Fragen zu stellen, aber für mich ist nur entscheidend, dass ich wieder in Macs Armen liege. „Es tut mir so leid, dass du dir Sorgen um mich machen musstest."

„Hör auf", sagt er und umfasst mein Gesicht mit beiden Händen, bevor er sanft die Tränen wegwischt. „Du kannst doch nichts dafür. Das Wichtigste ist, dass es dir gut geht und du in Sicherheit bist. Oh Gott, Kat, ich würde die Typen am liebsten eigenhändig umbringen."

„Ich möchte dich ungern auch noch verhaften."

Ich drehe abrupt den Kopf herum, als ich die bekannte Stimme höre. „Owen?"

Mein Stammkunde trägt seine Uniform. Ernst sieht er mich an. „Bist du okay?"

Ich nicke und zucke sofort zusammen. Mein Kopf tut höllisch weh. „Sie haben mir im Konzerthaus eine übergebraten. Ich habe Kopfweh."

„Der Krankenwagen kommt schon", erklärt Owen.

„Das ist unnötig", wehre ich ab.

Mac sieht mich grimmig an. „Ist es nicht. Du fährst ins Krankenhaus", stellt er klar.

„Nein." Ich schüttele stur den Kopf. „Mir geht es gut."

„Kat …", beginnt Mac, doch Owen unterbricht ihn.

„Du bist bewusstlos geschlagen worden. Du musst zur Untersuchung. Dann ruhst du dich aus, und Montagmorgen kommst du aufs Revier und machst eine Aussage."

„Heute nicht mehr?", frage ich erleichtert.

„Es ist Wochenende. Die Täter kommen bis Montag in Untersuchungshaft. Ich will, dass du dich ausruhst."

„Ich sorge dafür, dass sie das tut", verspricht Mac. „Danke."

Owen nickt und bringt uns zum Krankenwagen.

„Können Sie allein einsteigen, oder brauchen Sie eine Trage?", fragt der Sanitäter.

„Ich kann allein einsteigen", sage ich. „Und eigentlich brauche ich gar nicht ins Krankenhaus."

„Du bist so verdammt stur", stöhnt Mac genervt. „Willst du den Rest unseres Lebens so stur bleiben? Darauf muss ich mich, glaube ich, erst mental vorbereiten."

Im Wagen lege ich mich hin, und die Sanitäter beginnen, mich an irgendwelche Geräte anzuschließen, als Macs Worte langsam in mein Bewusstsein dringen.

„Den Rest unseres Lebens?"

„Wenn du denkst, du wirst mich wieder los, hast du dich getäuscht", sagt er und nimmt meine Hand in seine, ehe er sie zärtlich küsst. „Himmel, Kat, ich hatte solch eine Angst um dich. Ich glaube, ich war noch niemals so in Sorge um jemanden."

„Ich auch." Ich berühre seine Wange. „Was für ein Chaos. Wie habt ihr mich gefunden?"

„Durch meinen Dad", erklärt er. „Er hat ständig angerufen, wollte wissen, ob Chase, Mom und ich in Sicherheit sind. Schließlich hat Chase ihm gesagt, dass du vermisst wirst und dass wir keine Zeit für ein Plauderstündchen haben. Da ist Dad in Panik geraten. Er hatte die ganze Zeit Angst, dass sie einem von uns etwas antun könnten, hatte aber gar keine Ahnung, dass wir beide zusammen sind. Zum Glück hatte er eine Ahnung, wo der Unterschlupf der Gangster sein könnte, und hat die Polizei direkt zu ihnen geführt. Sie haben ihn vorgehen lassen, um mit den Typen zu reden, dann sind sie reingestürmt und haben alle verhaftet. Es blieb ihnen nichts anderes übrig, als alles zu gestehen."

„Dein Dad wollte bestimmt nicht, dass so etwas passiert", sage ich leise.

Mac nickt. „Ich weiß. Aber jetzt muss er sich helfen lassen. Ich rede mit ihm, sobald ich weiß, dass du in Ordnung bist."

„Ich sage dir doch schon die ganze Zeit, dass es mir gut geht."

„Wunderbar. Das lassen wir uns jetzt nur noch von einem Arzt bestätigen."

Schmollend schiebe ich die Unterlippe vor und bringe Mac damit zum Lachen. „Oh, ich muss Mia noch anrufen."

„Es ist mitten in der Nacht", erinnere ich ihn.

„Die sind alle in deiner Wohnung. Und zwar schon seit Stunden." Er gibt die Nummer ein. „Hallo, ich bin's. Ja, ich bin bei ihr, und wir sind jetzt auf dem Weg ins Emanuel-Krankenhaus. Sie scheint okay zu sein, aber ein Arzt soll sie noch kurz untersuchen. Okay, hört sich gut an. Bis gleich."

„Und?"

„Sie kommen alle ins Krankenhaus."

Ich spüre, dass ich gleich wieder anfangen werde zu heulen. Ich liebe alle diese Menschen so sehr, und zu wissen, dass sie mich auch lieben, ist überwältigend und wunderbar und so verdammt erleichternd.

„Hey, nicht weinen, Schatz."

„Das ist das Adrenalin", schniefe ich und bedanke mich bei dem Sanitäter, der mir ein Taschentuch reicht. „Es ist eine chemische Reaktion auf einen extrem stressigen Impuls."

„Und du behauptest, du seist keine Wissenschaftlerin", sagt Mac lächelnd und hält meine Hand. Ich blicke auf unsere Hände und sehe, dass meine Knöchel weiß hervortreten.

„Bitte, lass mich nicht los", flüstere ich. Er beugt sich vor und küsst mich zärtlich, bevor er mir eine Haarsträhne hinters Ohr streicht.

„Niemals. Mich wirst du nicht mehr los, Rotschopf."

20. Kapitel

Mac

Sie ist in Sicherheit.

Ich glaube, die letzten vierundzwanzig Stunden haben mich zehn Jahre Lebenszeit gekostet, aber die würde ich auf jeden Fall wieder eintauschen, wenn dasselbe dabei herauskäme. Kat ist in Sicherheit.

Wir warten, dass der Arzt die Entlassungspapiere unterzeichnet, und dann können wir nach Hause fahren.

„Die anderen brauchen doch nicht auch zu warten." Kat schüttelt den Kopf. „Sie wissen, dass es mir gut geht; sie sollten auch nach Hause fahren."

„Sie lieben dich", erwidere ich schlicht. „Sie möchten dich mit eigenen Augen sehen."

Die ganze Gang ist von Kats Wohnung hierher ins Krankenhaus gekommen und wartet jetzt schon seit drei Stunden auf sie. Es dauert nicht mehr lange, und die Sonne geht auf. Und ich wünsche mir nichts sehnlicher, als Kat nach Hause zu bringen, mich an sie zu schmiegen, während sie schläft, und sie niemals wieder aus den Augen zu lassen.

„Entschuldigt." Sue streckt den Kopf zur Tür herein. „Können wir jetzt reinkommen und Hallo sagen?"

„Hallo, Mom", begrüßt Kat sie mit einem müden Lächeln.

„Natürlich." Ich gebe Kat noch einen Kuss auf die Wange und trete zur Seite, als ihre Eltern sich in das kleine Zimmer drängen. „Während ihr hier bei ihr sitzt, erstatte ich den anderen schnell Bericht."

„Gute Idee." Stu schüttelt mir die Hand. „Danke, dass du bei ihr warst."

Ich nicke und höre, wie Kat sagt: „Wir warten nur noch auf die Entlassungspapiere", als ich das Zimmer verlasse und den Flur entlang zum Wartezimmer gehe. Landon und Cami hocken dicht beieinander in einer Ecke, und Addie und Jake sitzen ihnen gegenüber. Addie streicht in kreisenden Bewegungen über ihren Bauch. Mom, Mia und Riley unterhalten sich leise, während Chase durchs Zimmer pilgert.

„Wie geht es ihr?", fragt Chase.

„So weit ganz gut. Sie hat eine leichte Gehirnerschütterung, und man hat ihr etwas gegen die Kopfschmerzen gegeben. Wir warten nur noch auf den Arztbrief."

„Gott sei Dank", sagt Mia, während Riley und Addie in Tränen ausbrechen. „Was für ein verdammter Albtraum."

„Es ist vorbei", beruhige ich sie und ziehe Mia in meine Arme. „Ihr geht es gut, und sie ist in Sicherheit. Ich kann nur hoffen, dass sie gegen diese miesen Kidnapper genug in der Hand haben, um sie hinter Schloss und Riegel zu bringen."

„Das haben sie." Ich fahre herum, als ich Dads Stimme höre. „Sie werden für lange Zeit im Gefängnis landen."

„Gut, denn sonst müsste ich sie höchstpersönlich fertigmachen", sagt Kat, die mit ihren Eltern zu uns kommt. „Ich fasse es nicht, dass ihr alle noch da seid. Ernsthaft, wenigstens irgendjemand sollte doch ein bisschen Schlaf bekommen." Trotz der scherzhaften Worte stehen ihr Tränen in den Augen, als ihre Freunde zu ihr kommen und sie in die Arme schließen.

Während sie von den Menschen, die sie am meisten liebt, umgeben ist, ziehe ich meinen Dad zur Seite. „Da du jetzt hier bist, nehme ich mal an, dass sie dich nicht wegen illegalen Glücksspiels verhaftet haben."

Er schüttelt den Kopf. „Nein. Sie haben mir einen Deal angeboten, im Austausch für Informationen, die ich ihnen über die Typen geben kann."

Ich nicke. „Danke, dass du uns geholfen hast, sie zu finden."

„Verdammt, Mac, sie haben sie nur meinetwegen entführt! Du solltest mir nicht danken, du solltest mich verprügeln. Es tut mir wirklich leid, dass das alles passiert ist."

„Oh, glaub mir, ich habe während der vergangenen zehn Jahre unzählige Male daran gedacht, dir einen Tritt in den Hintern zu verpassen."

„Ich bin eine Enttäuschung", sagt er und lässt den Kopf hängen.

„Das muss aber nicht so bleiben", kontere ich genervt. „Wir raten dir seit Jahren, dir helfen zu lassen, Dad. Du meine Güte, Mom hat dich verlassen, und das ist dir erst nach zwei Wochen aufgefallen! Wie kann das angehen?"

„Ich weiß." Er fährt sich mit einer Hand übers Gesicht. Seine Augen wirken müde und einfach nur ... total niedergeschlagen.

„Dad, du musst eine Therapie machen."

„Die gibt es nicht umsonst, Junge."

„Verdammt, du bist wirklich furchtbar." Ich gehe ein paar Schritte von ihm fort, ehe ich wieder umkehre und die Hände in die Taschen stopfe, um ihn nicht zu erwürgen. „Chase und ich haben viel Geld verdient, als wir die Bars verkauft haben."

„Und?"

„Und auch wenn ich nicht bereit war, deine Spielsucht finanziell zu unterstützen, bin ich mehr als willig, eine Therapie zu bezahlen. Dad, du musst das in den Griff kriegen. Tu es für Mom."

Wir schauen hinüber zu meiner Mutter, die gerade Kat umarmt. „Sie ist eine unglaubliche Frau."

„Ja, das ist sie. Und sie liebt dich. Sie will dich nicht aufgeben, Dad. Hol dir Hilfe, damit du mit ihr alt werden kannst."

„Ich mach's. Ich weiß nicht, wie ich dir dafür danken soll, aber ich nehme es in Angriff."

„Werde einfach wieder gesund. Das ist das einzige Dankeschön, das ich brauche."

Er nickt, schüttelt mir die Hand und zieht mich dann in seine Arme. „Ich liebe dich, Sohn."

„Ich dich auch, Dad."

„Ich denke, wir sollten alle nach Hause fahren", verkündet Landon und legt Cami einen Arm um die Schulter. Im nächsten Moment schaut er erschrocken zu Addie. „Alles okay bei dir, Blondie?"

„Diese Übungswehen nerven." Sie holt tief Luft.

„Schätzchen, ich glaube nicht, dass das noch Übungswehen sind", sagt Sue und reibt Addie den Rücken. Plötzlich blickt Addie an sich hinunter und sieht, dass ihre Hose klatschnass ist.

„Oh Gott. Das ist mein schlimmster Albtraum."

„Was?", will Kat wissen.

„Meine Fruchtblase ist gerade in aller Öffentlichkeit geplatzt." Sie streckt die Hand nach Jake aus. „Wie gut, dass wir schon im Krankenhaus sind. Ich vermute, dass ich das Baby heute bekommen werde."

„Oh mein Gott", ruft Riley. „Hast du deine Kliniktasche dabei?"

„Jake hat sie gestern gerade ins Auto gelegt." Addie nickt. Jake sagt gar nichts; er wirkt völlig geschockt.

„Na, dann wollen wir dich mal einchecken", meint Kat.

„Du musst nach Hause", erwidert Addie und spricht mir damit aus der Seele. „Mensch, du bist gekidnappt worden. Fahr nach Hause, und ruhe dich aus."

„Nichts da! Du bekommst ein Baby", erwidert Kat empört. „Mir geht es gut. So, und jetzt melden wir dich an."

„Oh Gott", stöhnt Addie und greift nach Jakes Hand. „Das wird bestimmt höllisch wehtun."

„Lass dir Schmerzmittel geben", rät Cami.

„Wie spät ist es?", fragt Riley.

„Das hast du gerade erst vor zehn Minuten gefragt", beschwert sich Mia, schaut aber trotzdem auf ihr Handy. „Mittag."

„Wann kommt denn dieses Baby endlich?" Riley gähnt. „Sie liegt doch schon seit sieben Stunden in den Wehen."

„Mit Kat habe ich sechsunddreißig Stunden in den Wehen gelegen", erzählt Sue lächelnd. „Das Baby kommt, wenn es so weit ist."

„Dafür hast du irgendeine Art von Orden verdient", meint Cami und sieht Sue bewundernd an. „Das klingt richtig schmerzhaft."

„Es war kein Zuckerschlecken." Sue lacht. „Zeitweise hätte ich Stu am liebsten mit bloßen Händen umgebracht. Aber dann war sie da und war das winzigste, süßeste Ding, das ich je gesehen hatte."

„Ich bin noch immer das süßeste Ding, das du je gesehen hast." Kat zwinkert ihrer Mom zu. „Vielleicht sollten wir herausfinden, wie weit sie ist, und wenn es noch dauert, können wir uns hier abwechseln."

„Keine schlechte Idee", erklärt Landon. „Wir sind ja alle nur einen Telefonanruf entfernt."

„Ich gehe nicht weg", sagt Mia kopfschüttelnd. „Ihr könnt alle nach Hause fahren, wenn ihr wollt, und ich rufe euch dann an, wenn es etwas Neues gibt."

„Ich würde am liebsten richtig bei ihr sein", beklagt sich Cami. „Es ist nicht richtig, dass wir nicht dabei sind."

„Sie meint, dass nur die, die bei der Zeugung dabei waren, bei der Geburt dabei sein dürfen." Riley rollt mit den Augen. „Ich meine, was soll das. Glaubt ihr, die Hebamme war da und hat gerufen: ‚Ja, so ist es richtig, Jake, gib's ihr'?"

„Pfui", meint Cami nur und sieht Riley böse an. „Das ist nun wirklich nicht sexy."

„Genau", bekräftigt Riley.

„Wir haben ein Baby!" Jake kommt in den Wartebereich gerannt. Er sieht erschöpft und verschwitzt, aber überglücklich aus. „Sie ist unglaublich. Sie sind beide unglaublich. Oh mein Gott, ich bin Papa."

„Ist es ein Mädchen oder ein Junge?", fragt Mia.

„Ein Mädchen", antwortet er breit grinsend. „Ich muss zurück."

Er dreht sich um und saust wieder weg, während die Mädels sich anstarren.

„Wie heißt sie denn? Und wie viel wiegt sie?", will Kat von mir wissen.

„Ich bin auch nicht dabei gewesen", erinnere ich sie.

„Deshalb hätte eine von uns oder wir alle dabei sein sollen", meint Cami kopfschüttelnd. „Er ist viel zu aufgeregt, um uns mit allen wichtigen Informationen zu versorgen."

„Jetzt, da wir wissen, dass alles gut gegangen ist, gehen wir mal", sagt Sue zu Kat und umarmt sie noch einmal fest. „Ich bin so froh, dass du in Sicherheit bist."

„Ich auch, Mom. Danke."

Auch Stu umarmt seine Tochter, ehe Kats Eltern das Krankenhaus Hand in Hand verlassen. Mom, Dad und Chase sind schon gegangen, nachdem Addie in den Kreißsaal gebracht worden ist und wir es uns im Wartezimmer gemütlich gemacht hatten.

Also sind Landon und ich jetzt mit den Mädels allein.

„Sollen wir mal fragen, ob wir sie sehen dürfen?", überlegt Kat. „Ich würde gern nach Haus fahren, um ein paar Stunden Schlaf zu bekommen. Ich könnte dann heute Nachmittag wiederkommen."

„Addie und Jake brauchen sicher auch ein bisschen Ruhe", meint Cami nickend. „Ich gehe mal eine Schwester fragen."

Sie eilt hinaus, um jemanden zu finden, und ich streiche sanft über Kats Wange. Ich kann einfach nicht aufhören, sie zu berühren. „Wir sollten heimfahren."

„Ich möchte sie gern erst noch sehen." Sie gähnt ausgiebig. „Aber danach fahren wir definitiv nach Hause."

„Du musst doch völlig erschöpft sein."

„Inzwischen bin ich schon fast im Delirium, glaube ich", meint sie lachend. „Ich bin über das Müdigkeitsstadium längst hinaus. Aber es ist okay, denn Addie war ja auch den ganzen Tag und die ganze Nacht auf und hat noch ein Baby bekommen."

„Ich liebe es, wie du immer alles in Relation setzt."

„Sie darf zwei Besucher gleichzeitig empfangen", berichtet Cami. „Kat, geh du mit Mac als Erstes rein, damit ihr nach Hause kommt."

„Das lass ich mir nicht zweimal sagen", erwidert Kat strahlend. Wir gehen hinaus, den Flur entlang zu Addies Zimmer. Als wir hereinkommen, sehen wir sie im Bett liegen, Jake an ihrer Seite und das Baby in ihren Armen.

„Hallo." Addie strahlt uns an. „Ich habe ein Baby bekommen."

„Ich hab so was gehört", meint Kat und hat auf einmal Tränen in den Augen. „Oh, Himmel, Addie."

„Ich weiß." Sie streicht mit einem Finger über die Wange des Babys. „Sie ist so winzig."

Kat geht um das Bett herum, um Jake zu umarmen, ehe sie ihn aus dem Weg schubst. „Jetzt bin ich dran, Kumpel. Du hattest sie schon den ganzen Morgen für dich."

„Na ja, weißt du, ich bin ja auch der Dad und so", kontert Jake grinsend.

„Und ich bin die Tante", erklärt Kat. „Oh, darf ich sie auf den Arm nehmen?"

„Natürlich." Addie reicht ihr das Baby. Kats Miene wird ganz weich, und sie schaukelt die Kleine sanft hin und her.

„Hallo, meine Süße. Wir haben uns schon alle darauf gefreut, dich kennenzulernen, weißt du?"

„Wie heißt sie?", frage ich.

„Das hast du ihnen nicht erzählt?", beschwert Addie sich bei Jake.

„Ich war zu aufgeregt", verteidigt er sich. „Ich war froh, dass ich es überhaupt geschafft habe, ihnen Bescheid zu sagen."

„Und?", hakt Kat nach.

„Ella", verkündet Addie lächelnd.

„Wie Ella Fitzgerald?", fragt Kat.

„Natürlich", erwidert Jake. „Ihr Name ist Ella Lou Keller. Sie wiegt etwas mehr als sechs Pfund und ist vierundfünfzig Zentimeter groß."

„Du bist wirklich ein winziges Ding", flüstert Kat Ella zu. „Oh, ich bin ganz verliebt in dich. Du bist bezaubernd."

„Guck dir ihre Zehen an." Addie schlägt die Decke, die um das Baby gewickelt ist, zur Seite, um uns zehn vollkommene kleine rosa Zehen zu zeigen. „Sie sind so unglaublich klein."

„Alles an ihr ist klein." Jake muss schlucken. „Ich habe Angst, sie zu zerbrechen."

„Keine Sorge", versichert Addie ihm. „Babys sind robust, und du bist so sanft. Sie verkraftet das alles."

Kat gähnt noch einmal, küsst Ella am Köpfchen und reicht sie wieder an Addie zurück. „Ich freue mich so für euch beide. Herzlichen Glückwunsch."

„Danke." Jake zieht Kat noch einmal in die Arme. „Und jetzt sieh zu, dass du nach Hause kommst und dich ausruhst."

„Das ist der Plan."

Kat wirft Addie noch eine Kusshand zu, ehe wir das Zimmer verlassen. „Ich war noch nie so müde."

„Dann ab nach Hause, Schätzchen."

„Es ist irgendwie verrückt", sagt Kat, als wir ihre Wohnung betreten.

„Was?"

„Überleg mal, was alles in den letzten vierundzwanzig Stunden passiert ist. Schöne Dinge und Dinge, die alles andere als schön waren."

„Ja, ich war dabei."

„Aber dann komme ich hier rein, und alles ist wie vorher, so, als wäre nichts geschehen."

„Komm her." Ich kann es keine Sekunde länger aushalten, will sie endlich in die Arme nehmen und einfach nur festhalten. „Ich hatte dich so lange nicht für mich."

„Jetzt bin ich hier", erwidert sie leise, schnieft dann aber. „Wieso weine ich jetzt? Ich bin gar nicht traurig."

„Ich weiß."

„Ich habe auch keine Angst mehr."

„Das ist die Erschöpfung, Baby."

„Ich freue mich so für Addie." Sie wischt sich die Nase und schaut zu mir auf. „Vielleicht habe ich meine Meinung gerade geändert. Vielleicht möchte ich doch irgendwann ein Baby."

„Was das angeht, darfst du deine Meinung sehr gern ändern." Ich lächele und streiche ihr eine Träne von der Wange.

„Mac, ich habe es bisher noch nicht gesagt, und ich fühle mich so blöd, weil ich es bestimmt schon tausend Mal sagen wollte, aber ich hatte Angst und habe außerdem geglaubt, ich hätte alle Zeit der Welt. Ich liebe dich, Mac."

Ich hebe sie hoch und trage sie hinüber ins Schlafzimmer, wo ich sie vorsichtig aufs Bett lege, ehe ich ihren Körper mit meinem bedecke. Sanft umfasse ich ihr Gesicht und küsse sie zärtlich, indem ich mit den Lippen über ihren Mund streife und ihre Nase anstupse. Ihre Worte machen mich überglücklich.

„Du bist das Beste in meinem Leben, Katrina", flüstere ich an ihren Lippen. „Du hast mir alles beigebracht, von Anfang an."

Ich streiche ihr eine Haarsträhne von der Wange und lächele Kat an. Ihre Augen strahlen.

„Nur weil man atmet, ist man nicht unbedingt lebendig. Du hast mir erst das Gefühl gegeben, lebendig zu sein, Kat. Es war, als hätte ich das erste Mal richtig tief durchgeatmet, als du dich im Flugzeug neben mich gesetzt hast. Du verschlingst mich auf eine Art und Weise, die sowohl aufregend als auch beängstigend ist, und sollte ich dich jemals verlieren, würde mich das umbringen. Das weiß ich spätestens seit gestern."

„Du wirst mich nicht verlieren", flüstert sie.

„Ich liebe dich. Aber selbst diese Worte erscheinen mir zu simpel, um zu beschreiben, was ich für dich empfinde. Es ist wie ein Schmerz direkt hier in meiner Brust, aber einer der meinetwegen niemals enden soll. Ich schaue dich an, und ich bin ruhig. Ich halte dich in den Armen und fühle mich vollkommen."

„Dich zu lieben, Kat, bedeutet nach Hause kommen, und es ist besser als alles, was ich je empfunden habe."

Eine Träne kullert ihr langsam über die Wange.

„Du bist das Beste, was mir je passiert ist", wispert sie. „Und du beruhigst mich auch. Du gibst mir ein Gefühl von Sicherheit, und wenn ich mit dir zusammen bin, bin ich einfach nur so verdammt glücklich. Wenn ich mit dir zusammen bin, kann ich einfach ich sein. Verletzlich zu sein ist eigentlich nicht mein Ding, aber bei dir ist es ganz einfach."

Ich gebe ihr einen sanften Kuss auf die Lippen. Doch dann entwickelt sich der Kuss zu einem der leidenschaftlichsten, die wir je geteilt haben. In Windeseile haben wir uns ausgezogen, und ich lege mich vorsichtig wieder auf sie. Mein Schwanz ruht in ihrem Schoß, während ich ihr Gesicht umfasse und sie küsse, bis wir beide außer Atem sind.

„Mac?"

„Ja, mein Darling."

„Ich möchte, dass du mich liebst. Ich brauche das jetzt." Sie gleitet mit der Zunge verführerisch über ihre Lippen und hebt die Hüften herausfordernd an, was mich naturgemäß noch mehr erregt.

„Das ist der Plan." Ich küsse sie am Kinn, hinterlasse eine Spur von Küssen auf ihrem Hals, bis hinunter zu ihrem Schlüsselbein, ehe ich meine Zunge um einen ihrer Nippel kreisen lasse.

„Oh, ich liebe es, wenn du das tust", stöhnt sie. „Das, was du mit deinem Mund tust, ist wirklich gut."

„Und dabei fange ich gerade erst an."

Ihr Körper erwacht unter mir zum Leben, und diese leichte Röte, die ich so liebe, breitet sich von ihrer Brust bis hinauf zu den Wangen aus. Sie spreizt die Beine, öffnet sich auf köstliche Weise für mich, und ich werde jeden Zentimeter von ihr erkunden, bis sie sich unter mir windet und meinen Namen schreit.

Ihr Bauch erzittert leicht, als ich sie spielerisch beiße und mit dem Mund immer tiefer wandere. Sie ist bereits feucht, und das lässt mich noch härter werden. Etwas, was ich kaum für möglich gehalten hätte. Ich hocke mich zwischen ihre Beine und ziehe den Finger über ihre weichen rosa Lippen, necke ihre Klit, ehe ich wieder tiefer gleite.

Kat streckt die Hand aus und vergräbt die Finger in meinen Haaren. Sie packt fest zu, als ich sie weiter verwöhne und zum Stöhnen bringe.

„Du bist so unglaublich sexy", sage ich heiser. Sie beißt sich auf die Lippe und wirft den Kopf zurück. Mit ihrer freien Hand hält sie ein Kissen umklammert, während ich mit zwei Fingern in sie eindringe und ihren empfindlichsten Punkt berühre.

„Himmel", keucht sie und kommt im nächsten Moment, indem sie sich an meiner Hand reibt. Ich küsse mich an ihrem Körper wieder hinauf, streife schnell ein Kondom über und dringe mühelos in sie ein, was uns beiden einen zufriedenen Seufzer entlockt.

„Du fühlst dich so verdammt gut an." Ich lege meine Stirn auf ihre und beginne, mich langsam zu bewegen. Ich habe keine Eile, den Höhepunkt zu erreichen. Ich will Kat einfach nur lieben.

„Ich hatte keine Ahnung, dass Sex so unglaublich toll sein kann", sagt sie.

„Wir lieben uns, Kat", erwidere ich. „Ich ficke dich nicht, wir haben nicht nur Sex, wir lieben uns."

„Das stimmt", erwidert sie mit einem bezaubernden Lächeln. „Ich vermute, ich hab's nicht erkannt, weil ich das vorher noch nie erlebt habe."

„Ach, Baby." Ich streife mit den Fingerknöcheln über ihre Wange. „Danke."

„Wofür?"

„Dafür, dass du du bist. Dass du mir gehörst." Ich küsse ihre Wange, ihren Hals. „Dafür, dass du mich liebst."

„Dich zu lieben beruhigt mich inmitten des Sturms, Mac. Es ist das Sicherste, was ich je getan habe."

„Du bist unglaublich."

Sie bewegt die Hüften und hat dabei dieses zufriedene, aufreizende Lächeln in ihrem bezaubernden Gesicht. „Danke, dass dir das aufgefallen ist."

21. Kapitel

Kat

Sechs Wochen später

„Das hätten wir schon vor Wochen machen sollen", sagt Cami und nippt an ihrem Weinglas.

„Vor Wochen war ich noch schwanger", erinnert Addie sie. „Ich hätte einen Nervenzusammenbruch bekommen, wenn ihr ohne mich eine Weintour gemacht hättet."

„So gemein sind wir nicht." Ich schnappe mir ein Stück Brie mit Salami und einem Cracker. „Diese Salami ist köstlich."

„Sagt seine Freundin." Riley lacht über ihren eigenen Witz. „Ernsthaft, Mac, das macht wirklich Spaß."

Mac veranstaltet heute eine Wein-Erlebnistour nur für uns. Das heißt, wir fünf Mädels und er sind allein unterwegs, und ich muss zugeben, es ist irgendwie nett, mit dem Tourguide hemmungslos flirten zu können.

„Machen dich auf den Touren häufig irgendwelche Frauen an?", fragt Cami ihn. „Denn je beschwipster ich werde, desto eher neige ich dazu, und du bist echt heiß, also ..."

„Manchmal", gibt Mac zu und erntet darauf einen bösen Blick von mir. „Aber ich lache nur darüber und schicke sie ihrer Wege."

„Ich würde ihnen eins auf die Nase geben", verkünde ich.

„Schlampen, die sich an meinen Mann ranmachen."

„An meinen machen sich ständig Schlampen ran", erinnert Addie mich. „Es ist ein Kompliment und zeigt, dass dein Mann ein toller Typ ist."

„Wenn sie ihn anfassen, sind sie tot."

„Oh, das ist das Netteste, was je jemand über mich gesagt hat." Mac lacht. „Keine Sorge, mein Schatz, niemand fasst mich an."

„Wenn sie schlau sind", erwidere ich nickend.

„Ich muss euch was sagen", verkündet Cami auf einmal. „Aber es muss unter uns bleiben."

„Kennen wir noch irgendwelche anderen Leute?", fragt Mia. „Ich rede sowieso nur mit euch, also ist das kein Problem."

„Trotzdem. Was auf der Weintour passiert, bleibt auf der Weintour." Cami deutet auf Mac. „Verstanden?"

„Ich habe nichts gehört", versichert er.

„Okay, Landon und ich wollen jetzt noch einmal versuchen, ein Baby zu machen."

„Das ist wunderbar!", rufe ich, und wir alle heben unsere Gläser, um ihr zu gratulieren.

„Ella ist so niedlich, und ich fühle mich wieder ganz gesund, also werden wir es versuchen. Aber ohne Druck. Ich werde nicht vierzig Mal am Tag meine Temperatur messen oder so."

„Fürs Erste." Riley grinst. „Ich freue mich für euch, meine Süße. Na, dann wollen wir dich mal ordentlich abfüllen, damit du nachher, wenn du nach Hause kommst, richtig geilen Sex haben kannst."

„Der Plan gefällt mir." Cami klatscht in die Hände. „Bring den Schnaps her."

„Wir sind auf einer Weintour", erinnert Mac sie.

„Dann bring mehr Wein", ruft sie glücklich. „Hey, Mac, wie geht es überhaupt deinem Dad?"

„Ganz gut, danke. Er steckt mitten in seiner Therapie, und bisher läuft alles vielversprechend. Mom überlegt, ob sie demnächst wieder zu ihm zurückzieht."

„Ich freue mich, dass sich alles zum Besseren gewendet hat", sagt Riley. „Gut, dass er sich Hilfe geholt hat."

„Dass Kat in Gefahr geraten ist, hat das Fass zum Überlaufen gebracht, sowohl für ihn als auch für uns", sagt Mac.

„Manchmal entsteht etwas Gutes aus etwas Schrecklichem", sagt Mia auf ihre typisch nüchterne Art.

„Und was passiert als Nächstes?", fragt Riley.

„Was meinst du?", will ich wissen.

Alle meine Freundinnen verdrehen die Augen.

„Mit euch natürlich", sagt Cami.

„Ach, wir sind ganz glücklich so, wie es im Moment ist." Ich blicke in Macs strahlendes Gesicht. „Solange wir zusammen sind, ist alles andere völlig unerheblich. Ein bisschen ist es wie auf einer Reise: Der Weg ist das Ziel."

„Diese Weintour dauert schon eindeutig zu lange, ich komm da nicht mehr mit!" Addie schüttelt den Kopf. „Ich bin nicht einmal sicher, ob ich verstehe, was du gerade gesagt hast."

„Ich bin glücklich", erkläre ich lachend. „Ich bin glücklich, so wie es ist."

„Perfekt." Mia hält ihr Glas hoch. „Mein Glas ist leer, Mr. Wonderful."

„Wie konnte das passieren?" Mac wählt einen neuen Wein aus und gießt uns allen eine Probe davon ein. Während die Mädels ihn in ihren Gläsern schwenken und daran riechen, beugt Mac sich zu mir und flüstert mir ins Ohr: „Das ist die schönste Reise meines Lebens."

Ich lächele ihn an und schürze die Lippen, damit er mir einen Kuss gibt – eine Einladung, die er natürlich nicht ausschlägt.

„Und sie hat gerade erst begonnen."

Epilog

Kat

„Wo ist Riley?", fragt Cami. Sie sitzt an der Bar und stützt den Kopf in die Hände. Eine Teambesprechung steht an, aber Riley ist zu spät dran.

„Was ist los mit dir? Hast du einen Kater von gestern?", fragt Addie.

„Mac hat mich so betrunken gemacht." Cami stöhnt.

„Und hat es gewirkt?", frage ich. „Hattet ihr geilen Sex?"

„Oh ja." Sie linst zwischen ihren Fingern hervor und wirft mir ein Lächeln zu. „Wir hatten viel Spaß. Er macht dieses ..."

„Oh mein Gott, hör auf!", kreischt Mia und hält sich die Ohren zu, während sie vehement den Kopf schüttelt. „Ich will absolut nichts über die Sexspielchen meines Bruders hören."

„Spielverderber", murmelt Addie. „Ich darf übrigens auch wieder Sex haben, und da Ella manchmal sogar durchschläft, hatte ich auch herrlich geilen Sex."

Cami hebt die Hand, um sich mit Addie abzuklatschen. „Braves Mädchen."

„Leute, ihr glaubt es nicht", verkündet Riley, als sie mit laut klackernden Absätzen in die Bar geeilt kommt. „Ich kann es selbst kaum glauben."

„Du wurdest von Außerirdischen entführt", sage ich und grinse, als sie mir einen bösen Blick zuwirft.

„Ich meine es ernst."

„Okay, was ist los?", fragt Mia.

„Ich habe gerade ein Telefonat mit einem Typen namens Trevor Cooper geführt. Er ist der Produzent der Kochsendung auf *Best Bites TV*."

Mia reißt die Augen auf. „Den Sender habe ich ständig an."

„Ich weiß." Riley klatscht aufgeregt in die Hände. „Er sagt, er habe fantastische Dinge über unser Restaurant gehört, und es könne sein, dass sie uns in ihre Show *Traveling Eats* aufnehmen. Außerdem hätten sie auch noch mehr Ideen für ein längeres Projekt."

„Nein", sagt Mia sofort und verschränkt die Arme vor der Brust.

„Was soll das heißen?", will Riley wissen.

„Keine Kameras in meiner Küche." Mia schüttelt den Kopf. „Die lenken mich nur ab."

„Mia, das ist ein Riesending. Diese Art von Werbung könnte das Seduction richtig berühmt machen."

„Wir sind auch so schon mehr als ausgelastet", beharrt Mia.

„Es ist aber nicht nur dein Restaurant", kontert Riley, wobei ihre Stimme schon lauter wird. „Es gehört uns allen."

„Es ist meine Küche."

„Hier geht es um landesweites Fernsehen. Es ist eine Ehre, dass sie uns überhaupt in Erwägung ziehen."

„Ja, ich fühle mich auch geehrt." Mia zuckt mit den Schultern. „Aber ich sage trotzdem Nein."

„Wir sollten darüber nachdenken", mische ich mich ein und halte Mias Blick stand, als sie mich böse anfunkelt. „Wir müssen an das große Ganze denken, Mia. Riley hat recht, das könnte eine Menge für uns bedeuten."

„Ihr werdet mich nicht überreden."

„Wie klang eigentlich dieser Trevor? Ist er ein heißer Typ?", fragt Addie grinsend.

„Er klang wie ein Mann", erwidert Riley erbost. „Sagt mal, nehmt ihr das alle nicht ernst? Es geht um landesweites Fernsehen. Eine Chance, die jeder gern hätte und die nur wenigen vergönnt ist."

„Okay, was wäre der nächste Schritt?", fragt Cami.

„Trevor kommt nächste Woche her", berichtet Riley triumphierend. „Er will sich alles anschauen, und ich habe ihn schon gewarnt, dass er es bei Mia schwer haben wird."

„Er kann so viel reden, wie er will", erklärt Mia stur.

„Trevor ist ein heißer Name", überlegt Addie. „Vielleicht eine Möglichkeit für Riley, ein bisschen Sexurlaub zu machen?"

„Wie bin ich nur auf die Schnapsidee gekommen, mit euch ein Restaurant zu eröffnen?" Riley stemmt die Hände in die Hüften. „Ich werde definitiv nicht mit dem Fernsehproduzenten schlafen. Aber ich hoffe sehr, dass er uns für seine Show auswählt."

„Und ich hoffe, dass er es nicht tut", erklärt Mia.

Riley kneift die Augen zusammen. „Er kommt nächsten Mittwoch. Wehe, du sabotierst das hier, Mia. Ich warne dich."

„Tue ich nicht." Mia gibt sich seufzend geschlagen. „Aber noch mal zum Mitschreiben: Ich bin dagegen."

„Haben wir notiert." Riley grinst. „Das Fernsehen, Mädels! Jetzt kommt der Riesenerfolg!"

– ENDE –

Menü

Artischocken- und Rucola-Pesto mit Olivenöl und gerösteten Pinienkernen

Blätterteigpasteten mit Honig- und Ziegenkäse, frischen Feigen und Meersalz

Gegrilltes Flanksteak mit Cherrytomaten, Perlzwiebeln und Boursin-Käse, serviert auf Toast

Wassermelone, Quinoa, gehobelte Mandeln, Feta und Rucola-Salat

Marinierte Oliven und Nüsse

Schokoladen-Lava-Kuchen mit Vanille-Eiscreme

Weinauswahl:

Sokol Blosser Pinot Gris 2012, Willamette Valley, Oregon
Matthiason Greco di Tufo, Napa Valley, Kalifornien
Heitz Cellars Petit Verdot, St. Helena, Kalifornien

Artischocken- und Rucola-Pesto mit Olivenöl und gerösteten Pinienkernen

2 Esslöffel Pinienkerne sowie zusätzliche Kerne zum Toasten und Garnieren
2 Bund Rucola
½ Tasse abgezupfte Basilikumblätter
½ Tasse marinierte Artischocken in Öl, nicht abgießen
3 geschälte Knoblauchzehen
450 g Parmesankäse
50 g Olivenöl sowie zusätzlich 1 Teelöffel zum Garnieren
Salz und Pfeffer
Cracker, Toast oder Pitabrot

1. Ofen auf 190° vorheizen. Die Pinienkerne auf ein mit Backpapier ausgelegtes Backblech legen. Im Ofen ca. 3–5 Minuten goldbraun rösten. Aus dem Ofen nehmen und abkühlen lassen.
2. Rucola, Basilikum, Artischocken, Knoblauch, Parmesan und das Öl in den Mixer geben. Fest verschließen.
3. Auf höchster Stufe zerkleinern, bis die Masse keine Stücke mehr enthält. Anschließend mit Salz und Pfeffer abschmecken.
4. In eine Schüssel geben und mit einem Wellenmuster verzieren. Mit einem Esslöffel Olivenöl und gerösteten Pinienkernen garnieren.
5. Mit Crackern, Toast oder Pitabrot servieren.

Honig-Ziegenkäse auf Blätterteig, garniert
mit Feigen und Meersalz

1 Packung Blätterteig
1 Ei
1 Esslöffel Wasser
225 g Ziegenkäse
2 Esslöffel Honig sowie zusätzlichen Honig zum Garnieren
1 Teelöffel gehackten Thymian
Meersalz
Pfeffer nach Geschmack
12–14 frische Feigen, geteilt oder geviertelt – je nach Größe

1. Den Blätterteig vorbereiten und auf der leicht mit Mehl bestäubten Arbeitsfläche auf eine Größe von ca. 25 x 25 cm ausrollen. Mit einem Pizzaroller oder scharfen Messer 5 x 5 cm große Quadrate ausschneiden. Auf ein mit Backpapier ausgelegtes Blech legen, ohne dass sich die Quadrate berühren. Das Ei mit einem Esslöffel Wasser verrühren und die Oberseite des Blätterteigs damit bestreichen. Bei 200° ungefähr 8–10 Minuten backen, bis der Blätterteig aufgegangen und goldbraun ist. Vor dem Weiterverarbeiten vollständig auskühlen lassen.
2. Für die Füllung den Ziegenkäse, 2 Esslöffel Honig, 1 Teelöffel gehackten Thymian, Salz und Pfeffer in einer Schüssel verrühren.
3. Blätterteig auf einen Servierteller legen und entweder mit einem Spritzbeutel mit Sternentülle oder mit einem Teelöffel die Füllung in die Mitte des Blätterteigs geben.

4. Eine halbierte oder geviertelte Feige mit den Kernen nach oben auf die Ziegenkäsemischung geben.
5. Mit dem zusätzlichen Honig beträufeln sowie mit einem Hauch Meersalz und einem kleinen Zweig Thymian garnieren.

Gegrilltes Flanksteak, gegrillte Tomaten und Boursin-Käse auf Toast

1–1 ½ Pfund Flankensteak
Salz und schwarzer Pfeffer
1 Schachtel Cherrytomaten
2 Knoblauchzehen
1–2 Esslöffel Olivenöl, zusätzliches Öl für das Brot
1 Baguette
1 Packung Knoblauch- und Kräuter-Käse (Boursin)
Geschnittener Schnittlauch zum Garnieren (nach Geschmack)

Eingelegte rote Zwiebel

½ Tasse Apfelessig
1 Esslöffel Zucker
1 ½ Teelöffel Salz
1 Tasse Wasser
1 rote Zwiebel, fein geschnitten

1. Eingelegte rote Zwiebel: Apfelessig, Zucker und Salz mit einer Tasse Wasser verrühren, bis sich Zucker und Salz vollständig aufgelöst haben. Zwiebel in eine Schüssel geben und mit der Essigmischung übergießen. Bei Zimmertemperatur 1 Stunde stehen lassen. Die Zwiebel kann bis zu zwei Wochen im Voraus vorbereitet werden. Abdecken und kühl stellen. Vor dem Servieren die Flüssigkeit abgießen.
2. Steak vorbereiten: Mit Salz und Pfeffer bestreuen und bei Raumtemperatur ruhen lassen.

3. Tomaten grillen: Ofen auf 200° vorheizen. Tomaten, Knoblauch, Olivenöl, Salz und Pfeffer auf ein mit Backpapier ausgelegtes Blech geben und miteinander vermischen. In den Ofen schieben und 10–15 Minuten backen, bis die Tomaten leicht zusammengeschrumpft sind und Farbe angenommen haben.
4. Toast vorbereiten: Das Baguette in Scheiben schneiden und auf ein mit Backpapier ausgelegtes Blech legen. Mit Olivenöl bestreichen und im Ofen 8–10 Minuten toasten. Das Brot sollte hellbraun und knusprig sein.
5. Flanksteak: Während das Brot getoastet wird, das Steak auf den vorgeheizten Grill legen und von beiden Seiten 3–5 Minuten braten, bis der gewünschte Garpunkt erreicht ist (vorzugsweise medium). Steak vom Grill nehmen und 5–10 Minuten ruhen lassen, während die Tomaten und der Toast abkühlen.
6. Abgekühlten Toast mit Boursin-Käse bestreichen, ein Stück Steak darauflegen, eingelegte Zwiebel und Cherrytomaten hinzufügen und je nach Geschmack mit Schnittlauch garnieren.

Wassermelonen-Salat

250 g Wassermelone, in kleine Stücke geschnitten
2 Esslöffel Feta
½ Tasse Quinoa, gekocht
1 Bund Rucola
2 Esslöffel Mandeln
Salz und schwarzer Pfeffer

Zitronen-Vinaigrette

½ Tasse Olivenöl
3 Esslöffel frischer Zitronensaft
1 Esslöffel klein gehackte Schalotte
1 ½ Teelöffel Dijon-Senf
½ Teelöffel abgeriebene Zitronenschale
½ Teelöffel Zucker
Salz und Pfeffer

1. Vinaigrette: Alle Zutaten in einer Schüssel verrühren und mit Salz und Pfeffer abschmecken.
2. Wassermelone, Feta, Quinoa, Rucola und Mandeln in einer großen Schüssel vermengen. Mit Vinaigrette beträufeln, frisch gemahlenen Pfeffer nach Geschmack hinzufügen.

Marinierte Oliven

2 Dosen (180 g) große grüne Oliven, entkernt
Zesten einer halben Zitrone
Zesten einer halben Orange
2 Esslöffel frischen Rosmarin
2 Esslöffel frischen Thymian
2 Esslöffel frischen Basilikum, klein gerupft
Salz und Pfeffer
Natives Olivenöl extra

1. Oliven in eine Schüssel tun, Zitronen- und Orangenschalenstreifen, Rosmarin, Thymian und Basilikum hinzufügen. Salz und Pfeffer zugeben und verrühren.
2. Mit Olivenöl begießen und 45–60 Minuten marinieren lassen. Anschließend Öl abgießen und in einer Schüssel servieren.

Gewürzte Nüsse

100 g Zucker
¼ Tasse Wasser
1 Teelöffel Zimt
½ Teelöffel Cayenne
¼ Teelöffel Kreuzkümmel
¼ Teelöffel Chilipulver
450 g gemischte Nüsse, ungesalzen

1. Wasser, Zucker und Gewürze in einer Pfanne bei mittlerer Hitze zum Kochen bringen.
2. Die Nüsse hinzufügen und umrühren. Die Mischung wieder zum Kochen bringen und stetig umrühren, bis keine Feuchtigkeit mehr in der Pfanne oder an den Nüssen ist. Auf Backpapier vollständig auskühlen lassen.

Schokoladen-Lava-Kuchen mit Vanille-Eiscreme

4 Teelöffel Zucker
120 g Butter, in Würfel geschnitten
120 g Halbbitter-Schokolade, zerhackt
100g Puderzucker
2 Eier
2 Eigelbe
1 ½ Teelöffel Instantkaffee
¾ Teelöffel reines Vanilleextrakt
6 Esslöffel Mehl
½ Teelöffel Salz
Vanille-Eiscreme
Frische Himbeeren

1. Sechs kleine Auflaufförmchen einfetten und jeweils mit einem Teelöffel Zucker bestreuen. Förmchen auf ein Backblech stellen.
2. In einem Topf Butter und Schokolade schmelzen. Puderzucker unterrühren. Mit dem Schneebesen die Eier, Eigelbe, Instantkaffee und die Vanille einrühren. Mehl und Salz unterrühren und anschließend den Teig in die vorbereiteten Auflaufförmchen füllen.
3. Bei 200° ungefähr 12 Minuten backen, bis die Seiten fest, die Mitte jedoch noch weich ist.
4. Auflaufförmchen aus dem Ofen nehmen, auf ein Rost stellen und 5 Minuten abkühlen lassen. Vorsichtig mit einem Messer den Teig am Rand der Förmchen lösen. Noch warmen Kuchen auf einen Teller setzen. Mit Vanilleeis und frischen Himbeeren servieren.

Jakes Lied für Addie, „If I Had Never Met You", das speziell für *„Für Happy Ends gibt's kein Rezept"* geschrieben und aufgenommen wurde, ist im Handel erhältlich!

Kristenproby.com/listentomesong

Informationen zu unserem Verlagsprogramm, Anmeldung zum Newsletter und vieles mehr finden Sie unter:

www.harpercollins.de

Deutsche Erstveröffentlichung

Kristen Proby
Für Happy Ends gibt's kein Rezept

Alle schwärmen vom Seduction, dem Restaurant, das Addie gemeinsam mit ihren Freundinnen führt. Als Tüpfelchen auf dem i fehlt nur noch Live-Musik. Doch kaum dass ein Typ mit Gitarre hereinschneit und sich bewirbt, kippt Addie fast aus ihren High Heels. Jake Knox, der berühmte Rockstar! Seit jeher üben Musiker einen gefährlichen Reiz auf sie aus, stärker als Schuhe und Schokolade zusammen. Und Jake mit seinen grünen Augen und der rauchigen Stimme könnte ihr zum Verhängnis werden ...

ISBN: 978-3-95649-633-2
9,99 € (D)

Kristen Proby
Eine Prise Liebe

Das Restaurant Seduction ist Camis Ein und Alles. Gemeinsam mit ihren vier Freundinnen hat sie es zu einem Hotspot gemacht. Ihre ganze Leidenschaft steckt sie ins Seduction – bis ihre erste große Liebe nach Portland zurückkehrt. Seit Cami denken kann, ist sie in Landon verliebt. Als er nach seinem Highschool-Abschluss als Navy-Pilot ins Ausland ging, blieb sie mit gebrochenem Herzen zurück. Nun ist sie fest entschlossen, ihm auf keinen Fall ein zweites Mal zu verfallen. Doch Landon mit seinen starken Armen und seinem sanften Blick macht es ihr schwer, ihm zu widerstehen ...

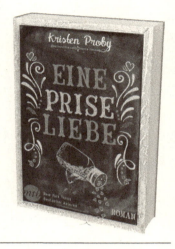

ISBN: 978-3-95649-714-8
9,99 € (D)

Deutsche Erstveröffentlichung